KB262214

虛空踏步

허공답보

배금산 新무협 판타지 소설

허공답보 1

배금산 新무협 판타지 소설

초판 1쇄 찍은 날 § 2006년 12월 1일
초판 1쇄 펴낸 날 § 2006년 12월 8일

지은이 § 배금산
펴낸이 § 서경석

편집장 § 문혜영
편집책임 § 심재영
편집 § 서지현

펴낸곳 § 도서출판 청어람
등록번호 § 제1081-1-89호
등록일자 § 1999. 5. 31
어람번호 § 제2-1073호

주소 § 경기도 부천시 원미구 심곡1동 350-1 남성B/D 3F (우) 420-011
전화 § 032-656-4452 팩스 § 032-656-4453
http://www.chungeoram.com
E-mail § eoram99@chollian.net

ISBN 89-251-0432-6 04810
ISBN 89-251-0431-8 (세트)

백금산 新 무협 판타지 소설
Fantastic Oriental Heroes

虛空踏步

허공답보

도서출판 청어람

목차

작가 서문 ··· / 6

제1장 ··· 어거지 인연 / 9

제2장 ··· 여인의 덫 / 45

제3장 ··· 장작 패기 / 71

제4장 ··· 인생이란 무거운 짐을 지고 먼 길을 가는 것 / 95

제5장 ··· 보인다고 진실은 아니다 / 119

제6장 ··· 세상 속으로 / 139

제7장 ··· 작은 것을 버려 큰 것을 얻는다 / 173

제8장 ··· 죽은 자는 말이 없다 / 209

제9장 ··· 멀고도 험한 길 / 229

제10장 ··· 길은 가까이 있다 / 255

제11장 ··· 나이가 어리다고 장부가 아니랴 / 301

제12장 ··· 왕도는 없다 / 345

작가 서문

　20여 년이 흐르도록 장르소설의 독자로 지내다가 막상 작가 서문을 쓰려니 여기가 꿈속이 아닌가 하고 어리둥절하다.

　글을 쓴다는 것.
　독자의 자리에서 바라만 보았을 때와는 분명히 달랐다.
　내가 처음 글을 쓰게 된 계기는 매우 단순했다.
　시간이 날 때마다 대여점에 들러 볼 책을 고르면서 이게 아닌데 하는 생각.
　마지못해 빌려온 책을 반도 읽지 못하고 반납할 때면 누구나 드는 생각이 있을 것이다.
　아무리 취향의 다양성을 고려한다고 해도 출판작으로서의 기본이 안 된 유아 수준의 작품을 볼 때마다, 또 줄곧 재밌게 보아왔던 유명한 작가의 신작이 전혀 기대에 미치지 못할 때 독자라면 흔히 하는 생각.
　출판작의 수준이 이 정도라면 나라고 못 쓸 게 있느냐는 불평일 것이다.

　그렇게 시작한 글쓰기.

그러나 어려웠다. 대학 시절에도 거의 반 장난삼아 이렇게 저렇게 글을 끄적인 적은 있지만, 본격적인 글쓰기란 자신과의 싸움이었다. 나의 능력에 대한 회의감도 연이어 나를 괴롭혔다.

그렇게 습작 수준으로 인터넷 연재를 시작하고 약간의 인기를 끌었을 때, 이곳저곳에서 계약하자는 제의가 들어왔다.

그리고 첫 번째, 두 번째 글 모두 계약만 하고 출판은 되지 못했고 첫 번째 글은 우여곡절 끝에 해약까지 했다.

지금 내가 작가 서문을 쓰는 이 작품은 세 번째 글인 것이다.

감회가 새롭다. 숱한 마음고생 끝에 잉태한 첫 결실이다.

이제야말로 내 이름으로 된 책이 나오는구나.

단순한 계기, 누구나 생각하는 작은 불만에서 시작한 글쓰기.

그러나 막상 내 이름 앞에 왕초보지만 작가라는 별칭이 붙는다고 생각하니 어깨에 돌덩이를 얹은 것처럼 묵직하다.

이 글이 과연 당초에 내가 생각한 그런 의미있는 작품이 될 수 있을까, 또 다른 독자에게 겨우 이 정도라면 내가 쓰고 말겠다는 비웃음을 당하지 않을까. 한편 걱정스럽기도 하다.

일단 출판이 되면 그 책은 작가의 손에서 벗어나 온전히 독자의 몫이 된다.

　훗날 기억에 남는 작가가 될지 여부는 오로지 이 글을 읽는 독자의 손에 달려 있다.

　지금 당장의 작은 바람은 내가 쓴 이 책이 어려운 출판 시장에 또 다른 쓰레기로 버려지지 않았으면 하는 것이다.

　'돈이 아깝다' 라는 소리만 들리지 않으면 얼마나 좋을까.

　끝으로 이 책이 나오기까지 노고를 아끼지 않으신 청어람의 관계자 분들과 연재 시 성원해 주신 애독자님들께 감사드린다.

　그리고 이 글을 열심히 읽으면서 여러 가지 조언을 해준 아내 형미, 그리고 그 좋아하는 게임도 제대로 못하면서 눈으로 지지해 준 우리 아이들 홍민과 설아에게도 정말 사랑한다는 말을 전하고 싶다.

2006. 12. 1

배금산.

第一章

어거지 인연

쉿!

북어포처럼 깡마른 아이가 손가락 하나를 입술 위에 대었다.

나머지 두 명의 아이가 몸을 납작하게 가라앉히며 미리 파둔 구덩이를 열렬히 응시했다.

천무세가(天武世家)의 하인배 자식들 주제에 자존심만 센 놈들. 허구한 날 무사의 자식들한테 얻어터지다 열받아 시작한 일이 바로 무고에 뒷구멍을 내는 일이었다.

못 먹고 헐벗은 녀석들이라도 또래치고 힘은 장사였다.

그러나 아무리 싸워 이기고 싶어도 무사의 자식들한텐 어림 반 푼어치도 없었다. 수없이 지면을 나뒹굴며 온몸에 흙칠을 하면서 덤벼들어 봤자 드는 것은 골병밖에 없었다.

그게 다 그놈의 무공이 원수였다.

무고 뒤에 판 구덩이를 들킬까 봐 마음을 졸이던 날도 오늘로 끝이었다. 지난가을부터 산중에서 나무를 해오고 나면 밤에는 어김없이 무고 뒤에 와서 땅을 판 아이들이었다.

흙을 파낸 다음에는 다지기부터 시작해서 나무판자와 칡넝쿨을 얼기설기 엮어 구멍을 막고, 그 위에다 마른 흙을 덮어서는 들키지 않도록 얼마나 애를 썼던가.

하늘은 온통 두터운 구름에 막혀 천지 사방은 어두컴컴하니 바로 옆 사람의 얼굴도 분간하기 어려웠다.

드디어 오매불망 기다리던 그때가 온 것이었다.

그러나 아이들의 기대는 컸지만 말이 무고(武庫)지, 변변한 무공 책자란 눈을 씻고 찾아봐도 없는 크고 허름한 창고였다.

그렇다고 해도 무고 앞에는 경비무사 두 명이 서 있었는데, 입에다 손을 대고 연신 하품을 하는 걸 보니 무척이나 졸린 모양이었다. 때는 야심한 삼경이니 그럴 만도 하였지만 무고 안에 든 무공 서적이란 것이 워낙 형편없는 터에 없어져도 누가 알아채지도 못한다.

그러니 이들의 경비 자세가 산만한 것쯤이야 대놓고 욕할 수도 없었다.

어쨌든 무가로 이름이 난 지 일백 년이나 된 천무세가의 전통에 걸맞게 거의 천여 권을 헤아리는 무공 서적이 있었지만, 실상 이 무고에 있는 것은 무공의 입문서라든지, 쓸데없이 두꺼운 강호 한담류의 서적들뿐이었다.

그러나 이것은 배부른 세가 무사들의 입장이 그렇다는 것이지, 가끔 무공에 목이 마른 좀도둑놈들이 그거라도 훔쳐서 팔아먹으려고 담을 넘는 일도 있었다.

그때마다 즉각 잡혀서는 물고를 당했지만 아무리 하찮은 무공 서적이라도 남 주기는 아까운 세가에서는 온종일 교대로 경비를 세우는 터였다.

때문에 무고를 순찰하기보다는 상관의 순검이 지나가면 잡담이나 하거나 시간이 이처럼 야심하면 술병이나 축내는 것이 고작이었다.

그러나 조심해야 했다.

미천한 하인의 자식들이 무공서를 훔치려다 적발되었다고 하면 부모, 형제도 몸 성하기는 틀린 노릇이기 때문이다.

이렇게 사위를 면밀히 살피던 깡마른 아이가 옆의 아이에게 귓속말을 했다.

"네가 먼저 들어가."

"알았어."

그러자 역시 귓속말로 대꾸를 하면서 덩치가 커 보이는 아이가 먼저 구멍 속에 들어갔다. 아무래도 동작이 굼뜬 아이를 먼저 집어넣는 것이 옳다고 생각한 듯.

잠시 후, 그 깡마른 아이가 전체적으로 뼈대가 가늘어 보이는 아이의 어깨를 툭 치며 이를 드러내며 웃었다.

"다음은 너야!"

"그래, 알았어."

두 아이가 구멍 속으로 들어가자 아이가 다시금 주변을 열심히 살폈다.

무고 붙박이 경비무사인 두 명의 무사는 연신 음담패설을 하느라 정신이 없었다.

"헤헤. 그래서 말이야, 그 춘랑이란 계집의 속곳을 턱하니 벗기지 않았겠어?"

꾸울꺽.

침 넘어가는 소리가 밤의 정적을 타고 크게 들렸다.

"그, 그래서?"

"아, 그런데 벗기고 보니 그 계집의 아랫도리에는 털이 하나도 없는 거야!"

"그, 그래? 꾸, 꿀꺽! 듣기로 그런 계집과 운우지락을 나누면 무병장수한다고 하던데 말이야."

"아, 물론이지! 자네도 알긴 아누만."

그렇게 주거니 받거니 음담패설을 하다가 두 사람의 신세타령이 시작되고 있었다.

"크윽. 이거야 허구한 날 경비나 서고 있으니 계집들도 우습게보더라고!"

"맞어. 이거 언제나 삼류 신세를 면하나……. 에휴… 이젠 자식들도 머리가 컸다고 아비를 우습게 알아. 그저 사는 게 죽을 맛이라니깐?"

"아, 그래도 자네는 장가라도 갔으니 다행이지. 아, 내 꼴을 보게. 벌어놓은 돈은 없고, 나이만 들어가니 누가 거들떠보기나 하나 이거야."

"무슨 소리야? 알고 보면 자네가 상팔잘세. 마누라나 자식이고 돈 달라고 징징 울어대는 소리를 듣다 보면 꼭지가 도는 날이 부지기수일세."

"에이, 설마 그러려고? 그게 다 배부른 소리 아냐?"

"데끼, 이 사람아! 내 말을 못 믿는구만. 여우 같은 마누라니, 토끼 같은 자식들이란 말은 말짱 헛거여. 아, 장가가 보면 다 안다니까 그러네?"

"에휴. 이 사람아! 그래도 밤마다 독수공방이나 해보게. 별의별 청승맞은 생각이 다 든다니까?"

"아, 이 사람이 오늘따라 왜 이리 죽는소리야? 자, 자. 아무도 없으니 한잔 마시고 속이나 풀게나."

홍주원이 속으로는 흐뭇해하면서 술병을 꺼내 들어 이성형에게 술병을 넘겼다.

이어 두 사람이 벌컥거리며 술을 삼키는 소리가 들리자 아이가 짓궂은 미소를 지었다.

저러다가 곧 취해서는 아무렇게나 쓰러져 잘 것이다.

'크훗. 여전하군.'

이젠 이름까지 아는 이들 야간 경비무사들은 나이 사십이 넘도록 삼류무사를 벗어나지 못한 보잘것없는 인생들이었다.

그러나 오히려 이런 자들이 하인들에겐 염라대왕보다 무서운 족속들이었으니.

툭하면 하인들을 들들 볶는 자들이 바로 이런 자들이었고, 하인의 자식들에게 시비를 걸어서 두드려 패는 놈들도 이들의 자식들이었다.

'크훗! 두고 봐! 내 무공을 익히면 네놈들을 한꺼번에 물고를 낼 거야!'

깡마른 아이가 비릿한 미소를 지으며 구덩이 속으로 빨려 들어갔다.

주거니 받거니 술병을 건네다 보니 어느새 술이 약한 이성형은 곯아떨어졌지만, 홍주원은 오늘따라 잠이 오지 않았다.

그가 취기로 온몸을 흐느적거리며 무고 뒷편으로 걸음을 옮겼다.

실은 오줌보가 꽉 차서는 금방이라도 나올 법도 하였지만 보통 때와 달리 옆에서 쉬를 하지 않는 것도 아마도 기분 좋게 취한 뒷끝이기 때문이리라.

휘청거리며 걷던 홍주원이 더 이상 참지 못했는지 황급히 허리띠를 풀고 묵직한 하물을 꺼내놓았다.

"어허이! 씨원하다!"

줄기차게 지면을 두드리는 오줌발을 내려다보며 홍주원이 고개를 저으며 떨떠름한 소리를 내뱉었다.

"커허! 이 정도면 쓸 만한데 거 이상하단 말이야?"

원래 오줌발이 세면 정력도 풍부하다는데 어째 마누라의 옥문에 들어가면 맥을 못 추는지 정말 이해가 안 되는 일이었다.

그럴 때마다 홍주원을 밀치며 도끼눈을 하는 마누라의 얼굴이 떠오르자 그의 고개가 절로 저어졌다.

'에이. 뭐, 술 취하면 감각이 무뎌져서 오래간다잖아?

스스로 의문에 대답하며 막 소변을 마치고 한 발짝 옆으로 내딛던 그가 놀라서 소리쳤다.

"어허차! 이, 이런! 이게 뭐냐?"

그의 발이 갑자기 쑥 미끌어지더니 구덩이 같은 곳으로 빠져 버리는 것이었다.

"에이. 어느 자식이 여기다 구덩이를 팠어?"

'아, 아냐! 여기에 구덩이가 있을 리가 없잖아?

괜스레 흙덩이를 차며 불평하던 홍주원은 아차 하는 심정이 되었다. 술에 취해 흐릿하던 머릿속이 갑자기 맑아졌다.

"가, 가만있자… 이거, 혹시, 도둑놈이 든 거 아냐?"

홍주원의 취한 눈이 빠르게 돌아갔다.

땅굴을 파고 무고로 들어간 녀석들이 있는 것이다.

'혼자 들어가도 될까?

잠시 망설이던 홍주원이 술 취한 김에 사나이의 호기를 떠올린 것도 그때였다.

'쳇! 나도 한심하지. 겨우 좀도둑놈일 텐데, 대천무세가의 무사인 내가 이렇게 쫄면 되겠어?

홍주원이 두 주먹을 부르르 떨며 결의를 다지더니 몸을 구덩이 속으로 들이밀었다.

"철립(鐵笠), 어서 불을 켜."

　양손을 내밀어 서가를 더듬던 정만석(鄭萬石)이 소이(蘇二)에게 나직이 말을 건넸다.

　"알았어, 천웅(天雄)."

　부싯돌을 부딪쳐 불꽃을 피운 소이가 횃불에 불을 붙였다.

　송진을 묻힌 솜에 확 하고 불이 타오르자 덩치 큰 아이가 움찔하며 주변을 둘러보았다.

　"천웅아, 잘못하면 들키지 않을까?"

　"거룡(巨龍), 걱정 마라. 밖에서는 절대로 안 보여."

　"야, 거룡. 짜식이 덩치만 크지 간덩이는 좁쌀이네?"

　소이가 거룡이라고 불린 우거형(牛巨形)에게 퉁바리를 주자, 그가 뒷머리를 긁으며 겸연쩍어했다.

　이들이 서로의 이름을 놔두고 별명으로 부르는 이유는 달리 없었다.

　부모가 미천하고 무식하다 보니 이들의 이름이라 봤자 촌스러운 것은 당연했다.

　비쩍 마른 몸매지만 강단있게 생긴 정만석이는 마구간지기 정삼(鄭三)의 외아들로 아이가 떵떵거리며 잘살기를 바라는 부친의 염원이 담겨 있었고, 선이 가는 예쁘장한 얼굴과 몸매를 한 소이는 주방 하인 소장수(蘇長壽)의 둘째 아들이라는 뜻으로, 그리고 우거형은 세가의 채소 농사를 짓는 부친 우일남(牛一男)의 셋째 아들로 큰 땅을 부쳐서 남부럽지 않게 살라는 의미로 지은 이름이었다.

　이러하니 이들이 어린 마음에 자신들의 이름에 대한 불만으로 셋이서 있을 때는 스스로 지은 별명으로 서로를 부르는 것이었다.

게다가 이들은 미천한 하인의 신분에서 벗어나 무림을 활보하는 열망을 가진 터라 더더욱 자신들의 이름이 마음에 들 리가 없었다.

아이들이 함께 천장 끝까지 높직이 세워진 십여 개의 서가 사이로 바삐 돌아다니는 모습은 먹이를 앞에 둔 승냥이처럼 탐욕스러웠다.

하지만 아무리 돌아봤자 그들이 바라는 마땅한 책이 있을 까닭이 없었다.

무공 입문, 검법 기초, 실전도법 개요, 삼재검법도해, 나려타곤 해설 등등 비급이라고 할 만한 것은 있지도 않았다.

'응? 뭘 저리 열심히 보지?'

소이의 민활한 눈동자가 빠르게 구르며 만석이 들고 있는 책자를 곁눈질하더니 만석에게로 재빨리 다가갔다.

그때, 정만석이 들고 있는 것은 거의 세 치 두께의 두꺼운 책자였다.

파라락! 종잇장 넘어가는 소리와 함께 만석의 입가에 천천히 미소가 머물러 불빛에 일렁거렸다.

'바로 이거야. 선생님께서 말씀하신 그 책자가 틀림없어.'

만석이 허 선생이 그에게만 슬쩍 일러주던 말을 떠올리며 머리를 끄덕였다.

"왜, 쓸 만한 걸 찾았어?"

소이가 만석의 태도를 보며 기대에 찬 눈빛을 발했다.

"에게! 겉표지도 없잖아? 우리 다른 거나 찾아보자."

소이보다 조금 늦게 책자를 본 우거형이 보자마자 실망스런 음성을 토했다.

"아냐. 그렇지 않아."

그러나 무명의 책자를 보는 정만석의 얼굴 표정은 신중하기 이를 데 없었다.

잠깐만 봐도 강호 한담류의 우스갯소리에 자기 자랑으로 도배가 된 책자였지만 글 스승인 허 선생이 일부러 이 책자에게 대하여 언급한 이유가 있을 것이다.

"이제부터 이 책자는 우리의 보물이야. 우리의 노력이 가상해서 전설의 기인이 남긴 비급이라고 생각하는 거야."

"그래! 생각만이라도 그렇게 하자. 어차피 우리에게 진짜 상승무서(上乘武書)가 있다고 해도 익힐 수도 없잖아?"

"맞어. 그림의 떡이지 뭐."

두 사람이 열심히 고개를 주억거리며 동의하자 정만석이 흡족하게 고개를 끄덕였다.

언제나 자신을 따라주는 친구들이었다.

문득 만석의 눈이 어두컴컴한 무고 내를 휘둘러보았다.

아직은 캄캄하다. 그러나 곧, 날이 새면 이 곰팡이 냄새 나는 무고에도 밝은 햇살이 들 것이다. 만석이 주먹을 그러쥐며 속으로 외쳤다.

'우리가 무림사(武林史)에 우뚝 설 그날이 꼭 올 거야!'

홍주원은 횃불 덕분에 무고에 침투한 좀도둑놈들이 겨우 십여 살 정도의 어린아이들이라는 것을 알았다.

그렇지만 그는 아이들의 동태를 살피며 서가 뒤에 숨어 있을 뿐이었다.

처음에는 '이놈들! 거기서 꼼짝 마라!' 이러고 싶었는데, 아이들의 유별난 행동이 그의 관심을 끈 것이었다.

홍주원은 허름한 무명옷을 걸친 아이들의 차림새를 보았을 때 곤궁한 집안 출신이라는 것을 한눈에 알 수 있었다.

두 번째는 약간의 머리를 굴린 다음에 알 수가 있었는데, 그것은 아이들이 모두 세가 하인들의 자식들이라는 것이었다.

일단 보잘것없는 무고 근처라서 경계가 허술할 뿐. 세가의 담장 주위에는 항시 철저한 경계가 이루어진다.

그런데 전혀 무공을 모르는 아이들이 어떻게 세가 내로 잠입해서 무고로 침투할 수 있을까?

그것도 땅굴을 파서 무고에 들어간다는 것은 아예 세가에 살지 않으면 불가능할 것이다.

홍주원은 하인의 자식들이 어떻게 글을 알고서 무공 서적을 찾으려는지도 궁금했지만, 기실 하인촌에는 어디서 굴러먹었는지 모를 노인네가 오 년 전부터 하인 자식들의 글 선생 노릇을 하면서 양식 거리를 받아 근근이 생계를 잇고 있었다.

알려지기로는 하인촌의 촌장 허인덕(許仁德)의 친척이라고는 하지만 별로 가까운 사이가 아닌지 그가 허인덕을 찾지도 허인덕이 그를 찾지도 않았다.

이틀이 멀다 하고 고주망태가 되는 허 선생이라 제대로 글을 가르치지도 못했지만, 그래도 아이들의 부모들은 감지덕지하며 양식을 갖다 주었던 것이다.

아이들만은 자신들처럼 일자무식꾼이 되지 않았으면 하는 기대 심리이기도 하였다.

술 때문에 가르침이 부실할 수밖에 없는 허 선생이 입만 열면 재질이 아깝다고 감탄하는 아이가 바로 정만석과 소이였다.

하여간 마른 아이가 세 치 두께의 두꺼운 책자를 들고 전설의 기인이 남긴 비급이니 뭐니 떠들 적에는 홍주원은 유치하면서도 재미있었다.

벌써 몇 년째, 별 볼일 없는 무고지기로 전락하면서 그도 처음에는 호기심을 가지고 무고의 서적들을 살펴본 적이 있었다.

이에, 새로운 책이 입고가 되면 부리나케 찾아보고는 했지만 근래에는 더 이상의 관심을 거둔 상태였다.

어떤 경로로든 무공 서적이 세가로 반입되면 세가주를 포함한 핵심부에서 내용을 꼼꼼히 살펴본다고 하니, 무고에 들어올 정도면 그 수준을 알 만했다.

게다가 아이가 들고 있는 책은 그도 처음 몇 장을 읽다가 때려치운 경험이 있는 바로 그것이 아니던가.

하지만 그가 재미있어한 것은 처음뿐이었다.

슬슬 아이들에게 실망을 하게 되니 처음의 관심과 재미가 차츰 식어버렸던 것.

'에라, 자식들. 그만 좀 해라.'

홍주원은 더 기다리지 않기로 마음먹었다.

이런 시시껄렁한 아이들을 지켜본 자신이 우습게 느껴질 지경이었다.

그러고 보니 멀리서 수탉이 훼치는 소리가 들리는 것이 무고에 들어온 지도 상당한 시간이 지난 모양이었다.

'쳇! 나도 이럴 때 보면 한심한 놈이라니까? 저놈들을 빨리 잡아서 부총관에게 넘기고 발이나 닦고 자야겠다.'

부총관 한당해(漢堂海)야 새벽잠을 깨웠다고 눈살을 찌푸리긴 하겠지만 무고에 침입한 놈들을 넘기는 것이 아닌가.

매달 급료를 줄 때마다 제 돈 주는 것처럼 뻐겨대는 놈의 면상을 봐서라도 더 이상 시간을 끌 수가 없었다.

그가 몸을 드러내며 '이놈들!' 하고 소리를 지르려고 할 때였다.

마른 아이가 그가 숨어 있는 곳에 날카로운 시선을 보내더니 그에 먼저 말하는 것이었다.

"누구신지 알고 있으니 소리 지를 필요 없어요."

"어엉?"

홍주원은 그만 얼떨떨해서 멍하니 아이를 내려다보았다.

아무리 자신이 세가의 삼류라고는 하나 무공도 없는 아이가 어떻게 그가 숨은 것을 알아챌 수 있다는 말인가.

참말로 귀신이 곡을 하며 울고 갈 지경이었다.

홍주원이 다시금 '네, 네 이노옴! 내가 숨어 있는 것을 어떻게 알았느냐?' 라고 소리치려다 찔끔하며 입을 다물고 말았다.

"어르신께서 굴 속으로 들어오실 때부터 알았는걸요?"

'어헉! 이놈이 내 속에 들어왔다 나갔나?

홍주원은 더욱 어안이 벙벙해서 눈만 크게 껌벅거렸다.

"어르신께서 우리를 봤으면서도 기다려 주신 것이 너무나 고맙네요. 다른 사람 같으면 불문곡직 우리를 잡아 넘겼을 텐데, 이 은혜는 평생 잊을 수 없을 겁니다."

"그, 그게……."

"알아요. 어르신도 많이 고민했다는 것을요. 하지만 어르신께서는 끝내 기다려 주셨고 저희는 큰 은혜를 입었어요. 얘들아, 그렇지? 우리는 어르신의 은혜를 한시도 잊어서는 안 될 것이야!"

'응, 이제 보니?

처음에는 홍주원의 등장에 얼굴이 새파랗게 질렸던 아이들도 언제 그랬느냐는 듯 천연덕스럽게 정만석의 뒤를 따라 홍주원에게 큰절을 올리는 것이었다.

"어르신의 크신 은혜를 한시라도 잊지 않겠어요."

세 사람이 무릎을 꿇고 이구동성으로 감사의 예를 올리자, 홍주원은 왠지 가슴이 뿌듯해졌다.

꼭, 머리를 깊숙이 조아리며 황제 폐하, 만만세를 외치는 신하들을 보는 심정이랄까?

"어허허. 겨우 그걸 가지고 뭐."

홍주원은 인사치레로 한마디 하지 않을 수 없었다.

뭔가 아이들의 꾀에 넘어갔다는 느낌도 있었지만 이 순간 그의 기분은 입이 째지도록 좋았다.

"언젠가는 꼭 어르신의 은혜를 갚을 날이 올 겁니다. 저는 정천웅이라 하옵고, 이 친구는 소철립, 그리고 저 친구는 우거룡이라고 합니다. 어르신께서 미천케 생각지 않으신다면 저희 세 사람의 이름을 기억해 주십시오."

정만석의 어른스런 의젓한 말투에 새삼 아이를 눈여겨보는 홍주원이었다.

비록 비쩍 마른 얼굴이었지만 강인한 턱에 굴강해 보이는 뼈대, 그리고 무엇보다 소이가 손에 든 횃불처럼 강렬하게 타오르는 눈빛은 홍주원에게 젊은 시절의 꿈을 일깨우기에 족했다.

'나도 저런 시절이 있었지.'

그렇게 생각하니 홍주원은 아이가 남이 아니라는 생각도 드는 것이었다.

'그건 그렇고 저놈, 물건인데?

그러고 보니 아이가 은근히 탐이 나기까지 한다.

그가 생각하는 새에 정천웅이라는 아이가 다시 감사의 예를 표하며 자리에서 일어나자 다른 아이들도 재빠르게 몸을 일으켰다. 상대의 생각이 변하기 전에 여기서 얼른 나가야 한다.

"그럼. 아쉽지만 오늘은 여기서 어르신과 작별을 해야겠군요."

그리고는 정천웅이라는 아이가 그의 곁을 지나 당당하게 걸음을 옮기던 차에 그의 옆구리에 끼인 두꺼운 책자가 홍주원의 눈에 걸렸다.

"아이야, 그 책자는."

홍주원이 그래도 무고지기라는 일말의 책임감에 '책자는 주고 가야지' 라는 말을 꺼내려는 찰나, 아이가 그의 뒷말을 가로챘다. 이번에도 재빠른 솜씨였다.

"이 책자는 어르신께서 우리의 장도를 축하하는 선물이라고 믿고 감사히 가져갑니다."

"오, 오잉?"

졸지에 무공 책자는 홍주원이 선물한 것으로 둔갑했다.

'어, 어이구! 이게 뭐야?

속으로 끙끙 앓던 홍주원이 무슨 생각에선지 눈을 바락 빛내며 소리쳤다.

"안 돼! 그 책자는 단순한 선물이 아니다!"

"그, 그럼?"

이번에는 아이들이 놀랄 차례였다.

이게 무슨 맛있게 끓인 국물에다 콧물 떨어뜨리는 소리란 말인가?

"네 이놈! 정천웅이라고 했겠다?"

"예. 그러합니다."

그래도 아이는 전혀 주눅 든 표정이 아니었다.

'그래. 그래야지!'

적이 감탄한 홍주원이 더욱 모종의 결심을 굳혔다.

"그래, 네 나이가 몇 살이냐?"

"올해 열셋입니다, 어르신."

무슨 영문인지도 모르면서도 정천웅은 그가 따져 묻는 연유를 알려고 하지 않았다.

기다리면 상대가 알아서 말해줄 것을 굳이 물을 이유가 어디에 있겠는가. 아이의 영악스런 생각이었다.

'가만있자. 열셋이면 우리 첫째 딸아이한테는 한 살 어리고, 둘째 딸아이에게는 두 살이 위란 얘긴데.'

홍주원의 망설임은 길지 않았다. 모름지기 쌍둥이도 순서가 있는 법.

"네가 든 책자를 가져가는 대신 내 첫째 딸아이도 함께 데려가야겠다! 약속할 수 있겠느냐?"

말을 하고 보니 맺힌 것이 뻥 뚫리는 느낌에 홍주원은 속이 다 시원해졌다.

그러지 않아도 딸만 셋인데 큰 아이가 점점 혼기가 다가올수록 걱정이 태산 같았던 그였다.

'클클! 이제야 한 놈 치우게 되는구나!'

'뭐? 딸을 데려가라고?'

정만석이 찔끔하며 홍주원의 눈치를 보니 그는 매우 진지한 표정을 하고 있었다.

'음? 이거 장난이 아닌데?'

정만석은 홍주원이 자신에게 호감을 가지고 있음을 느꼈다.

이 순간에 괜히 주저하는 표정을 보인다면 어떻게 될까?

사람의 마음이란 자기도 모르게 금방 변하는 것이다.

지금은 홍주원의 호의를 명쾌하게 받아야 할 때였다.

"좋아요. 빙장어른!"

'비, 빙장어른?

홍주원의 입이 하마처럼 크게 벌어졌다.

아이들의 하루 일과는 개미가 하품할 정도로 단순했다.

새벽의 동이 터 오르면 대충 무명멜빵을 찾아 어깨에 두르고는 세가 소유의 산중에 들어가 나무를 하는 것이었다.

그리고는 나무를 날라 세가 주방의 옆 마당에다 쌓는 것이 일과였다.

아이들은 보통 하루에 나무 열 짐씩이 할당량이었는데, 일이 끝나는 시간은 대개 해가 뉘엿뉘엿 질 무렵이었다.

물론 아이들치고는 힘들이 장사라서 보통 중간에 늘어지게 쉬면서 일을 해치웠지만 오늘부터는 그럴 수가 없었다.

귀중한 무공 서적도 손에 들어왔으니 이제는 무공을 익힐 시간이 필요했던 것이다.

이래서 그들이 열 짐씩의 나뭇짐을 주방 옆 마당에 부리고 일과를 마친 것은 미시의 중간 무렵으로, 아직도 해가 빵빵하게 산하를 비추고 있을 때였다.

도로 나무를 하던 산중으로 돌아온 정만석이 고목나무 구멍 속에 숨겨두었던 책자를 꺼내 들었다.

"크훗! 시작해 볼까?"

그리고는 정만석이 고목의 그루터기 사이에 앉자 바짝 궁금한 표정으로 그의 양쪽에 나눠 앉는 소이와 우거형이었다.

그런데 처음에는 흥미진진하게 글을 보던 아이들의 표정이 점차 묘해지기 시작했다.

책자의 서문은 일단 다음과 같았다.

연자(緣者)여, 보아라.

노부는 당초 몰락한 귀족 출신으로 산에서 나무를 해서 장작을 내다 팔아 생계를 잇던 빈궁한 처지에 있었다.

열다섯 살 때부터 삼십 년간 노부는 새벽부터 해가 질 때까지 오로지 나무를 잘라 장작을 패는 일을 해야만 했다.

사나흘에 한 번씩은 그동안 패어둔 장작을 인근의 시전에 팔아 일용할 양식과 옷가지를 사야 했으며, 그 다음날부터는 다시 나무를 해서 집 마당에 쌓아야 했으니 얼마나 보잘것없는 인생이었으랴.

사나이대장부로 태어나서 겨우 산속의 이름없는 초부로 평생을 보내야만 하다니.

그러나 내게는 깊은 학식도, 높은 무공도, 그렇다고 권세있는 친척도 없는 혈혈단신이라 이러한 처지를 벗어나고 싶어도 항시 꿈속에 그쳤던 것이다.

그러던 어느 날이었지.

노부는 그날도 모아둔 장작을 모두 내다 팔고 산중의 집으로 터덜터덜 걸어오고 있었어.

아아, 벌써 황혼의 해는 지고 갈까마귀 우짖는 소리만 귓전을 맴도니 인생살이란 얼마나 덧없는 것이랴.

늦가을 소슬한 바람만이 빛바랜 무명옷을 펄럭이고, 으스스 한 기가 도는 천지를 나 홀로 걸어야만 하다니.

속으로 아프게 울며 산중 소로로 접어들 적에는 내 마음은 끝이 없는 슬픔에 젖어 몸서리치고 있었지.

그렇게 처연한 발걸음을 떼며 걷다 보니 어느새 평소 다닌 적이 없는 길로 접어든 것이었어.

그때, 굴참나무 숲이 우거진 산중에서 갑작스런 병기 부딪치는 소리가 채채챙 하고 울려대니 나는 또 얼마나 놀랐으랴.

터져 나오는 흉한들의 거친 목소리와 앙칼진 젊은 여인의 목소리가 들리는 것을 보고 노부는 상황을 깨닫지 않을 수가 없었어.

가녀린 여인이 이 깊은 산중에서 절체절명의 위기에 처해 있는 것이 아니던가.

그러나 내가 가진 것이라고는 지게 작대기 하나뿐.

속으로 절망하며 숲을 헤치고 들어가니 아니나 다를까,

짐작대로 웬 묘령의 이십대 낭자가 두 명의 흉신악살에 둘러싸여 악전고투를 치르고 있는 것이었어.

여인은 금방이라도 검붉은 선혈을 지면에 피를 흩뿌리며 죽을 것 같았는데, 여인의 약세를 본 두 놈의 악한은 더욱 힘이 나는 모양새였지.

'저, 저런 흉악한 놈들 봤나?'

나는 속으로 안타까워하면서도 주저하지 않을 수 없었던 것이야.

저리도 흉험한 칼부림 속에 내가 어찌 끼어들 수가 있으랴!

그러던 중, 위험에 처한 가운데서도 나의 존재를 느꼈는지 싸우던 세 남녀가 곁눈질로 나를 살피는 것이 아닌가.

하나, 내가 허름한 옷차림에 지게 작대기나 들고 있는 것을 보고 그들은 나를 범부라고 여겼는지 다시 싸움에 몰두하는 것이었어.

나는 그 꼴을 보고 한없이 마음이 서글퍼졌는데 그때 그 심정을 어찌 말로 다 할 수가 있으랴. 어디 가서 칼이나 물고 콱 엎어져 죽고만 싶었지.

그런데 나를 스쳐 간 여인의 눈초리는 얼마나 애달픈지 나는 그만 눈물을 쏟고 말았어.

이에 없던 용기가 생긴 나는 이들의 싸움판에 끼어들고 말았으니.

아이들도 실은 여기까지는 흥미가 진진했다.

미천한 하인 신세로 허구한 날 나무나 하는 자신들과 장작 팔아 생계를 연명하던 이 책을 남긴 사람과는 동병상련의 감정이 생겼던 것이었다.

그런데 그 다음부터는 얼마나 엉터리인지 그만 책을 내팽개치고 싶은 마음밖에 안 들었다.

"아구, 이거야, 원! 순 엉터리다, 그치? 어떻게 무공을 일초

반식도 익히지 않은 범인이 지게 작대기로 병기를 든 무림인들을 이길 수 있어?"

우거형이 얼굴을 잔뜩 찌푸리며 한 말이었다.

"에이 참! 뒤는 보나마나야. 그러지 말고 홍주원 어른한테 가서 무고의 책을 골라달라는 것이 훨씬 낫겠어."

이번엔 소이가 한마디 보탰다.

"맞아, 그러자구. 어차피 대장의 빙장어른이니 설마 나 몰라라 하겠어?"

우거형이 결론을 내리는 것처럼 말하며 금방이라도 일어설 듯 엉덩이를 들썩였다. 그러나 이들의 실망스런 반응을 보면서도 정만석은 낡은 책장만 넘기고 있을 뿐이었다.

처음 양쪽에서 날카로운 칼을 내지르는 그들의 기세는 매우 흉험했지만 나는 어렵지 않게 그들이 쓰는 도의 궤적을 알아볼 수가 있었어.

무슨 다른 수작이 있을까 봐 겁이 나서 한 걸음 뒤로 물러서긴 했지만 시험 삼아 내지른 내 지게 작대기에 놈들은 병기를 놓치고는 차례로 엉덩방아를 찧는 것이었어.

이상하긴 했지만 연극이 아니라는 것도 바로 눈치 챌 수 있었지. 여인의 얼굴의 환하게 펴진 것만 봐도 이는 더욱 확연한 것이었어.

이리하여 신바람이 난 나는 지게 작대기로 두 놈을 흠씬 두드려 쫓아낼 수 있었으니.

너무 쉽게 악한들을 물리치고 어리벙벙한 나에게 여인은 진심으로 감사를 했어.

그리고는 자신은 북해빙궁의 소궁주 빙화란(氷和蘭)이며, 그 흉적들은 이십 년 전부터 대강남북에 흉명을 떨쳐 온 기련쌍마(祁連雙魔)라는 흑도의 거물들이라고 말하는 것이야.

퍽이나 지쳐 보이는 것이 안타까웠던 나는 초막으로 그 여인을 데려갔어.

그러나 실상 여인이 해주는 밥을 얻어먹게 되었으니 내가 다 미안할 지경이었지.

이렇듯 여인은 내가 은거기인이라고 생각하고는 극진한 예를 다했지만 나는 정신이 오락가락할 지경이었어.

열다섯 살 때부터 쉰이 가까운 이때까지 장작 팔아 생계를 잇던 내가 무림에 대해서 알 리가 있으랴.

내 초막에 며칠을 머문 빙화란은 빙궁을 꼭 찾아달라고 신신당부를 하면서 떠나갔지만, 나는 수년 동안이나 이런저런 복잡한 심사에 마음을 안정시킬 수 없었어.

오랜 생각 끝에 무림의 고수라는 자들이 겨우 저 정도라면 주저할 것이 무엇이냐는 생각에 사십 년 가까이나 살았던 오두막집을 떠나고 말았지. 또, 빙궁 출신이라는 그 여인을 만나보고 싶은 마음도 간절했던 게야.

이리하여 나는 오십에 이르러서야 무림에 출도를 했고 그때부터 소림과 무당은 물론 심산유곡에 숨어 살던 속칭 기인이사들과 비무행을 벌이게 된 것이었지.

　그리고 이십 년, 나는 수백 번의 비무에서 단 한 번도 패하지 않았으니 사람들은 나를 두고 무적초자(無敵草子)라 부르며 존경심을 바쳤지. 이에 나는 상대할 자가 없는 무림에 실망을 하고 여기 천중산(天中山)의 오두막으로 돌아왔던 것이야.

　노부는 말년에 이르러 홀연히 깨달은 바가 있어 이에 그동안의 심득을 모아 여기 무명서(無名書)를 남기노니 연자는 부디 노부의 무공을 억조창생을 위한 일에 써주기 바라노라.

무명자(無名子) 서(書).

　"철립아, 너 혹시 무적초자라고 들어봤어?"

　서문을 다 읽은 정만석이 그동안 열심히 무림을 탐구해 왔던 소이에게 물었지만 그는 고개를 흔들 뿐이었다.

　"내 생각으로는 순전히 거짓말 같아."

　우거형이 중간에 끼어들어 단호히 말을 뱉었다.

　"그게 혹시 수백 년 전 얘기라면……."

　잠시 생각에 잠겼던 소이가 입술을 떼긴 했지만, 이번에는 정만석이 고개를 흔들었다.

　"수백 년 전의 책자라면 너무 깨끗해."

　종이로 된 책자는 겉장이 떨어지긴 했지만, 지질과 글씨의 선명도로 봐서는 그리 오래된 티는 나지 않았다.

　"게다가 이 책을 쓴 무명자라는 분이 무적초자라고 명호를 밝혔잖아? 그런데도 세가의 수뇌부에서 몰라볼 리가 있을까?"

　"그럼, 태워 버릴까? 엉터리긴 하지만 이 책을 남겨두었다가 나중에 들통이라도 나면 큰일 아냐?"

"그래, 어서 태워 버리는 것이 좋겠어."

소이의 걱정스러운 말에 우거형이 즉각 동의했지만 정만석은 그래도 미련이 남는 모양이었다.

책자에서 뭔가 얻을 것이 있을 것이니 소홀히 대하지 말라던 허 선생의 말도 있고 왠지 무명자라는 기인을 믿고 싶은 마음이었다.

"아냐. 어차피 나무하는 일 말고는 달리 할 일도 없는데 끝까지 보고 싶어."

정만석이 눈을 빛내며 스스로 다짐했지만 그를 보는 두 아이의 표정은 그저 심드렁할 뿐이었다.

"대장, 그건 그렇고, 어떻게 할 거야?"

"뭐가 말야?"

산길을 내려가면서 소이가 뜬금없이 말을 꺼내자 정만석이 얼떨결에 반문했다. 그동안에도 곰곰이 책자에 대해서 생각을 하고 있었던 듯 반응이 무척 굼떴다.

"거, 있잖아, 홍주원 어른의 맏딸."

'엉? 그러고 보니……?'

이 아리송한 책자와 맞바꾼 얼굴도 모르는 계집애였다.

홍주원이 얘기를 했는지는 모르지만 이미 언약을 한 터.

입술을 질끈 깨물던 정만석이 잇속으로 말을 뱉어냈다.

"남아의 언약은 천금보다 무거운 거야!"

정만석이 스스로 대장부의 약속을 들먹이며 주먹을 불끈 쥐었을 때, 홍주원의 집에서는 앙칼진 목소리가 연신 터져 나오고 있었다.

"뭐라고요? 다시 한 번 말해봐욧!"
쌍심지를 돋우며 홍주원을 잡아 내팽개칠 듯 손가락질을 하는 그녀의 표정은 잡아먹기라도 할 듯 무서웠다.
"아, 그, 그게."
홍주원 말을 떠듬거리며 어찌할 바를 몰랐다.
실은 밤새워 무고 경비를 서고 방에서 한잠 푹 자고 깨어난 시각은 날이 저무는 무렵이었다.
일각만 더 있으면 해가 꼴까닥하고 넘어가서 다시 무고 경비에 나가는 터, 아침 겸 점심 겸 저녁을 먹으면서 먼저 맞는 매가 덜 아프다고 마누라에게 맏딸 홍자려(慈麗)와 정천웅, 그러니까 정만석이란 아이와 혼약을 맺었다는 사실을 넌지시 털어놓은 것이었다.
그러나 홍주원의 처인 팽수영(彭秀英)은 남편의 말을 듣고 기가 막혔다.
처음 홍주원이 얼굴에 함박웃음을 지어가며 홍자려의 혼처를 구했다는 말을 했을 때는 무슨 귀신이 씻나락 까나 했더니 홍주원의 표정은 무척이나 진지했다.
그래서 캐물어보니 혼약의 상대는 바로 세가 하인 자식이라는 것이 아닌가?
무고 경비에 나섰다 하면 술이 억수로 취해 돌아오는 주제에 딸의 인륜지대사를 자기한테는 의논 한마디 없이 혼자 결정하다니!

거기다가 그녀는 하북팽가 출신으로 비록 현 세가주와는 촌수를 따지기 힘든 먼 친척이라 해도 명문가 출신이라는 자부심이 컸다.

그런데도 딸내미 중에는 그래도 예쁘장한 외모로 혹시나 하고 기대가 컸던 맏딸을 하인 자식과 혼인시키겠다니 있을 수 없는 일이었다.

그녀는 홍주원과 혼인한 것을 일생일대의 실수라고 여기며 지금도 시간만 나면 한탄하는 것이 일이었다.

지금은 주독에 찌들어 오그라들긴 했지만 젊은 시절의 홍주원은 신태가 헌앙한 미장부였다.

그야말로 평범한 외모의 팽수영이 꿈에도 그리던 백마 탄 기사라고나 할까?

이렇게 해서 그녀의 시각으로 봤을 때는 지극히 평범한 가문 출신의 홍주원에게 시집을 오긴 했는데 말만 천무세가의 무사일 뿐 놀기나 좋아하는 심성으로 무려 이십 년간이나 삼류무사에서 헤어나질 못하는 것이었다.

때문에 원단이나 추석 등 명절날에 하던 친정 나들이를 끊은 지도 벌써 오 년이 넘었다.

한마디로 창피한 것이다.

어릴 때 같이 자랐던 친구들은 대부분 출세가도를 달리는 남편 덕분에 친정으로 돌아올 때마다 남편 자랑, 자식 자랑, 그

리고 늘어나는 재물 자랑으로 입에 거품을 물었지만 그녀는
아무것도 자랑할 게 없었다.

친구들의 자랑에 그녀의 속이 얼마나 탔을지는 들여다보지
않아도 훤히 보이는 것이었다.

상황이 이러한데도 이 덜떨어진 화상이 야간 근무 나갔다가
언제나처럼 술에 잔뜩 취해 돌아와서 자다가 깨어나 하는 말
이 출중한 사위 감을 점지해 두었다는 것이었으니.

"절대 안 돼요!"

그녀는 더 이상 들어볼 것이 없다는 투로 일언지하에 남편
의 말을 잘라 버렸다.

남편이 아직도 술이 덜 깬 모양이라고 애써 치부하긴 했지
만 속에서 열불이 치솟는 것은 어쩔 수 없었다.

생각 같아서는 밥상마저 들어 엎고 싶었지만 그건 명문가
출신의 그녀가 할 일이 아니었다.

'어머, 정천웅이라고?'

방 밖에서 부모의 대화를 듣고 있던 홍자려는 대체 그 아이
가 누군지 호기심이 들었다.

하인치고는 너무 멋진 이름인데다 나이도 그녀보다 어리다
고 한다.

아무리 부친이 가끔 실없는 소리를 하긴 하지만, 딸의 소중
한 혼사를 두고 헛소리나 하는 경망한 사람은 아니었다.

'그래! 누군지 알아보기나 하자!'

그녀의 야무진 결심이었다.

혼자 생각을 해보고 싶어 친구들과 일찍 헤어진 만석은 마을이 가까워지자 무명서에 대한 생각을 애써 지워 버렸다.

소이의 말마따나 지금은 홍주원의 맏딸인 정혼녀를 어떻게 할 것인지를 고민할 때였다.

어떻게 생겼는지 궁금하기도 했지만 지금의 걱정거리라면 어디까지나 신분의 격차였다.

삼류라고는 하지만 무림칠대세가의 무사 집안과 홀아비를 둔 하인의 자식이란 언감생심 어울릴 수 있는 상대가 아니었다.

그것도 그냥 놀자는 것이 아니라 혼인을 약속한 사이다.

정만석이 배포가 크다고 해도 아직은 어린아이였다.

아버지 정삼에게 허락을 얻어야 하는 것이 통상적인 절차였지만 만석은 주저하다 끝내는 입을 다물고 말았다.

홍주원이 술도 취했겠다, 순간적인 객기일 가능성도 있었으니 어쩌면 걱정하지 않아도 될 일인지도 모른다.

'그래. 지레 걱정할 필요는 없을 거야.'

만석은 애써 마음을 편하게 가지려고 노력했다.

'크훗! 그 양반 벌써 그 일은 까마득히 잊고서 만나면 모른 척할걸?'

그렇게 만석이 대충 홀가분한 마음으로 집을 향해 걷고 있는 시각, 홍자려는 무사촌과 하인촌의 경계를 짓는 일 장 폭의 작은 개울가에서 망설이지 않을 수가 없었다.

여인의 바깥나들이에 관대한 무가(武家)라 하더라도 낯모르는 곳에서 서성거리면 괜한 눈총을 받기 십상이었다.

더욱이 하인촌은 더러운 곳이라 하여 신분이 다른 무사 집안의 사람들이 이곳을 드나드는 경우는 무척 드문 일이기도 하였다.

'아냐! 그게 무슨 상관이야? 나만 떳떳하면 그만이지.'

홍자려는 잘끈 입술을 깨물며 마음을 다잡았다.

그런데 일단 정천웅이 어떤 애인지 알아보려면 하인촌 사람들에게 물어봐야 했다.

세가의 곳곳에서 미천하고 더러운 일을 하는 하인들.

그녀는 하인들이 뒷간의 똥을 푸는 것을 익히 보아온 터였다.

세가의 천하고 궂은일을 하는 하인들은 이백여 명이 넘었는데, 생활 격차가 무사 집안과는 하늘과 땅 차이였다.

아무리 근래 무림칠대세가에 당당히 자리한 천무세가라 하더라도 하인들은 생활상이야 뻔했다.

식료품이나 옷가지, 이불 등 기본적인 일용품은 세가에서 배급을 해주었는데, 기타 필요한 것은 일의 성질이나 나이에 따른 급료를 받아 해결했다.

그러기에 하인들의 생활 수준도 약간의 차이가 있었지만 못 먹고 못살기는 마찬가지였다.

'이건 진짜 말도 안 돼!'

홍자려는 실망하지 않을 수가 없었다.

　그녀가 하인촌의 아이들에게 정천웅에 대해서 물어보았지만 그들은 하나같이 모른다고 고개를 젓는 것이었다.

　그도 그럴 것이 천웅이라는 이름은 소이와 우거형 세 아이가 저희끼리 부르는 이름이었으니 다른 아이들이 알 리가 만무했다.

　부친이 취중에 자다가 꿈을 꾼 것은 아닌지 의심스럽기는 했지만 고개를 약간 숙이고 다가오는 아이를 보고 그녀는 마지막 희망을 걸기로 하였다.

　대충 나이도 비슷하게 보였으니 혹시나 하는 마음이었다.

　"얘. 너 혹시 정천웅이라고 알아?"

　그녀는 단도직입적으로 물었다.

　이걸 끝으로 하인촌을 바로 떠나려는 생각이었으니 길게 토를 달 이유도 없었다.

　'응? 천하에 셋밖에 모르는 내 이름을 아는 계집애라……?'

　정만석이 일순 발을 멈칫하며 계집애를 쳐다보았다.

　걸친 옷이 그리 고급 옷감처럼 보이지는 않았지만, 분홍색으로 염색한 옷은 하인들이 입는 옷가지와는 수준이 달랐다.

　미인이라고 하기는 어렵지만 하얀 피부에 또렷한 이목구비는 그런대로 예쁘다는 소리를 들을 만한 얼굴이었으며 날씬한 몸매는 작은 얼굴과 잘 어울렸다.

　정만석은 그녀를 보자마자 자신과 정혼한 홍주원의 딸이 분명하다고 느꼈다.

　"그건 왜 묻지?"

정만석의 마른 얼굴에 짓궂은 미소가 스쳐 지났다.

홍주원이 그와 짝을 지으려고 안간힘을 쓰는 것으로 보면 얼추 연상되는 것이 절구통 허리에 살찐 암퇘지 면상이었다.

그런데, 막상 만나보니 특별히 미녀는 아니지만 예쁘장하게 생기지 않았는가?

이 자리에 계집애가 나타났다는 것은 홍주원이 자신의 약속을 잊지 않았다는 반증이기도 했다.

'훗! 그 양반, 약속 하나는 칼이네?'

정만석은 못내 기분이 좋았다.

'응? 나한테 왜 묻냐고 그랬어?'

홍자려는 막상 똑똑히 듣고 나서도 진짜 저 아이가 그렇게 말했는지 얼떨떨하기만 했다.

시커먼 얼굴에 눈만 반짝거리는 비쩍 마른 아이.

키는 자신보다 컸지만 결코 덩치가 크다고는 말할 수 없는 아이였다.

그토록 평범한 하인 자식이 신분이 다른 자신에게 거침없이 반말을 쓰다니, 빤히 응시하는 만석의 눈길에 그녀는 기분이 나빠졌다.

'뭐, 이런 애가 다 있어? 정말 웃기지도 않네?'

그녀의 솔직한 심정이었다.

보통 어른 하인이라 하더라도 그녀가 말을 걸면 '예, 예. 아씨' 하며 허리를 깊이 숙이며 황송스러워해야 하는 것이었다.

그런데 이 비쩍 마른 아이가 도대체 뭘 믿고 이렇게 건방지다는 말인가?

그녀는 일단 이 버릇없는 하인 아이의 말버릇부터 고쳐 놓기로 작정했다.

짜악!

"크윽!"

피할 틈도 없이 오지게 정만석의 뺨따귀를 때린 홍자려가 얼굴을 감싼 채 뒤뚱거리며 물러서는 그에게 엄중하게 호통을 쳤다.

"네 이놈! 네 아무리 막돼먹은 어린 하인 놈이라 하더라도 감히 반말로 이죽거리다니! 너와 나는 엄연히 그 신분에서 천양지차! 네놈의 행동은 이 자리에서 죽여도 마땅한 중죄임을 모르느냐?"

얼마나 대차게 맞았는지 이빨이 흔들리고 다리가 후들거렸다.

그러나 정만석은 흔들리는 신형을 꼿꼿이 세우고 똑바로 그녀를 쳐다보았다. 불똥이 튀기는 듯한 눈동자는 거세게 타오르고 있었다.

'이, 이 계집애가?

짜아악!

"아악!"

홍자려의 날카로운 비명 소리가 아프게 울어댔다.

이번에는 홍자려가 뺨을 감싸고 뒤로 물러나다 그만 엉덩방아를 찧고 말았다.

얻어맞은 뺨이 불화로처럼 달아올라 견디기 힘든 아픔을 선사했다.

"앞으로는 말조심해!"

정만석이 엄중하게 소리치는 서슬에 그녀가 눈물이 그렁한 눈으로 쳐다보니 그는 벌써 몸을 돌려 걸어가고 있었다.

"너, 너! 거기 서!"

그녀가 맞은 것이 너무나 억울해서 정만석을 삿대질하며 소리를 빽 질렀다.

그러나 정만석은 걸음을 멈추지 않았다.

다만, 한마디 그녀의 귓속에 틀어박히는 꼬챙이 같은 말이 있었다.

"넌 부덕(婦德)이 무엇인지 첨부터 다시 배우고 와야겠다."

'응? 이게 무슨 소리야?

의외의 말에 홍자려가 아픔도 잊고 눈을 똥그랗게 뜰 때, 만석이 한마디 더했다.

"내 아무리 네 부친과 약조를 했다고 하더라도 너처럼 막돼먹은 계집애를 아내로 맞고 싶지는 않아! 돌아가거든 네 부친에게 나와의 정혼은 파기되었음을 알려라!"

"그, 그럼……?"

그녀가 놀라서 멍하니 정만석의 뒷등을 올려다볼 때 그의 신형은 굽이진 골목길을 돌아가고 있었다.

第二章
여인의 덫

홍자려와의 일이 있은 지 며칠이 지나자 일을 끝낸 정만석
은 좀이 쑤셨다.

그래서 에라 모르겠다, 엉터리라도 책은 책이니까. 하는 심
정으로 예의 고목나무 밑구멍에 숨겨둔 무명서를 꺼내 든 것
이었다.

노부는 이십 년간 강호를 행도하면서 수많은 상승의 내공심법
을 접할 수 있었다.

이로부터 시작된 심법 편에서는 어김없이 무적초자 시절의
일화가 소개되어 있었는데, 순전히 자기 자랑에다 남을 비웃

는 내용으로 일관하고 있었다.

'에, 에휴! 정말 해도 너무한다.'

그래도 책에서 손을 놓지 못하는 자신이 이상스럽긴 했지만 그냥 옛날 얘기책으로 생각하면 못 볼 것도 없었다.

노부가 어느 날 숭산 소림에 올랐을 때, 당시 소림의 방장인 혜인 선사를 만날 수 있었다.

그동안 수년간의 비무행으로 무적초자라는 내 이름이 알려진 덕분인지 소림승들은 산문에서부터 나를 극진히 맞이해서는 방장실로 안내하는 것이었어.

혜인은 버선발로 방장실을 뛰쳐나와 내 손을 잡고 반가워하였는데, 차를 한잔씩 하고는 곧바로 무공에 대한 고담준론으로 들어갔지.

혜인이 먼저 그러더군.

"빈승은 삼 갑자의 내공을 가지고 있어, 내 몸에는 언제나 진기가 충만하외다."

하기에 내가 그랬지.

"소생은 몸 안에 단 한 푼의 내공이 없어도 진기가 마를 날이 없소이다."

혜인은 내 말을 믿지 못하고 내게 공력을 겨루어보자고 나섰는데 방 안에는 마땅한 것이 없었어. 이에 소림방장의 신물인 녹옥불장을 허공에 띄워놓고 자기 앞으로 많이 끌어들이는 것을 이기는 것으로 했던 것이야.

그런데 겨우 일각의 시간이 지났을까?

노부는 가벼운 바람이 스쳐 지나듯 아무런 느낌도 없었는데, 혜인은 시간이 지날수록 돼지 간을 삶은 것처럼 얼굴이 시뻘게지면서 땀을 뻘뻘 흘리는 것이었어. 그래서 노부는 혜인의 체면을 생각해서 그쯤에서 공력을 거두고 말았으니.

연자여!

모름지기 공력이란 몸 안에 쌓아놓고 갑자를 다툴 일이 아니니 이를 항시 명심하도록 하라.

"춫! 그럼 공력을 어디에 쌓으란 얘기야?"

정만석이 투덜거리는 것처럼 어디에 공력을 쌓아야 한다는 설명도 없이 달랑 그 말만이 쓰여 있는 것이었다.

그리고는 이어지기를,

노부는 삼십 년간 도끼로 나무를 자르고 패면서 힘이 들 때에는 단전으로 숨을 깊이 들이켜 내보내는 일을 반복하였다.

이렇게 하기를 십 년.

나중에는 일을 할 때마다 자연스럽게 단전호흡을 하게 되었으며, 그로부터 다시 십 년이 지났을 때에는 숨을 쉴 때마다 단전호흡을 하였던 것이다.

무림에 나가 보니 사람들은 이를 진기토납술이라 하여 내공을 쌓는 기초로 치부하고, 일단 단전이 꿈틀대면서 뱃속에 더운 열기가 뻗치기 시작하면 본격적으로 내공을 익힌다는 것이었다.

이리하여 상승의 내공심법으로는 십 년을 익혀도 일 갑자의 내공을 가진다고 하며, 하류의 내공심법을 익힌 자는 일 갑자에 십 년의 내공밖에 얻지 못한다고 하였으니, 사람들을 속이는 것이 이 어찌 가당키나 하리요.

모름지기 상승의 내공심법에 연연하여 몇 갑자의 내공을 쌓는 것은 다 부질없는 짓이로다.

내공을 쌓다가 주화입마에 걸리는 것이 드물지 아니함은 모두 자연의 이치를 거슬리기 때문이니 연자는 내공심법 알기를 길가에 구르는 돌멩이처럼 하찮게 여기도록 하라.

"어이구! 다 좋은데 삼십 년이나 진기토납술을 쌓아야 한다고?"

어느새 책자의 내용에 빠져든 정만석은 절망의 한숨을 내쉴 수밖에 없었다.

'응? 그게 아닌가?'

노부가 삼십 년간이나 토납을 했다고 해서 연자는 실망하지 말라. 노부는 아무것도 모르고 토납술을 행한 것뿐이라 오랜 시일이 걸렸지만 노부가 먼저 간 길을 따라가는 후인은 자질과 근골에 따라 얼마든지 그 시일을 앞당길 수 있으리라.

'크훗! 그렇겠지!'

적이 안심이 된 정만석이 책 아래를 보니 알몸을 하고 곧추

선 사내가 양 손바닥을 펼쳐 단전 근처에 세운 그림이 있었다.

그리고 그림 밑에 한 줄의 글귀가 있었으니,

'하늘과 땅 사이에 사람이 있으니 이를 천지인(天地人)이라 하노라' 라는 것이었다.

'이게 뭐야? 여기서 끝이야?

정만석은 또다시 어리둥절해졌다.

마땅히 무적초자 비전의 토납술을 닦는 방법이 나와 있어야 하는데, 달랑 거기서 끝이었던 것이다.

"크으, 그럼 그렇지! 어쩐지 이상하다고 했더니."

실망한 그가 그래도 건질 것이 없을까 하고 그 자리에서 그림대로 흉내를 내보았다.

후욱, 후우웁.

만석은 호흡을 하는 데만 온 심력을 기울였다.

그러나 그렇게 수백 번이나 단전호흡을 해봤지만 변화가 있을 까닭이 없었다.

"대장, 거기서 뭐 해?"

그때, 우거형이 한 짐의 나뭇단을 짊어 메고 산기슭으로 내려오면서 물었다.

소이는 집안에 일이 있다고 일을 마치고 먼저 들어간 터라 천중산에는 두 사람밖에 없었다.

"크큭! 그냥 서 있었지, 뭐."

괜히 부끄러워진 정만석이 머리를 저으며 자세를 풀자 뭔가 소망을 빌었거니 하고 생각한 우거형이 말을 돌렸다.

“근데 말야. 오늘 아침에 홍자려 소저를 만났거든?”

“홍자려라니?”

홍주원의 맏딸 이름을 알 리가 없는 정만석이 의아스럽게 반문했다.

“엉? 아직 이름도 모르고 있었구나?”

“짜식! 내가 그 계집애 이름을 알 필요가 뭐있냐? 쓸데없는 소리 말고 왜 만난 건지 말이나 해봐!”

정만석이 짐짓 별것도 아니라는 투로 말할 때,

“흥! 뭐예요? 내 이름을 알 필요가 없다고요?”

‘어헉!’

두 사람이 깜짝 놀라 소리가 들리는 쪽으로 돌아섰다.

길 아래에서 양손을 옆구리에 턱 붙이고 기세등등하게 정만석을 째려보는 소녀는 바로 홍자려였다.

그러나 놀란 것도 잠깐, 정만석이 얼른 그녀를 외면하더니 우거형에게 소리쳤다.

“야, 뭐 해? 그만 내려가자!”

“흥! 가긴 어딜 가요!”

‘으응?’

정만석은 그의 앞을 가로막는 홍자려를 피할 수가 없었다.

아무리 삼류라고 해도 무사 집안의 딸이었다.

게다가 정만석이 손도 못 쓰고 홍자려에게 뺨을 얻어맞은 것처럼 그녀 역시 약간의 무공을 할 줄 아는 것이었다.

아마도 정만석이 천생 장사가 아니었다면 그녀에게 얻어맞자마자 패대기쳐진 개구리처럼 바닥을 기었을 터.

그때를 생각하면 등때기에서 식은땀이 흐르는 만석이었다.

그녀가 방심을 하지 않았다면 정만석은 그녀의 뺨을 때리기는커녕, 옷깃 하나 건드리지 못했을 것이다.

이처럼 무공이 있고 없고의 차이는 상상하는 것보다 더욱 큰 것이었다.

"아니, 남정네가 갈 길을 가겠다는데 말만 한 처녀가 길을 막다니! 부끄럽지도 않아?"

"흐응. 말도 안 돼! 언제는 부덕이 어떻고 하며 훈계를 주시더니 이제는 낯모르는 계집애 취급인가요?"

"어허! 그대와 나는 이미 파혼한 처지! 나를 찾아올 이유가 없을 텐데?"

"훗! 누구 맘대로요! 정혼이란 것이 말 한마디로 끝날 만큼 가벼운 줄 알았다면 그건 큰 오산이에요!"

'엥? 이게 무슨 소리야?

우거형이 뭔 소린가 하고 두 사람을 번갈아 보았다.

저간의 사정을 알 리가 없는 우거형이야 두 사람의 대화가 생뚱맞긴 하겠지만 더욱 황당한 것은 만석이었다.

보아하니 콧대가 높은 계집애가 자신에게 깍듯이 존댓말을 쓰는 것을 보면 그녀의 심사를 모를 수가 없었다.

'아이구! 이거, 코 꿰었구나! 에라 모르겠다.'

생각이 들자마자 자리에 털썩 주저앉은 만석이 내친김에 목에 각지를 끼고 드러누워 버렸다.

'응? 저건 뭐 하는 짓이야?'

이번에는 홍자려가 의아해졌다.

저번에도 그랬지만 만석의 태도는 어린 나이에도 의젓하기도 하고 딱딱 끊어지는 성품을 느낀 그녀였다.

게다가 말발도 무지 센 것이 대충 여기서 끝낼 사람이 아닌 것이다.

'에구, 난 어떡하지?'

이렇게 되자 어정쩡해진 것은 우거형이었다.

정혼을 한 남녀 사이에 낀 친구의 입장은 어디까지나 불편한 것이다.

"대, 대장, 나 그만 갈게."

"아니, 네가 왜 가?'

"아, 아냐. 갑자기 급한 일이 생각나서."

우거형이 궁색한 핑계를 대며 부리나케 꽁무니를 뺐다.

잘못하면 두 남녀 사이에 끼어서 불똥이 튈지도 모른다는 우거형의 잔머리였다.

"험… 험……!"

졸지에 어색해진 공기를 느끼고 만석이 헛기침을 했다.

막상 자신을 내려다보는 홍자려의 긴 속눈썹을 보자니 절로 가슴이 뛰는 만석이었다.

홍자려가 잠시 머뭇거리더니 길게 누운 만석의 곁에 앉았다.

'응? 이건 또 무슨 냄새야?'

가까이 앉은 그녀의 몸에서 이상야릇하고 향긋한 체취가 풍기자 코를 벌름거리던 만석이 속으로 무릎을 쳤다.

'오호라! 이게 바로 여인들의 몸뚱이에 처바른다는 지분 냄새구나!'

사실 하인촌의 아낙들은 지분을 바르는 일이 없으니 만석은 생경한 느낌도 들었다.

"저기요."

만석이 눈을 감고 자는 시늉을 하자 답답해진 홍자려가 말을 꺼냈다.

"말해봐."

쫓아낼 수도 없고 그렇다고 묵묵부답으로 일관하기에는 만석도 부담스럽긴 마찬가지였다.

"평생 하인으로 지내실 생각인가요?"

'응? 이건 또 무슨 뚱딴지같은 소리야?'

잠시 갸웃하던 만석의 머리가 빠르게 회전했다.

'아아! 이제 본격적으로 나에 대해서 알아보시겠다 이거지?'

사실이 그랬다.

아무리 하인 자식에게 시집을 갈 생각을 하더라도 상전인 무사 집안 출신의 여인 입장에선 앞으로 나아질 것이란 희망이 필요한 것이다.

"하인이 어때서 그래?"

그러나 만석은 홍자려에게 부질없는 희망을 주지 않기로

했다.

무공을 익히든 어쨌든 장성하면 세상으로 나가야 한다.

그러나 먹고살기가 무척이나 어려운 시절이라 하인 신세에 만족하는 사람들도 많은 것이 현실이었다.

게다가 무림칠대세가인 천무세가의 하인이라면 오히려 일반 양민들이 부러워하는 자리였다.

때문에 세가의 하인이 되려고 이런저런 줄을 대어 순번을 기다리는 사람들이 부지기수라고 하니 약간의 자존심만 죽이면 못할 것도 없는 것이 하인 노릇이었다.

"네? 그럼?"

"정말 귀찮군! 내 마누라가 되려면 그 알량한 자존심이나 죽이라구. 우리보다 못한 사람도 많잖아?"

'호홋! 날 시험해 보겠다는 거지?

홍자려는 속으로 같잖다는 미소를 지었다.

며칠 동안 정만석의 주변을 돌면서 그에 대해서는 알 만큼 알게 된 그녀였다.

한마디로 하인촌의 어린 용이라고나 할까?

미천한 하인 신분에 어울리지 않게 벌써 사서삼경을 떼었다고 해서 허 선생이 더 이상 가르칠 게 없다고 손발 다 들었다는 소문도 들렸고, 비쩍 마른 몸인데도 힘은 장사라는 것이었다.

게다가 성질도 대단해서 또래는 물론 몇 살 더 먹은 아이들도 정만석에게는 껌뻑 죽는다고 하였으니 그건 그를 대하는 우거형과 소이의 태도를 보아도 익히 알 수 있는 일이었다.

더욱이 정만석의 꿈이 하인들도 행세하는 세상을 만든다는 것이었다.

끝내 삼류무사로 전락한 부친에게 어머니가 얼마나 절망하고 있는지 잘 아는 그녀로서는 정만석에게 거는 기대가 커지고 있는 것이다.

"그건 그렇고, 혼약이 아직도 유효하다고 했어?"

"네. 그래요!"

정만석의 물음에 그녀가 생각할 필요도 없다는 듯 당차게 대답했다.

자신보다 한 살 어리다는 그를 다시 만나보니 몇 살 손위 오빠처럼 느껴지는 그녀였다.

그래서 그가 처음부터 끝까지 반말로 일관함에도 거부감이 들지 않았을 뿐 아니라, 존댓말로 그를 대하는 것도 전혀 어색하지 않았다.

"후회하지 않겠어?"

"물론이에요."

"어떤 어려움이 있더라도?"

"믿을게요."

"좋아! 그럼 나도 너를 내 정혼녀로 인정하겠어!"

"고, 고마워요."

그녀는 정만석의 말이 진정 고마웠다.

생각해 보면 오히려 신분이 미천한 정만석이 신분이 높은 그녀에게 고마워해야 할 터인데 두 사람 다 그런 생각을 안 하는 것 같았다.

"그만 내려가자."

정만석이 몸을 일으키며 그녀에게 손을 내밀자 주저하던 그녀가 가만히 그의 손을 잡았다.

'야아! 진짜 손이 보들보들한 게 감촉이 그만이네?'

정만석이 그러면서 보니 그녀의 얼굴이 홍시처럼 붉게 물들어 있었다.

그리고 얼굴을 돌리고 그의 눈치를 살피는 그녀의 야릇한 눈길에 정만석의 가슴도 널 뛰듯 마구 뛰어오르고 있었다.

'쳇! 기분이 이상한데?'

그녀의 손을 잡고 산을 내려가면서 정만석이 내내 헤어나지 못한 생각이었다.

"애가 어딜 간 거야?"

팽수영은 점심을 먹고 나간 맏딸 홍자려가 해가 지는 이 시각까지도 들어오지 않자 애간장이 탔다.

둘째딸 미련(美蓮)과 셋째 딸 아지(娥芝)야 아직 어리니 별로 걱정이 안 되었지만, 자려는 가슴이 봉긋하게 솟아오르고 허리 선이 미려해지는 열네 살이었다.

어미의 눈으로 봐도 벌써 여인 티가 솔솔 풍기는 딸내미를 볼 때마다 기쁘기도 하였지만, 다른 한편으로는 늑대 같은 남정네에게 혹시 변고를 당하지나 않을까 하는 걱정이 앞서는 것이었다.

그런데 출타한 지 세 시진이 가깝도록 돌아오지 않다니.

"얘들아, 언니 못 봤니?"

팽수영은 아이들의 방문을 열고 작은 두 딸에게 물어보면서도 별반 기대는 하지 않았다.

하루 종일 집안에 틀어박혀 길쌈놀이나 종이접기나 하고 있었으니 자려의 행방을 알 리가 없을 것이었다.

"언니 그 사람 만나러 갔을걸?"

그러나 팽수영의 생각과는 달리 둘째 미련이 고개를 갸웃하더니 의외의 대답을 했다.

"뭐야? 그 사람이라니, 대체 누구 말이냐?"

팽수영이 다그치자 미련이 얼굴에 난감한 표정이 어렸다.

'어, 어쩌지? 언니가 말하지 말라는 것을 그만.'

미련이 망설이며 곧장 대답을 못하자 팽수영의 얼굴에 바락 화기가 돋아났다.

"요것아! 얼른 대답하지 못해? 그 사람이 누구야, 응?"

급기야 모친이 팔소매까지 걷어붙이고 닦달하자 미련은 대답하지 않을 수가 없었다.

"그, 그 사람 있잖아."

"그래, 요것아! 그놈이 누구냐고?"

"저, 정천웅이라고 하던가… 그 사람 말이야."

"뭐, 뭣이야? 그 천한 하인 애?"

팽수영은 가슴이 덜컥 내려앉을 정도로 놀라고 말았다.

그렇게 안 된다고 했는데도 딸내미는 어미의 말을 안 듣고 엉뚱한 짓거리를 벌이고 있었던 거다.

"요, 요년이? 어디 들어오기만 해봐라!"

화가 잔뜩 난 그녀가 방문도 닫지 않고 마당을 가로지를 때, 사립문이 조심스럽게 열리며 마당 안을 빼꼼히 들여다보는 여자 애가 있었다.

"어서 들어오지 않고 뭐 해!"

팽수영이 빽 소리를 지르더니 내쳐 달려나가 홍자려의 손목을 낚아챘다.

"어, 어머니!"

"네 이년! 내 방에 가서 얘기나 해보자!"

평소에는 조용했지만 화가 나면 물불을 가리는 않는 모친이었다.

잘못하면 다리몽둥이가 부러질 각오까지 해야 할 정도로 화가 머리끝까지 솟은 팽수영을 보며 홍자려는 안절부절못했다.

아무래도 두 동생이 열린 방구석에서 불안스러운 눈초리로 밖을 내다보는 것을 보니 동생들이 고자질했는가 보다.

'내 저 계집애들을!'

홍자려가 어머니의 손에 끌려가면서도 험악한 눈초리로 째려보자 얼른 방문을 닫고 얼굴을 감추는 동생들이었다.

"자, 어서 앉거라!"

먼저 의자에 앉은 팽수영이 앞의 의자에 홍자려를 앉게 했다.

흥분으로 들썩이는 가슴을 가라앉히는지 팽수영은 잠시 말이 없었다.

이럴 때에는 소리를 지르며 길길이 날뛰는 것보다는 오히려 냉정하게 추궁하는 것이 더 효과적임을 그녀는 잘 알았다.

또 아랫것들마냥 이런 일에 난리를 쳐댄다는 것은 그녀의 자존심이 허락하지 않았다.

모친의 눈길이 점점 냉엄하게 변하며 안색이 싸늘해지자 자리가 점점 더 불편해지는 홍자려였다.

"저, 어, 어머니."

견디다 못한 홍자려가 뭔가 변명의 말을 하려고 하자 팽수영이 손을 저어 말을 가로막았다.

"됐다. 이 어미는 네게 들을 말이 한마디밖에 없구나."

"어, 어머니?"

그녀가 무슨 말인지 몰라 떨떠름하게 반문하자 팽수영이 엄한 음성을 발했다.

"다시는 그 천한 놈하고 만나지 말아라! 약속할 수 있겠지?"

팽수영이 은근히 눈을 빛내며 딸의 대답을 기다렸다.

그녀는 자신의 딸이 의당, '네, 그럴게요' 하고 대답할 것으로 믿었다.

그녀가 기대할 만큼 세 딸 중에서도 가장 용모가 뛰어난 홍자려는 평소에 남자 보는 눈이 높았다.

그리고 어린 나이에도 용케 세상 물정을 알아 지금껏 모친의 걱정을 덜어주던 아이였다.

그러나 모친의 생각과 달리 홍자려는 그럴 수가 없었다.

　지금이야 비루먹은 망아지처럼 비쩍 말라 볼품이 없지만 정만석의 그 태양처럼 빛을 발하는 눈과 완강한 턱을 보면 뭔가 해도 크게 해먹을 사람 같아 보였다.

　그녀의 손을 잡던 두툼한 손길에 그녀의 가슴은 또 얼마나 두근거렸던가.

　그와 헤어지면서 그녀는 몇 번씩이나 그를 돌아보지 않을 수 없었다.

　제 갈 길을 터벅터벅 걸어가던 정만석의 외로운 뒷모습이 다시금 그녀의 뇌리에 깊숙이 떠올라 왔다.

　이렇듯 그녀의 방심은 열릴 대로 열려 있었던 것이다.

　며칠 정만석의 주변을 돌면서 마음속 깊이 담아오던 아이.

　아직은 철이 덜 든 그녀였지만 애틋한 사랑을 키우는 꿈 많은 소녀이기도 하였다.

　'안 돼! 그럴 수는 없어.'

　그녀는 입술을 꼭 깨물었다. 죽어도 안 돼!

　"어머니."

　그녀가 말을 더듬지도 않고 자신을 똑바로 쳐다보자 절로 고개를 끄덕이는 팽수영이었다.

　"그래, 그래. 일껏 네 아버지가 그놈 얘기를 했으니 딸이 되어 모른 척하기도 어려웠겠지. 내 다 이해한다."

　"그게 아녀요, 어머니."

　"그게 아니라니? 너 대체 무슨 소릴 하는 거냐?"

　"저는 그 사람의 아내가 되기로 했어요."

“뭐, 뭐야?”

팽수영은 갑자기 골이 팽 하고 돌며 어지러운 느낌에 몸이 비틀했다.

“어, 어머니?”

홍자려가 금방 쓰러질 듯한 어머니의 몸을 붙잡자 팽수영이 그녀의 손을 홱 하고 뿌리쳤다.

“놔라! 이 불효막심한 년 같으니! 내가 너를 그렇게 가르쳤더냐?”

이어 성질에 못 이긴 그녀가 가슴을 치며 소리를 지르는 것이었다.

“에고오. 내놓으면 채어갈세라, 불면 날아갈세라 고이고이 키워놓았더니 이제 와서 어미를 배신하다니, 이럴 수가 있단 말이냐!”

거의 통곡을 하다시피 목소리를 높이는 모친의 모습에 어쩔 줄을 몰라 하면서도 홍자려의 결심은 더욱 굳어갈 뿐이었다.

입술을 꼭 깨문 홍자려가 의자에서 내려와 무릎을 꿇었다.

‘아니, 얘가?’

소리를 치는 와중에도 못내 딸의 행동이 궁금해진 그녀였다.

“어머니, 소녀는 어머니께서 뭐라고 하셔도 그 사람을 떠날 수 없어요.”

“뭐라고? 너, 너 혹시 그놈과 그 뭐냐, 이상한 짓을……?”

차마 입에서 꺼내놓을 수 없는 말이었다.

겨우 열세 살과 열네 살.

어리다고 생각하면 너무 어리고, 다시 보면 충분히 한 사람의 남자와 여인으로 부족함이 없을 나이였다.

그녀는 스무 살이 넘어 홍주원을 만나 혼인을 했지만 당시 그녀의 친구 중에는 열네댓 살에 혼인을 해서 아이를 낳은 아이도 여럿 있었던 것.

안색이 새파래져서 딸의 표정을 살펴보았지만 홍자려는 어리둥절한 눈으로 모친을 쳐다볼 뿐 이었다.

'후우. 아닌가 보다.'

팽수영은 적이 마음이 놓여 천천히 가슴을 쓸어내렸다.

또 그렇게 마음이 안정되다 보니 슬슬 새로운 분기가 솟아오르고 있었다.

"네 말은 못 들은 것으로 하마! 놈을 다시 만난다면 이 어미는 너를 딸 취급하지 않겠다."

"어, 어머니!"

"듣기 싫다!"

홍자려가 눈물을 흘리며 애통하게 소리쳤지만 팽수영은 쌀쌀맞게 등을 돌리고 방을 나갈 뿐이었다.

*　　　*　　　*

무공을 처음 익힐 때는 마보세(馬步歲)를 취한다.

이 자세는 양발을 어깨 너비만큼 벌리고, 무릎을 구부려 엉덩이는 뒤로 쭉 뺀다. 그리고 두 팔은 수평으로 뻗는 것인데, 이는 다리와 팔의 근력을 강화시키며 허리를 강건하게 해서 무공을 익히는 데 적합한 체질을 만드는 것에 있다.

그러나 노부는 마보세를 익힐 필요가 없었다.

내가 도끼를 높이 들어 통나무를 곧추 쪼개는 것이 바로 마보세의 전형이니 나는 무려 삼십 년간이나 마보세를 연마하였던 것이다.

"햐! 그거 그럴듯한데? 장작을 패는 자세가 곧 마보세라……."

그 밑의 그림은 역시 나체의 사내가 도끼를 높이 들어 통나무를 쪼개려고 하는 동작이 그려져 있었다.

"어디 나도 한번!"

만석이 들고 온 도끼로 냅다 나무를 찍어보았다.

의도적으로 마보세를 취하며 도끼를 찍어보니 뭔가 이제까지와는 전혀 다른 느낌이 드는 것이었다.

한마디로 나도 무공을 익히고 있다는 뿌듯함이라고 할까?

그런데 다음이 궁금해서 도끼를 내려놓고 장을 넘겨보니 또다시 무적초자 시절의 일화가 들어 있는 것이었다.

"에구! 여전하시군."

혼잣소리로 투덜대긴 했지만 이젠 손에서 책을 놓을 생각이 없는 만석이었다.

그날도 노부는 은거기인을 찾아 산중을 헤매고 있었어.

듣기로 무당파의 전대 장문인 송현자(松玄子)가 은거한 곳이 바로 무당산의 무애곡(霧涯谷)이라고 하였는데, 산림을 헤치고 산길을 가다 보니 눈 아래 절벽 밑으로 짙은 안개가 낀 계곡이 펼쳐져 있었지.

이래서 노부는 길을 제대로 찾아온 것으로 믿고 아스라한 절벽 밑으로 신형을 날렸던 것이지. 귓가로 씽씽거리며 스쳐 지나는 바람 소리마저 마음에 뿌듯한 희열을 주니 나는 너무도 흡족했어.

맑은 계곡수가 졸졸 흐르며 이른 아침 햇살에 보석처럼 빛나고, 팔뚝만 한 열목어가 헤엄치고 있었으니 이곳이 말로만 듣던 선계가 아닌가.

다만, 나는 이런 경개가 좋은 곳에 떡하니 은거하고 있는 송현자가 미워지는 것이야.

나이 오십에야 무림에 출도해서 무려 십 년간이나 비무행을 다녔으니 내 꼴은 피폐해서 눈 뜨고 보아주지 못할 정도였지. 하지만 세속에서 부귀와 공명을 누리던 자가 은퇴해서도 멋진 자연을 벗 삼아 살아가다니, 나는 화가 나서 견딜 수가 없었어. 송현자를 이 선경에서 쫓아내고 싶었던 거야.

그런데 골짝을 한 바퀴 휘둘러봐도 인기척은 전혀 없더란 말이지.

그러다가 계곡 물을 오르내리는 살이 통통 오른 열목어를 보니 배가 무지 고파지더군. 그래도 체면이 있지 몰래 먹을 수 있겠어?

"나 열목어 먹는다!"

온 산골짝이 떠나가라 고래고래 소리를 지르며 열목어 몇 마리를 잡아 구워 먹은 것이야.

그때서야 어디선가 머리에 도관을 쓰고 깨끗한 도복을 입은 노인이 등장해서는 나에게 삿대질을 하며 죽일 듯이 난리를 치더군.

"네놈은 누구기에 나의 소중한 물고기를 잡아먹느냐?"

그래서 내가 그랬지.

"배가 고파 물고기를 잡아먹는 것이 어찌 죄가 되리오."

그랬더니 그 노사가 지팡이를 들어 내가 먹은 열목어 뼈다귀를 가리키며 엄중하게 이르더군.

"네놈이 잡아먹은 열목어를 살려놓지 않으면 대신 네 목숨을 거두리라!"

아주 눈에서 불똥이 튕기더라니까?

도대체가 평생 도를 닦았다는 자가 저렇게 인색하고 인간의 도리를 모르다니!

내가 비웃으며 한마디 했지.

"이거 보슈! 노인네가 도복을 입은 것을 보니 도인이 분명할진대, 어찌 미물의 목숨을 가지고 사람의 목숨을 위협하는 것이오? 그러고도 귀하가 도를 닦는다고 할 수 있소?"

그랬더니 그자의 얼굴이 똥색으로 변하더군.

그리고는 할 말이 없는지 불문곡직 지팡이로 공격을 해오는 것이라.

"네 이놈! 내가 누군지 알고나 죽어라! 나는 무당의 송현자라
고 한다."

그가 공격하니 나는 당연히 막을 수밖에!

"에이휴! 아무리 그래도 그렇지. 고작 물고기 몇 마리 때문
에 송현자란 고인이 쩨쩨하게 그랬을 리가 있어? 쳇! 하여간
거짓말은 도가 튼 양반이라니까."

"훗! 대장. 뭘 그리 중얼대고 있어?"

만석이 눈을 들어 보니 소이가 산길을 타고 올라오고 있었
다.

"자, 이거나 먹어!"

그가 내미는 것은 손바닥만 한 누룽지였다.

"아니, 아침부터 안 보이더니 웬 누룽지냐?"

소이의 남자답지 않은 예쁘장한 얼굴에 쑥스러운 미소가 감
돌았다.

"실은, 오늘부터 아버지를 따라 주방에서 일하게 됐어. 세가
주님 전속 주방 말이야."

"응, 그래? 축하한다고 말해야 하냐?"

세가주의 주방에서 일하게 되었다는 것은 모든 하인들이 선
망하는 일이었다.

그만큼 급료도 많을 뿐 아니라, 맛본답시고 그 귀하고 비싼
음식을 먹을 수도 있었으니 한마디로 땡잡은 거였다.

그러던 소이가 갑자기 말을 돌렸다.

"근데, 대장. 그 아가씨 정말 예쁘더라? 난 천상의 선녀가 내려온 줄 알았어."

소이가 입가에 침을 튀기며 오늘 아침에 본 세가주의 외동딸인 송아라(宋雅羅)를 칭찬해 대는 것이었다.

"짜식! 입가에 침이나 닦고 말해라."

"헤헤! 네가 못 봐서 그렇지, 보기만 해도 까무라칠 만큼 예쁘다니까?"

"그래, 됐다, 됐어. 에휴, 강호에 나가 위명을 드날려 보자는 웅심은 엇다 팔아먹고 침이나 질질 흘리냐?"

"큭. 그건 그거고 이건 또 이거 아냐?"

"쯧. 못난 녀석 같으니라고."

만석이 혀를 차며 누룽지를 입에 가져가자 소이가 만석의 무릎 위에 놓인 책을 곁눈질했다.

"아니, 아직도 그 책 봐?"

"아, 이거? 뭐 어때? 재밌기만 한데."

"어이구. 무슨 무공서라면서 재미로 본다는 말이야?"

소이가 말도 안 된다는 표정을 짓자 만석이 은근히 물었다.

"야, 철립아, 근데 너 혹시 송현자라고 들어봤어?"

"아니, 전혀. 그건 또 왜?"

"혹시 무당파의 전대 장문인 아니야?"

"아닐걸? 무당파의 전대 장문인은 청운자라고 죽은 지 십 년도 넘었을 거야."

"쳇! 역시 아니구나."

만석이 실망한 표정으로 책을 물끄러미 보자 그제야 만석이 왜 묻는 건지 알게 된 소이였다.

"대장, 또 그 책에 있는 내용 가지고⋯⋯?"

소이가 어이가 없어서 고개만 흔들고 있을 때, 멀리 산길을 오르는 소녀가 있었다.

만석으로서는 처음 보는 소녀였다.

第三章

장작 패기

  때는 꽃바람이 시원한 사월의 뒤끝이었지만 무창부에서 백여 리 남쪽의 천무세가는 찌는 듯한 가마솥 날씨를 보이고 있었다.

  미시를 맞아 바람 한 점 없는 산하는 타는 듯 지글거리며 끓고 있었지만, 붉은 꽃, 노란 꽃, 하얀 꽃들로 치장한 산속 소로는 그런대로 상쾌했다.

  평지보다 기온이 낮은데다, 수백 년 묵은 울울창창한 수림이 작열하는 햇볕을 상당 부분 가려주고 있는 것이었다.

  송아라는 오늘은 평소에 가보지 않은 곳을 둘러보고 싶었다.

  열다섯 살에 이르도록 세가의 주변에서 유일하게 가보지 않은 곳이라면 바로 하인촌 뒤의 천중산이었다.

아무래도 미천한 사람들이 사는 하인촌을 거쳐야 하기에 그동안 꺼려지긴 했지만 이제는 달랐다.

사흘 후면 남해 보타산으로 떠나 보타신니의 제자가 될 것이었다.

수십 년간의 교류가 이제야 결실을 맺은 것인데, 칠대세가의 말석을 차지하고 있는 천무세가로서는 남해의 강자 보타문과의 인연으로 한 단계 도약할 수 있는 기회이기도 하였다.

하인촌은 이미 사시에 가까운 시간이라 조용했다.

어른들은 한창 나가서 일을 할 때였으며, 어린아이들은 개울가에서 멱을 감으며 한창 물장난을 치는 시간이었다.

수십 채의 초가가 산만하게 자리를 잡은 하인촌이다.

마을 앞으로는 무사촌과 경계를 이루는 일 장 폭의 깨끗한 개울물이 흐르고, 마을의 뒤편으로는 험준한 돌산이 막아서 있었는데 돌 틈 사이로 간혹 비틀린 소나무들이 삐죽삐죽 솟아나 있었다.

거기서부터 천중산으로 향하는 산길이 시작되고 있다.

산굽이 방향의 길은 외길이었다. 길 양쪽으로는 험상스럽게 생긴 바위들이 쭉 이어져 있고 바위 오른쪽으로 좁은 개울물이 급하게 여울을 타고 있었다.

송아라의 발길이 가는 대로 지천에 널린 들꽃들이 환하게 웃으며 다가와 그녀의 마음에 함초롬한 잔상을 남기고 지나쳐 갔다.

"아아, 정말 아름답구나!"

졸졸 소리 내어 흐르는 맑은 계류와 지천에 흐드러진 들꽃의 향취, 그리고 돌산에 떨어질 듯 매달린 비틀어진 소나무와 아련히 코끝을 맴도는 솔향까지, 산속 소로는 완연한 봄의 내음새로 그녀를 황홀경에 몰아넣었다.

그렇게 얼마나 왔을까?

갑작스럽게 공간이 떨어져 나간 느낌이 들며 푸른 하늘을 배경으로 우뚝 솟아오른 삼각형의 산이 그녀의 눈에 담겼다.

'어머? 저곳이 바로 천중산(天中山)이구나!'

송아라는 그렇게 만석을 향해 다가왔던 것이다.

"아니, 아씨가 무슨 일로?"

눈을 가늘게 뜨고 소녀를 살피던 소이가 놀라서 얼른 산길을 돌아 내려갔다.

보아하니 감히 쳐다볼 수도 없는 상전이니 보고도 맞지 않는다면 아랫것의 도리가 아니었다.

아씨라면 녀석이 입에 침이 마르도록 찬사를 했던 송아라임에 틀림이 없으리라.

'쯧! 녀석은 다 좋은데 권력하고 계집에게 약한 게 흠이야.'

소이가 호들갑을 떨며 연신 그녀에게 머리를 조아리는 꼴을 보며 만석은 심드렁하게 뒤에 기댄 고목나무 구멍에 보던 책자를 집어넣었다.

그런데 그녀는 곧바로 내려갈 생각이 없는 듯했다.

아니 오히려 소이를 앞세우고는 만석이 앉은 곳으로 올라오고 있었다.

'이런! 짜식이 무슨 생각으로?'

만석은 귀찮았다.

이 깊은 산중에서 때아닌 또래의 상전을 만나게 되었으니 기분이 언짢기도 했다.

'응? 이거 봐라?'

만석은 흠칫하며 멀리서 산길을 돌아오는 그녀의 발길을 주시했다.

그녀의 발길은 무척이나 가벼워 꼭 바람을 타고 산을 오르는 느낌. 구태여 물어볼 것도 없이 천무세가의 가전 비풍무영(飛風無影)의 경신술이었지만 만석은 알 턱이 없었다.

또 세가 내부를 다닐 때에는 누구도 경신술을 펼치지 않으니 생소하기도 했다.

'나도 언젠가는 저렇게 될 수 있을 거야.'

만석으로는 부럽기는 하였지만 내색하고 싶지는 않았다.

미천하고 가진 것 없는 처지에서 자존심마저 버린다면 그때부터는 희망이란 없다.

"훗! 진짜 예쁘긴 예쁘군."

만석은 자신도 모르게 다가오는 그녀를 보며 감탄했다.

둥그런 얼굴에 아직 어린 티가 나긴 했지만 열세 살 어린 만석에게 그녀는 이미 성숙한 여인이었다.

하늘하늘한 발걸음이다.

쭉 뻗은 다리를 휘감는 엷은 초록빛 능라의가 때마침 불어오는 바람에 나풀거렸다.

만지면 뽀얀 분가루가 묻어날 듯 희고 투명한 얼굴에 흑요석처럼 반짝이는 눈동자, 그리고 휘여낭창 늘씬하게 뻗어 내린 동체는 한순간에 정신을 잃을 만큼 아름다웠다.

그녀의 한 손짓, 한 걸음마다 요요로운 유혹이 담겨 있는 듯했다.

쏟아져 내린 햇빛덩어리가 그녀의 온몸을 감싸 눈이 멀 듯 광채를 발산하고 있었다.

바람결에 실려 만석의 콧구멍을 간질이는 알지 못할 향기와 함께 그녀는 다가오고 있었다.

휘이이!

또다시 바람이 불었다. 바람을 타고 날아온 향긋한 내음이 만석의 깊숙이 들이키는 숨결 속에 스며들었다.

두 사람의 거리는 손을 뻗으면 잡을 수 있을 만큼 가까워졌다. 송아라가 반짝이는 눈을 들어 만석의 깊은 눈을 내려다보았다. 길고 새까만 속눈썹으로 그늘 진 눈동자에 초롱한 빛 무리만이 떠돌고 있다.

한순간 멍해진 기분에 만석은 몸을 옴짝도 할 수 없었다.

그런데 만석이 정신을 차리는 데는 긴 시간이 필요없었다.

'칫! 지가 예뻐보았자 살과 뼈로 이루어진 사람 아냐?

생각이 들자마자 잠자코 일어나 송아라에게 고개를 숙여 보인 만석이 소이를 돌아보았다.

“난 그만 갈 테니 아씨나 잘 모셔라.”

그리고는 소이의 대답도 기다리지 않고 엉덩이를 툭툭 털며 산길로 내려서는 것이었다.

‘응, 저 애가?

“어머, 애!”

그의 반응에 어처구니가 없던 송아라가 만석을 불렀지만 그는 돌아보지도 않고 내려가며 소리치는 것이었다.

“아씨를 모시는 데는 한 사람만으로 족합니다! 자, 소이야, 내일 보자!”

‘뭐, 저런 애가 다 있어?

부리나케 꽁무니를 빼는 만석을 보고 송아라는 실로 어이가 없었다.

부모님이나 오빠들이나 주변 사람들은 그녀를 거의 상전처럼 받들 지경이었다.

그녀를 처음 본 사람들은 한순간 정신을 잃는 것은 물론, 한 시라고 그녀와 더 있고 싶어서 갖은 핑계를 대는 터에 저 미천한 하인 애는 잠시 묘한 눈길로 자신을 쳐다보는 것 같더니 별거 아니라는 표정으로 떠나 버린 것이었다.

“애, 저 애 이름이 뭐야?”

“네? 네. 정만석이라고 하는데요.”

“오호호! 만석이라고?”

당연히 처음 들어봤을 것이다. 그녀가 촌스런 이름에 이를 드러내며 웃었다.

소이는 박속같이 새하얀 치아를 드러내며 깔깔대며 웃는 그녀의 황홀한 모습에 정신이 십 리 밖으로 달아날 지경이었다.

간신히 정신을 차린 소이가 떠듬떠듬 한마디 보탰다.

"저, 저. 그게… 우리끼리는 천웅이라고 불러요."

"호홋! 너희는 천웅이라고 부른다고?"

생각해 보면 어린애다운 유치한 수작이었다. 하지만 이름은 몰라도 어린 만석에게서 느껴지는 것은 장성한 사내의 진한 내음이었다.

'홋. 십 년 후에는 네가 어떻게 변해 있을까 상상해 보는 것도 재미있을 거야.'

진기한 장난감을 발견한 짓궂은 아이처럼 그녀의 눈이 영활하게 반짝였다.

"응? 웬일이야?"

만석은 산길을 내려오자마자 자신을 맞는 홍자려를 의아한 눈길로 응시했다.

"흥! 왜 제가 오면 안 되나요?"

"그게 무슨 소리야? 뭔 일이 있어?"

하룻밤 새에 마음이 변했나 싶은 만석이 반문했다.

"뭔 일은 뭐……."

홍자려가 말을 맺지 못하며 정만석의 얼굴을 살폈다.

주변이 경치에 취한 송아라는 몰랐지만 송아라가 천중산으로 향하는 것을 보고 그녀의 뒤를 몰래 따른 홍자려였다.

"어때요? 정말 예쁘죠?"

그녀가 잠시 머뭇거리다 한마디를 보태자 만석은 그제야 그녀의 심사를 눈치 챌 수 있었다.

소녀의 질투였다.

삼류무사의 딸과 세가주의 외동딸은 그 신분이 천양지차였다.

그 용모에 있어서도 반딧불과 보름달의 차이처럼 너무도 격차가 컸다.

"하핫! 바보 같으니! 난 너밖에 없어."

만석이 그녀의 발간 볼을 꼬집으며 짓궂게 웃자, 홍자려의 얼굴에 환한 미소가 피어났다.

그러나 피자마자 다시금 어두워지는 그녀의 안색에 만석이 의아한 눈빛을 발했다.

"무슨 일이 있었구나?"

"응. 그, 그게……."

한동안 말을 잇지 못하던 그녀가 털어놓은 얘기는 바로 그녀의 모친인 팽수영의 말이었다.

만석을 또 만난다면 모녀의 정을 끊겠다는 무시무시한 그 말.

'이걸 어떡한다?'

그녀의 말을 듣고 골똘히 생각에 잠겼던 만석이 싱긋 웃으며 그녀의 아담한 어깨를 툭 쳤다.

"핫하! 걱정 마. 내가 알아서 할게."

"응? 무슨 수가 있어요?"

그녀의 얼굴이 도로 펴지며 기대에 차서 반문했지만 만석이라고 해서 뚜렷한 방도가 있는 것은 아니었다.

다만, 걱정스러워하는 홍자려가 못내 안쓰러워졌을 뿐.

"그래! 내가 누구냐? 바로 중원을 질타할 영웅 정천웅이라 이거야! 겨우 이런 일도 해결 못하면 내가 앞으로 무슨 일을 할 수 있겠어?"

"아, 알았어요. 소녀는 그저 웅 랑(雄郎)만 믿고 기다릴게요."

그녀가 가슴을 두드리며 호기롭게 소리치는 만석을 믿음직스런 눈초리로 쳐다보았다.

'응? 저놈이 왜?'

추노(醜老)는 정만석을 이상한 눈길로 볼 수밖에 없었다.

나뭇짐 열 단을 세가의 주방 옆 마당에 풀어놓으면 정만석의 하루 일과는 끝나는 것이었다.

그런데도 그가 장작을 패는 옆에서 바닥에 뒹굴던 다른 도끼를 집어 들더니 장작을 겨누는 게 아닌가?

"야, 이놈아! 너 지금 뭐 하는 짓이냐?"

추노가 내쳐 물었지만 만석은 그를 힐끗 보더니 도끼를 높이 쳐들어 장작을 노려볼 뿐이었다.

빡! 빠각! 쩌억!

한동안 만석이 장작을 패는 소리만이 넓은 마당에 울려 퍼졌다.

"저, 저놈이? 거참, 나야 고맙기는 하다만."

열 살이 넘어서부터 나무를 해야 했던 만석의 도끼질은 정확했다.

장작으로 쓸 통나무는 산더미처럼 쌓여 있어 만석이 붙어봤자 별 표시도 안 났지만 주변에서는 장사로 소문난 만석이었다.

그러하니 통나무를 쪼개서 장작을 만들고 그 장작을 불 때기에 적당한 크기로 자르는 만석의 손길은 힘차면서도 빨랐다.

'자, 이제 시작해 보자.'

만석은 책에 있는 대로 차츰 단전호흡을 시도해 가면서 장작을 패기 시작했다.

'아냐, 아냐! 이게 아니야.'

하지만 자연스럽게 하려고 해도 단전호흡에 신경을 쓰다 보니 장작의 모서리를 쳐서는 조밥이 되지 않나, 엉뚱한 곳으로 튀질 않나 슬슬 엉망이 되어가는 것이었다.

"아니, 저, 저놈이?"

추노의 박박 얽은 얼굴이 지렁이처럼 꿈틀대더니 그의 눈이 도끼눈으로 변했다.

이러다가는 주방장 요분지(凹盆只)에게 경을 쳐도 단단히 치게 될 것이었다.

"야, 이놈아! 그만두지 못해?"

소리치며 만석에게 다가서는 추노의 숨결은 거칠어져 있었
다.

그때, 추노를 힐끗 보던 만석이 자신이 팬 장작을 하나씩 들
추어 보기 시작했다.

그리고는 옆에 쌓인 추노의 장작과 비교를 해보는 것이었
다.

'응? 저놈이 뭐 하는 짓이냐?'

얼른 만석의 옷자락을 잡아채려던 추노가 멈칫하며 만석의
행동을 주시하였다.

'추노의 장작은 이렇게 쪼개져 결이 매끄러운데, 내가 팬 장
작은 투박하기만 하다.'

그제야 무명서를 지은 무적초자가 삼십 년간이나 장작을 팼
다는 것을 다시금 반추한 만석이 추노를 올려다보았다.

"할아버지는 장작 패신 지 얼마나 됐죠?"

"엥? 그건 왜 묻느냐?"

만석이 하는 행동이 하도 엉뚱해서 지켜보기만 하던 추노가
눈을 가늘게 뜨며 반문했다.

"하하, 그냥요."

만석이 뒷머리를 긁으며 겸연쩍게 웃자, 무슨 곡절이 있겠
거니 짐작한 추노가 선심 쓰듯 대답했다.

"뭐, 어렸을 때부터 패왔기는 한데… 이것저것 합치면 한 삼
십 년은 되지 않겠냐?"

"삼십 년이라고요?"

만석이 우연의 일치에 눈을 크게 뜨며 반문하자 추노가 어이가 없어하며 웃었다.

"녀석! 뭐 그리 놀라냐? 다 배운 것 없고 힘이 없으니 어쩔수 없이 한 일 가지고. 에휴! 늙으면 죽어야지 아직도 살아가지고는 장작이나 패는 신세라니……."

그러나 만석의 눈치를 보면 노인의 한탄은 귀에 들어오지 않는 모양이었다.

'삼십 년! 삼십 년이라는 말이지? 좋아, 그럼!'

"저, 할아버지. 내일부터 요때쯤 하루 한 시진 동안만 도끼질을 가르쳐 주실 수 없을까요?"

"엉? 도끼질 배워서 뭐 하려고? 네가 그러고 싶다면야 말리지는 않겠다만……."

혹시라도 만석이 마음을 바꿀까 봐 얼른 뒷말을 덧붙이는 노인이었다.

"고마워요, 할아버지! 그럼 내일 또 봬요."

만석이 한시름 놓았다는 듯이 인사를 꾸벅하며 마당을 가로질러 나갔다.

"허어, 그놈 참. 또 무슨 꿍꿍이속인지. 뒤에 가서 장작을 조밥만 내지 않는다면 나야 좋기나 하지."

추노가 머리를 갸웃하며 중얼거렸다.

왁자지껄!

천무세가에 오랜만에 활기가 돌았다.

무림칠대세가로 자리매김한 지 이십 년.

천무세가는 아침 일찍부터 안팎으로 떠들썩한 분주함으로 가득 차 있었다.

세가의 하인들은 분주하게 돌아다니며 식량이나 마초, 그리고 물주머니 등을 나르느라 눈코 뜰 새가 없을 지경이었다.

사방 백여 장에 이르는 연무장에도 벌써 백여 명의 세가 무사들이 특유의 청색 제복을 깨끗하게 차려입고 피마자 기름을 묻힌 천으로 각자의 병기를 닦느라 분주했다.

이에 따라 그들이 타고 갈 백여 마리의 말들을 손질하는 마장(馬場)에도 평소 거기서 일하는 하인들의 배가 넘는 삼십여 명의 사람으로 북적대고 있었다.

히히힝거리는 각양각색의 말 울음소리로 천지는 떠나갈 듯하고 이들을 돌보는 마장 하인들의 이마에도 굵은 땅방울이 연신 흘러내리고 있었다.

바야흐로 출정의 시간이 임박하고 있는 것이다.

최근에 무창 주변을 횡행하며 각종 유람선과 무역선을 습격하여 주민들에겐 공포를, 인근의 방파들에게는 경계심을 심어 준 흑수채를 정벌하는 날이었다.

무창에서 겨우 백여 리 떨어진 곳에 위치한 천무세가로서도 자신들의 세력권 내에서 벌어지고 있는 이 일들을 좌시할 수 없었다.

그러나 보다 직접적인 계기는 바로 천무세가와 동맹 관계에 있는 신검보(神劍堡)의 궤멸적인 타격에 있었다.

　신검보주 기세창은 호광무림에서도 열 손가락 안에 드는 유력인사로서 그의 신검보는 장강 유람선의 시발점인 무창에서 유람선 대여업과 무역업으로 거액의 이익을 남기고 있었다.

　그런데 흑수채(黑水寨)라는 녹림 세력의 등장으로 상권을 위협받는 데 그치지 않고, 신검보 무력의 절반에 해당하는 오십여 명의 무사가 흑수채의 무리들에게 죽거나 중상을 입는 사건이 발생했던 것이다.

　거기에 여세를 몰아 장강을 운행하는 신검보의 선박들을 대부분 강탈해 갔으니 신검보로서는 우방인 천무세가에 도움을 청하지 않을 수가 없었다.

　도움 요청을 받은 천무세가에서는 장남인 송대원(宋大源)과 대장로 이세학(李世鶴)을 위시하여 가문의 무력을 대표하는 비풍대(飛風隊)의 오십여 정예 무사를 파견할 예정이라 하니 세가에서 이 일을 얼마나 중시하는지 미루어 알 만했다.

　그러나 세가의 하인 아이들에게는 이 대규모의 출정은 단순한 화젯거리에 불과할 뿐이었다.

　그들이 아무리 혁혁한 전과를 거두고 돌아온다고 해도 하인들하고는 직접적인 관계가 없는 것이었다.

　만석이 추노의 장작 패기를 구경하는 것은 오늘로 열흘째였다.

　아침에 떠난 세가의 원정은 만석의 관심 밖이었다.

　세가의 분위기도 평소와 다름이 없어 흑수채 무리를 가볍게 보는 세가 사람들의 시각을 단적으로 보여주고 있었다.

다만 그동안 무고만 지키던 홍주원이 보급 마차의 호위무사로 차출되어 출정대와 함께 떠난 것이 약간 걱정스러울 뿐이었다.

아무리 어린아이 손목꺾기 같은 별 볼일 없는 세력과의 충돌에도 사상자는 꼭 나오는 것이었다.

그 재수없는 사상자 속에 홍주원이 없었으면 하는 마음뿐, 어린 만석이 할 수 있는 일은 없었다.

만석은 눈 한 번 깜빡이지 않고 추노의 동작 하나하나를 뜯어발기듯 응시하고 있었다. 그의 강렬한 눈길이 머문 곳, 추노는 거의 쉬지 않고 장작을 패고 있었다.

두 손으로 도끼를 곧추 잡아 일직선으로 장작을 내려치는 단순한 동작.

한 번 도끼를 내려칠 때마다 쩍 하고 결이 갈라지는 경쾌한 소리와 함께 장작이 시원스럽게 두 동강이 난다.

그러나 그것뿐이었다.

너무나 단순해서 가만히 지켜보고 있으면 하품이 날 지경이었다.

먼저 통나무를 쪼갤 때에는 크고 무거운 도끼를 사용한다.

그리고 반으로 쪼개져 장작이 된 나무는 중간치의 도끼를 사용하며, 불쏘시개로 사용할 장작은 작은 도끼를 쓰는 것이었다.

도끼를 잡는 것은 오른손을 위로 하고 왼손이 바치는 식으로 한다.

힘이 들어가는 손을 위로 해야 힘도 덜 들고 그만큼 정확하게 장작의 가운데를 가를 수 있다. 왼손잡이는 반대로 하면 된다.

그리고 도끼를 잡을 때는 놓치지만 않을 정도로 최소한의 힘을 주며, 공중으로 띄운 도끼를 순간적으로 획 하고 낚아채는 기분으로 일직선으로 내리찍는다.

도끼의 궤적을 최소화해서 힘의 낭비를 줄이며 탄력을 주려는 동작이었다.

그리고는 도끼와 장작이 맞닿는 순간에 바짝 힘을 주며 장작을 끝까지 밀어붙이듯 하는 것으로 장작 패기는 끝나는 것이었다.

이제 잠시 후면 추노가 물러서고 만석이 장작을 팰 차례지만 만석은 어느 순간 넋을 놓고 있었다.

송현자가 지팡이를 쳐오는 수법은 바로 태극검법 중의 절초인 태극혜검을 응용한 것이었다.

부드럽게 사위를 점하는 가운데서도 수십 개의 지팡이 그림자가 노부를 짓쳐 오는 모습은 실로 가슴 섬뜩한 광경이었다.

노부의 전후좌우를 물샐틈없이 씌워오는 지팡이 그림자.

과연 어느 것이 실초인지 허초인지 구분하기 어려우니 공격을 당하는 자는 그저 어어 하면서 목숨을 내놓아야 한다는 절고의 수법이라는 것이었다.

그러나 그것은 보통 사람에게 그렇다는 것이지 나에게는 아니었다.

송현자는 수십 개의 그림자를 만들어냈으면서도 자신의 신형은 숨기지 못하는 것이었다.

나는 그래서 들고 있던 지게 작대기를 가볍게 그 틈으로 찔러 넣었던 것이다.

송현자는 당연히 지팡이를 떨어뜨리고 가슴이 쩌억 갈라져 피를 철철 흘리며 엉덩방아를 찧는 것이었으니.

후인이여! 무릇 무공을 수련함에 있어서 초식의 화려함을 추구하지 말라.

가장 단순한 곳에 가장 강력한 힘이 있으니 이를 항시 새겨야 할 것이다.

송현자는 노부의 한 수에 패한 뒤 망연자실해서 고개를 들지 못했다. 얼굴은 벌겋게 익어 보기에도 딱할 지경이었지.

그만큼 기가 죽은 송현자의 모습은 애처로워 뭔가 한마디 하지 않을 수 없었다.

이에 노부는 송현자에게 가르침을 내리지 않을 수 없었으니.

"귀하의 무공은 사람을 속이는 것에만 치중하여 끝을 보기가 어렵소. 이러하니 귀하는 처음으로 돌아가 무공을 다시 닦아야 할 것이오."

그러나 노부는 바로 떠날 수가 없었지.

일단 가르침을 내리게 되면 그 사람이 가르침을 받들 수 있게 환경을 바꾸어줘야 하는 법.

노부는 이에 냇물에 지천인 열목어에 주목하지 않을 수 없었다.

아아! 후인이여, 그대는 무공을 익히는 데 있어 주변에 눈을 미혹하는 것을 두지 말라.

이리하여 노부는 냇물의 열목어를 모두 잡아서 구워 먹을 때까지 무애곡을 떠날 수 없었다. 다만, 노부가 겨우 한 달밖에 그곳에 머물지 못한 것은 송현자가 나와 함께 열목어를 잡아먹었기 때문이었다.

"크크큭!"

만석은 다시 치밀어 오르는 웃음을 금할 수가 없었다.

"야, 이놈아! 실없이 웃지만 말고 어서 장작이나 패!"

어느새 시간이 다 되었는지 추노가 소리치며 통나무에 도끼를 꽂았다.

"에휴. 오늘도 뭔가 될 듯하면서도 거기서 그만이네?"

한 시진 동안을 장작과 씨름하던 만석은 오늘도 별 소득이 없이 터덜거리며 집으로 돌아가고 있었다.

황혼은 붉은색으로 치장하고 만석의 그림자를 길게 늘어뜨리고 있었는데, 한적한 개울가에 놓인 징검다리의 그림자도 오늘은 유난히 길어 보였다.

'휴우. 아무리 노력해도 뚜렷이 잡히는 것이 없어.'

황혼색에 물든 개울물을 물끄러미 내려다보던 만석은 착잡

한 심정에 절로 마음이 서글퍼졌다.

"아악! 이거 놔!"

앙칼진 어린 소녀의 비명 소리가 들린 것은 바로 그때였다.

귀에 무척이나 익은 목소리에 만석의 고개가 빠르며 하인촌 방향으로 돌아갔다.

'아니, 저건?

만석의 깊숙이 자리잡은 눈이 번쩍 치켜 오르며 시퍼런 광망을 발했다.

열대여섯 살쯤 된 덩치 큰 두 놈이 홍자려의 팔을 양쪽에서 잡아끌고 있었는데, 그들의 뒤에는 우거형이 땅바닥에 누워 힘겹게 꿈틀거리고 있었다.

절벽의 모서리가 길게 튀어나와 사람들의 시야를 차단한 작은 공지는 으슥하기만 해서 평소에도 사람들의 왕래가 드문 곳이었다.

문제는 그 길을 통하는 것이 언덕배기에 있는 만석의 집에는 지름길이 된다는 것이었다.

그렇다면 홍자려가 만석을 만나러 가던 길에 시비가 붙었다는 얘기.

"이 개자식들을 죽여 버리고 말겠어!"

만석이 속을 치받쳐 오는 강렬한 살기에 거의 십여 장 거리를 단박에 쫓아갔다.

"엥? 저 새끼가 겁도 없이?"

입까지 억센 손아귀에 틀어막혀 말을 못하던 홍자려의 눈에 희색이 돌았다.

'웅 랑, 그래, 웅 랑이야!'

찌푸린 얼굴로 피투성이가 되어 누워 있는 우거형과 갈망의 눈초리로 자신을 보는 홍자려를 둘러보던 만석이 두 놈에게 눈을 맞추었다.

누군가 큰 소리를 지르며 쫓아오기에 철렁했던 고한성과 민광형은 어이가 없었다.

키는 그리 큰 차이가 없었지만 비쩍 말라 다리만 길어 보이는 어린애가 한달음에 달려와서는 자신들을 노려보는 것이었다.

고한성(高寒星)과 민광형(閔光螢).

둘 다 열여섯 동갑내기로 세가 내에서는 망나니로 유명한 녀석들이었다.

고한성은 형당의 향주인 독수혈도(毒手血刀) 고두일(高斗一)의 와아들이었으며, 민광형은 비풍대 제일향주 철혈도(鐵血刀) 민상강(閔祥康) 장남이었다.

평소 이들의 자심한 패악질을 보다 못한 세가에서 금족령을 내리기도 했으나, 세가의 떠들썩한 틈을 타서 먹잇감을 찾아 돌아다니고 있었던 것.

그러다가 개울을 건너 하인촌으로 가던 예쁘장한 소녀를 보게 되었는데, 좁은 이 바닥에서 그녀가 바로 세가의 삼류무사인 홍주원의 맏딸임을 모를 리가 없었다.

비록 삼류무사라도 홍주원이 있다면 꺼려질 일이긴 하였지

만, 그는 출정하는 비풍대를 따라갔으니 다시 오기 힘든 절호
의 기회였다.

그래서 간단하게 홍자려를 제압해서 끌고 가려던 차에 마침
우거형의 눈에 띄었던 것.

그러나 우거형이 힘이 장사라고 해도 나이도 어리고, 무공
을 익힌 그들을 어떻게 하기는 애초부터 불가능했다.

이래서 달려드는 우거형을 가볍게 해치우고 홍자려를 끌고
가던 차에 만석에게 걸린 것이었다.

"제기랄! 오늘은 왜 이렇게 거치적거리는 게 많냐?"

"야야! 가서 어미젖이나 더 빨고 와라! 좋게 말할 때 썩 꺼지
란 말이야! 알겠어?"

일을 더 크게 벌리지 않으려는 마음에 그들 딴에는 점잖게
말한 셈이었지만, 만석이 길을 비킬 리가 없었다.

덩치 큰 그들을 무서워하기는커녕 입가에 비릿한 미소를 띤
만석의 눈은 무섭게 타오르고 있었다.

"아냐, 그럴 수야 없지. 내가 오늘 기분이 더럽거든? 너희는
이 자리를 걸어서 떠날 수 없다는 얘기야."

"아니, 뭐 이런 개자식이 다 있어? 이, 이걸 그냥!"

두 사람이 주먹을 그러쥐고 부르르 떨었지만 함부로 달려들
기에는 만석의 무서운 눈빛이 마음에 켕기는 것이었다.

양손을 자연스럽게 내리고 두 사람을 둘러보는 만석의 단단
한 자세는 뭔가 한가락 하는 것처럼 보이기도 했다.

그러나 상대는 어린데다가 차림새로 보아 미천한 하인 자식

이었다.

감히! 까마득한 상전을 앞에 두고 이 덜떨어진 어린 놈이 멋모르고 망발을 하는 것이었다.

"이 천한 어린 놈아! 우리가 누군지나 알고 대드냐?"

"아니! 그런 건 알 필요가 없지. 단지 너희 손에 내 친구가 상처를 입었고, 네놈들이 더러운 짓을 하려고 한다는 것뿐!"

당당히 대거리를 하는 만석의 음성은 전혀 흔들림이 없었다.

"이 어린 새끼가 무얼 믿고!"

소리치던 두 사람이 서로의 눈치를 살피며 눈길을 빠르게 교환했다. 시간을 끌다 보면 누가 또 올지도 모르는 것이다.

또 홍자려를 끌고 가서 어쩌려다 보니 마음이 급해지기도 했다.

"이 똥파리 같은 자식! 너 죽었다고 복창해라!"

민광형이 어훙 하고 소리를 내지르며 득달같이 만석에게 달려들었다.

第四章

인생이란
무거운 짐을 지고
먼 길을 가는 것

　　"흥흥. 가는 세월 붙잡고 애달피 울다 보니 뜯어진 창호 문에 달 그림자도 서럽구나."

　　정삼(鄭三)은 오랜만에 기분 좋게 취해 흥얼대며 개울을 건너고 있었다.

　　"어이쿠!"

　　푸웅덩!

　　그러던 정삼이 그만 발을 헛디뎌 개울물에 빠지고 말았다.

　　으흐차차!

　　상체부터 개울물로 고꾸라진 정삼이 훅 끼치는 개울물의 냉기에 몸을 부르르 떨고 있다가 다급한 눈빛을 발했다.

　　"아이구! 저, 저런!"

손에 든 종이 꾸러미를 놓치는 통에 개울물에 빠져 둥둥 떠내려가는 불그죽죽한 알몸을 드러낸 돼지고기였다.

세가주 송백이 흑수채 정벌 준비로 여러 날 동안 밤잠도 제대로 자지 못한 하인들을 위로하기 위해 가족 수에 따라 돼지고기를 나누어 주었는데, 정삼이 받은 것은 반 근짜리 고기였다.

째지게 가난한 살림에 원단이나 추석 같은 명절이 아니면 구경조차 할 수 없던 귀한 돼지고기가 무심한 물결에 떠내려가고 있는 것이었다.

그러나 무릎 어림까지 오는 얕은 물이었지만 억수로 취한 정삼에게는 깊은 물속과 다름없었다.

물속에서 엎어지고 자빠지고 생난리를 쳐댔지만 돼지고기는 벌써 초저녁의 어둠 속에 함몰되고 없었다.

외아들 만석이와 오손도손 나눠 먹어야 할 돼지고기였다.

"아, 안 돼!"

정삼은 끝내 절망 어린 비명을 내지르고 말았다.

그 소리가 얼마나 컸는지 천지가 들썩하며 돌산에 부딪친 목소리가 메아리치듯 사방을 빠르게 점유해 나갔다.

푸슝!

돌덩이가 공간을 가르는 소리가 나며 민광형의 주먹이 만석의 턱 부위를 짓쳐 왔다.

십여 년이나 무공을 익힌 민광형의 주먹이었다.

　세가의 정식 무사가 아니면 병기 휴대가 금지되어 있어 주먹만 쓰고 있지만 민광형은 만석의 턱이 박살 날 것을 믿어 의심치 않았다.

　눈빛이 아무리 날카로워 봤자 무공을 못하는 어린 하인 놈이었다.

　때문에 수비는 도외시하고 내지른 주먹은 공격 일변도가 될 수밖에 없었다.

　"어어어?"

　민광형은 자신의 주먹이 허공을 갈랐다는 것을 믿을 수가 없었다.

　그리고 쇠집게가 팔목을 옭아매는 느낌과 함께 공중제비를 돌며 볼썽사납게 나가떨어졌다.

　"저, 저… 저!"

　민광형이 주먹을 내질렀나 싶더니 지면에 머리를 박고 혼절해 버리자, 고한성이 입을 딱 벌리고는 다물 줄을 몰랐다.

　퉁방울처럼 커진 눈자위는 믿을 수 없다는 기색만이 짙게 맴돌고 있었다.

　"헉!"

　이미 정신을 잃은 민광형을 힐끗 쳐다보던 만석이 이 장 옆의 고한성에게 몸을 돌렸다.

　만석의 시퍼런 안광이 고한성의 놀라 치뜬 눈동자를 찔러오자 눈을 질끈 감던 그는 자신의 손에 홍자려가 잡혀 있다는 것을 깨달았다.

“네, 네 이놈! 더 이상 다가오면 이 계집애를 죽여 버릴 거야!”

언제 꺼내 들었는지 그의 오른손에는 날카로운 비수가 흉측하게 빛나고 있다.

‘저, 저놈이?

고한성에게 다가가던 발걸음을 우뚝 멈춘 만석은 망설이지 않을 수 없었다.

고한성이 왼손으로는 홍자려의 입을 틀어막고 오른손의 비수로는 그녀의 목 어림을 찌르고 있어 그가 마음만 먹는다면 홍자려의 목숨은 없어질 판이었다.

“훗! 비겁한 놈! 네놈도 사내라고 할 수 있느냐? 힘으로 안 되니 아녀자의 목숨으로 위협하다니!”

“크! 개소리 마라! 독하지 않으면 장부가 아니라고 했다. 잡소리 보태지 말고 어서 무릎을 꿇고 머리를 처박아라! 그러지 않으면 이 계집애의 목숨은 없다!”

“으으음!”

만석은 답답한 침음성을 내뱉지 않을 수가 없었다.

실은 보기만 해도 무서운 민광형의 주먹을 피해서 오히려 반격을 가할 수 있었던 것은 방심의 결과였다.

아마도 그가 신중을 기했다면 자신은 수비에 급급하다가 어딘가 부러져서 큰 부상을 입었을 것이다.

그런데 자신이 간단하게 민광형을 해치운 것으로 오인한 고한성이 지레 겁을 먹고는 홍자려를 인질로 위협하는 것이었다.

만석의 눈이 겁을 집어먹은 홍자려의 눈을 떠나 바닥에 쓰러져 정신을 잃고 있는 우거형을 향했다.

얼굴은 피투성이고 발기발기 찢어진 옷 사이로 검붉은 핏물이 스며 나와 지면을 적시고 있었다.

다리가 묘하게 꼬여 있는 것으로 보면 다리뼈가 부러진 모양이었다.

정신을 잃은 상태에서도 간간이 고통스런 비명을 흘리는 것을 보아 빨리 처치를 하지 않으면 병신이 될지도 몰랐다.

'훗! 아무리 힘이 세면 뭐 하나. 이렇게 가까운 사람들도 구하지 못하는 걸.'

"자, 네 마음대로 해라!"

만석이 무릎을 꿇고 입술을 지그시 물었다.

"개자식! 천한 놈이 감히 나를 가지고 놀았겠다! 너 오늘 죽어봐라!"

홍자려를 끌고 만석에게 접근하자마자 발로 만석의 명치 끝을 차는 고한성의 눈이 독사처럼 변했다.

"죽어! 죽어라, 이 애송이 새끼야! 이 천한 개자식아! 네놈이 어디를 기어올라! 엉?"

바락바락 소리를 지르며 만석의 전신을 후려 차는 고한성은 이미 미쳐 있었다.

"끄으윽!"

온몸이 바수어지고 뼈가 부러지는 고통에도 만석은 이를 악물고 신음 소리를 내지 않으려고 애썼다.

'그래… 그래. 정신을 잃으면 이런 아픔도 없잖아?'

그러나 홍자려의 뒤통수를 때려 내팽개친 고한성이 이제는 다리와 무릎, 그리고 주먹과 팔꿈치를 모두 사용해서 전신을 두드렸지만 만석의 정신은 더욱 뚜렷해지는 것이었다.

몸이 망가질수록 오히려 정신이 나는 기현상에 만석은 치가 떨렸다.

그때였다.

"아, 안 돼!"

견딜 수 없는 고통에도 바짝바짝 머리를 내밀던 정신이 기어코 혼돈 속으로 빠져들려고 할 때, 천지를 들썩이는 고함 소리가 벼락처럼 주변을 뒤흔들었다.

돼지고기 반 근을 잃어버린 정삼의 애절한 비명 소리였다.

노부의 위명을 흠모한 중원제일의 부호 장만술(張萬術) 대인이 나를 집으로 초빙한 적이 있었다.

그런데 그가 나를 초빙한 것은 다른 이유가 아니었어.

그에게는 나이 오십이 넘어 둔 쌍둥이 아들이 있었는데, 각각 장강(張强)와 장약(張弱)이라 하였다.

자신과는 달리 아이들에게는 제대로 된 무공을 가르치고 싶은 마음에서 황궁 금군교두 출신의 볼품없는 중늙은이를 데려다 천금을 붓고 있다는 것이야.

노부는 본시 재물을 알기를 뒷간의 똥처럼 알았는지라 그런 돈 있으면 황하의 이재민이나 돕지 하는 생각을 않을 수가 없었어.

나한테 돈 자랑도 할 겸, 의기양양해서는 아이들의 성취를 좀 봐달라는 부탁을 하는 것이었지.

그래서 장 대인과 함께 연무장에 가보니 그 중늙은이가 아이들에게 경공을 가르치고 있지 않겠어?

그런데 보아하니 정말 가관도 아니었어.

겨우 열 살쯤 되어 보이는 아이들이 다리몽둥이에 쇠뭉치를 차고 뒤뚱거리며 연무장을 돌고 있었던 것이지.

그래서 어이가 없어진 내가 그 중늙은이, 그러니까 성이 왕씨니까, 왕 서방한테 물었던 거야.

"이봐, 지금 자네가 가르치는 것이 경공이 맞나?"

그랬더니 녀석이 눈꼴이 시럽다는 표정을 지으며 퉁명스럽게 대꾸를 하는 것이었어.

"아니, 무적초자라는 분이 보면 모르슈?"

내 참 기가 막혀서!

나이도 십여 살이나 어린 아해가 금군교두 출신이라는 알량한 지위를 내세워 나를 얕보는 처사가 아니고 뭐겠어?

그러더니 내 위아래를 쭈욱 훑어보더니만, 보아하니 내가 덩치도 왜소해서 만만하게 보였는지 한마디 더 하는 것이었어.

"귀하가 무림에 적수가 없다는 소문이 있어 그동안 만나고 싶었소. 나 역시 황궁에서는 최고라는 소리를 들었으니 이 기회에 고하를 가려봅시다."

라고 도전을 해왔단 말이지.

진짜 하룻강아지 범 무서운 줄 모른다는 성현의 말씀을 이때서
야 노부는 실감할 수가 있었던 거지.

'에구구! 거기에 성현은 무슨?

만석이 워낙 강골인 덕에 겨우 보름 만에 몸을 추스르긴 했
지만 오지게 맞은 상처가 연신 땡겨 제대로 웃지도 못했다.

그러나 세상을 살다 보면 이런 일은 드물지 않은 것.

몸이 안 좋을수록 움직여야 한다는 생각에 예의 천중산 고
목 밑에 누운 채 무명서를 보고 있었던 것이었다.

"휴우우……!"

온몸이 욱신거리고 아파서 절로 한숨을 내쉰 만석이 다시
무릎에 올린 책자를 보았다.

내가 허락하자 왕 서방이 어깨를 으쓱하며 말하더군.

"본인은 십팔반 병기에 두루 능한데, 귀하는 무슨 병기를 택하
겠소?"

가소로운 놈!

나는 그 녀석이 불쌍해지기까지 했어.

모름지기 무사란 자기 손에 익은 단 한 가지 병기로 족한 것.

놈은 십팔반 병기를 두루 익히고 있음을 자랑하는 것이었지만
나에게는 어린아이 장난처럼 유치할 뿐이었지.

그래서 내가 지게 작대기를 들고 한마디 했어.

"나는 이것으로 충분하니 자네나 병기를 고르게."

놈의 눈이 선불 맞은 맷돼지처럼 새빨개지더구먼.

우리가 대결한다는 소식이 전해졌는지 연무장 주위에는 벌써 수백 명의 관중이 구름처럼 운집하고 있었지.

놈이 청룡언월도를 붕붕 돌리며 달려든 것은 잠시 후였어.

아주 기세는 대단하더구먼. 연무장에 깔린 청석들이 모래알처럼 바스러지며 언월도 주변을 회오리처럼 돌아치니 구경꾼들이야 입을 딱 벌릴 수밖에.

연자여! 무릇 무공의 겨룸이란 누구에게 보이려는 것이 아니라 두 사람만의 세계로다.

주변 사람에게 멋지게 보이려고 쓸데없이 진력을 낭비하니 이처럼 어리석은 일이 또 어디에 있더란 말이냐.

연자는 명심할지어다! 무공을 익혔다고 누구에게 자랑하지 말고, 보이려고도 하지 말고 오직 상대만 보아라.

노부가 그때 한 일은 단 하나였으니!

빙글빙글 돌아가는 진력의 회오리 속에 나의 지게 작대기를 가볍게 찔러 넣으니 왕 서방이 하늘 높이 날아 삼십 장 담 너머로 곤두박질치고 말았던 것이지.

이로 인해 왕 서방이 비싼 일자리를 잃고 놀고먹는 한량이 되었음은 불문가지였도다.

"웅 랑!"

만석이 여기까지 읽고 있을 때 멀리서 만석을 부르는 소리가 있었다.

홍자려가 붉어진 눈에 안절부절못하며 만석에게 말을 건네는 것이었다.

"어머니가 웅 랑을 데려오래."

"뭐? 어머니께서 왜?"

"어형!"

홍자려가 만석의 몸에 달려들어 된 울음을 터뜨리는 것이었다. 진짜 용건은 그게 아니었나 보다.

"흑흑! 아버지가… 아버지가……!"

도리없이 홍자려를 품에 안고 어깨를 다독거리던 만석이 눈물로 뒤범벅이 된 그녀의 얼굴을 들여다보았다.

"아버지께 무슨 일이 생겼어?"

그러나 그녀는 만석의 품에 안긴 채 몸을 떨며 흐느껴 울 뿐 말을 잇지 못하는 것이었다.

천무세가는 암울한 분위기에 휩싸여 있었다.

세가 내 어디서든 비애에 젖은 울음소리와 흐느낌으로 진통을 치르고 있었다.

흑수채 정벌을 떠난 지 보름 만에 천무세가의 주력 비풍대를 포함한 백여 명의 무사가 대부분 죽고 다치는 엄청난 사건이 발생했던 것이다.

죽은 자는 관에 담겨, 간신히 살아남은 자는 넋이 빠진 채 마차에 실려왔다.

출정의 선두에 섰던 세가의 장남 송대원과 태상장로 이세학도 각각 팔다리에 중상을 입고 온몸에 광목 붕대를 칭칭 동여

맨 채 세가로 돌아왔다.

한마디로 참담한 분위기였다.

세가주 송백은 이 사태를 천무세가의 가치일(家恥日)로 선포하고, 죽은 자들의 상(喪)도 뒤로 미룬 채 남은 주력인 무영대(無影隊)를 파견하기로 하고 스스로 그 선봉에 설 것을 천명하였다.

한편, 이러한 사태에 같은 호광성 안에 있는 제갈세가와 무당파는 침묵으로 일관하며 사태를 방관할 뿐이었다.

이에 양 문파에 원조를 청하려고 보낸 사자들이 아무런 성과도 없이 맥이 빠져 돌아오자 세가주 송백은 그로서는 드물게 화를 냈다.

무당파야 도문답게 세속의 일에 쉽게 관여하지 않는다지만 제갈세가는 일부러 일을 만들어서라도 다른 문파의 일에도 영향력을 행사하려고 애를 썼던 것이다.

이십여 년 전 천무세가가 무림칠대세가로 공인받을 적에도 끝까지 이를 반대했던 제갈세가를 송백은 기억하고 있었다.

특히 현 가주 제갈용(諸葛龍)은 의창(宜昌)의 여우라는 별명이 있을 만큼 약삭빠르고 교활한 성정을 가진 자였다.

주변의 문파들을 부추겨 싸움을 하게 해놓고는 중간에 끼어들어 잇속을 챙긴다는 소문도 있었다.

"제갈용! 내 이번 일은 절대로 잊지 않을 것이다!"

제갈용의 개기름이 자르르 흐르는 뾰족한 얼굴을 떠올린 송백이 이를 부드득 갈았다.

돌아온 홍주원의 몸 꼴은 말이 아니었다.

왼쪽 팔은 어깨부터 잘라져 나가고 온몸은 상처투성이였다.

한마디로 불구가 된 것이었다.

그것은 주로 본인이 감내해야 할 문제였지만, 그가 입은 내상도 만만치 않아 병수발과 구완은 어디까지나 가족들의 몫이었다.

집으로 실려오자마자 침상에서 꼼짝도 못하고 펄펄 끓는 고열에 고통스런 비명만 흘리는 그를 보며 팽수영은 물론 세 딸은 억장이 무너졌다.

불려온 만석도 그의 병색으로 누렇게 들뜬 얼굴과 잘려 나간 팔을 보며 고개를 젓고 말았다.

아마도 다시는 그 사람 좋은 웃음을 볼 수 없으리라.

"그래, 이제는 어떻게 할 건가?"

홍주원이 누운 골방에서 나와 자리를 안방으로 옮긴 팽수영의 말이었다.

그녀가 세 딸은 방에 들어오지 못하게 막아 실내에는 두 사람밖에 없었다.

팽수영과 의자에 마주 앉아 방 안을 둘러보던 만석이 그녀에게로 얼굴을 돌렸다.

팽수영의 얼굴은 그 짧은 동안 십 년은 늙어 보였다.

삶에 희망이 없어 체념하게 되면 흔히 짓는 표정이 그녀의 얼굴 전면에 나돌고 있는 것이다.

만석이 잠시간 그녀의 안색을 살피며 입을 다물고 있자, 팽수영이 땅이 꺼질 듯 한숨을 내쉬었다.

힘은 없어 보였지만 그녀의 말투는 차분했다.

"딸아이와 자네의 정혼은 애 아버지가 혼자 결정한 일일세. 자네도 들어 알겠지만 나는 이 혼사를 극구 반대했어. 그러나 애아버지가 온전할 때 결정한 일, 이제 나는 굳이 반대할 생각이 없네. 그러나 집안에 망조가 들은 상태에서 자네를 붙잡는 것도 뻔뻔한 짓일세. 그러니 자네의 의견을 듣고 싶네."

무거운 안색으로 그녀의 말을 경청하던 만석이 똑바로 눈을 들어 그녀를 응시하였다.

어린 티가 나는 얼굴과 달리 이 순간 그의 모습은 다 자란 장정처럼 보였다.

"정혼이란 말 한마디로 끝날 만큼 가벼운 일이 아니라고 따님이 그러더군요."

"그, 그럼?"

만석의 말뜻을 알아들은 팽수영이 눈을 크게 뜨고 만석의 얼굴을 살폈다.

"장모님, 제가 비록 어리지만 홍씨 집안의 대들보가 되어보겠습니다. 허락해 주시겠습니까?"

"자, 자네? 그, 그럼. 허, 허락하고말고! 저, 정말 고맙네."

팽수영이 눈물을 흘리며 만석의 양손을 꼭 잡고 몸을 떨었다.

말이 무사 가문이지, 가장이 침상에서 일어나지 못하는 상황이라면 집안 꼴이 어떻게 될지는 뻔한 일이었다.

세가에서 당장 집을 내놓으라고는 안 그러겠지만 세가 전체가 어려움에 빠진 지금, 앞날이 보이지 않는 것이다.

비록 어리다고는 하지만 만석은 남자였다.

게다가 딸에게 듣기로 몇 살 많은 아이들도 그에겐 꼼짝도 못한다고 하며, 원정에서 죽긴 했지만 비풍대 제일향주 철혈도(鐵血刀) 민상강(閔祥康)의 장남인 민광형을 한 방에 해치웠다고 하지 않은가.

믿음직스런 눈길로 만석을 쳐다보던 그녀가 걱정스러운 말투로 물었다.

"그런데 아버님께 허락을 얻었는가?"

그녀의 조심스런 말에 만석이 슬며시 미소를 지었다.

자신의 말이라면 해가 서쪽에서 뜬다고 해도 믿는 부친이었다. 또 부친은 무식하긴 하지만 소싯적에는 한가락 하기도 한 대찬 남자였다.

"장모님, 걱정 마세요. 아버님도 기뻐하실 겁니다."

"그래, 그래. 고맙네. 그저 자네에겐 고맙다는 말밖에 할 말이 없구만."

고맙다는 말만 되풀이하며 잠시 숨을 돌린 그녀가 다시 물었다.

"그래, 이젠 자네가 우리 집안의 가장일세. 앞으로 어떻게 하려는가?"

기실 이것이야말로 그녀가 벼르고 벼르던 물음이었다.

든든하긴 했지만 만석은 너무나 어렸다.

먹고살기 어려운 시절이다.

세상에 나가면 굶어 죽는 사람도 수두룩한 때다.

만석은 그녀의 걱정이 피부에 와 닿는 느낌이었다.

홍씨 집안의 대들보가 되겠다고 큰소리는 쳤지만 당장 무어라고 대답한다는 말인가?

'어떡하지?

망설이던 만석이 자신을 가르친 허 선생을 떠올렸다.

'그래, 선생님이 약초에 대해서는 해박하다고 하셨으니.'

어느 날 술에 취한 허 선생이 세상천지의 약초는 모르는 게 없다고 떠벌리던 것을 떠올린 만석이 무릎을 쳤다.

"먼저, 일이 끝나면 약초를 찾아다니려고 합니다. 아무래도 장인어른의 병을 고치려면 약을 장복하셔야 하지만, 두 집안의 형편상 한약방에서 약을 지어 대기는 어려운 상황 아닙니까? 다행히 마을의 훈장이신 허 선생님이 약초에 대해서 잘 아신다고 하니 그분의 도움을 얻으려고 합니다."

먼저 장인의 약 걱정부터 하는 만석이었다.

그러나 이것만으로는 부족함을 느꼈는지 만석이 바로 말을 이었다.

"그리고 마을 촌장께 부탁드려서 좀 더 급료가 많은 일을 해야겠어요."

"그래, 내가 말년에 복이 있어 사위 하나는 제대로 둔 것 같네."

만석의 의젓하고 어른스러운 말에 그녀는 진심으로 감격하였다.

만석이 팽수영에게 작별 인사를 하고 밖에 나오니 홍자려가 기다리고 있었다.

그녀의 얼굴은 눈물을 흘린 흔적이 역력했고, 만석을 보자마자 다시금 눈물을 흘리는 것이었다.

"바보, 울긴? 아녀자가 허구한 날 울고 있으면 집안 꼴이 어떻게 되겠어?"

"흑!"

농담조의 말이었지만 가슴이 복받친 홍자려는 그의 가슴에 뛰어들면서도 흐느꼈다.

부친에 대한 괴로움, 그리고 만석에 대한 미안함과 고마움으로 그녀의 눈물은 그칠 줄 몰랐다.

"고마워요. 그리고 미안해요."

그녀가 한 말은 단 두 마디였다.

그러나 만석에게는 미사여구로 치장한 수많은 말들보다 더욱 감동스런 말이었다.

홍자려와 헤어진 만석은 아버지를 찾아 마장으로 향했다.

과거 세가 곳곳에서 눈을 번뜩이며 경계를 서던 세가의 무사들은 지금 만석을 보고도 아무런 관심도 보이지 않았다.

평소, 잘 모르는 하인이 지나가면 꼬치꼬치 용건을 묻던 그들로 봐서는 매우 뜻밖의 태도였다.

게다가 그들은 경비는 내팽개치고 세가의 화원이나 풀숲 여기저기에 주저앉아 자기들끼리 두런두런 얘기하기에 바빴다.

하나같이 침울한 얼굴로 수군대던 그들의 대화 한 자락이 만석의 귀에 닿아왔다.

"휴우. 호사다마라더니 무림칠대세가에 자리한 지 이십 년 만에 큰 위기를 맞았어."

"그래, 내가 듣기로는 세가주께서 직접 무영대를 이끌고 흑수채 정벌에 나선다고 하던데."

"각오를 단단히 하신 것이 틀림없어. 정말 큰일이야. 이번에도 실패한다면 천무세가는 끝장이야."

"에이, 아무리 그러려고? 이번에야말로 흑수채 놈들을 시원스럽게 쳐부술 수 있을 거야!"

"그럴까?"

"아무렴 그렇고말고! 가주님이 어떤 분이신가? 최소한 호광성 내에서는 거의 적수가 없는 분 아닌가?

그래도 안심이 안 되는지 침울하게 머리를 끄덕이던 무사들 중에 한 사람이 불쑥 말을 꺼냈다.

"그런데, 이번에 무영대가 떠날 때 치중마차를 호위하기 위해서 대부분의 무사들을 차출한다고 하던데 그것도 걱정일세."

"응. 그래도 최소한의 인원은 남겨놓으려고 하인들을 동원한다더구만."

'뭐? 하인들까지 동원한다고?'

만석은 걱정이 들지 않을 수가 없었다.

만약에 하인들까지 동원한다면 마방에서 일하는 하인들이 우선 대상이었다.

마방에서 기르던 이백여 마리의 말 중에 백여 마리의 말이 지난번 출정으로 없어지는 바람에 그렇지 않아도 마방에서 일하는 하인들의 숫자를 반으로 줄인 상태였다.

그런데 나머지 말들도 차출된다면 마방 하인들은 할 일이 없어지는 것이다. 그 외에도 말을 잘 아는 그들이 따라가야 말을 효과적으로 관리할 수도 있을 것이었다.

마방은 한산했다.

군데군데 빈 마구간 주위로 몇 명의 하인들이 둘러앉아 걱정스러운 얼굴로 대화를 나누고 있었다.

만석은 열 살이 채 안 된 어린 시절부터 시간만 나면 아버지 정삼을 도와 마방 일을 했기에 그들 모두는 잘 아는 사람들이었다.

자기도 모르게 빈 마구간으로 숨어든 정만석이 그들의 대화에 귀를 기울였다.

"우리 모두 차출된다고 하던데, 그게 사실일까?"

얼굴이 험악하게 생겼지만 마음씨는 누구보다 너그럽다고 소문난 기철(奇鐵)의 말이었다.

"사실인 모양이야. 벌써부터 소문이 좌악 퍼졌더라고."

하인들 중에서는 가장 정통한 소식통을 자랑하는 추팔(追

八)의 대꾸였다.

그때 기철이 생각난 듯 맞은편에 앉은 정삼에게 고개를 돌리며 말을 건넸다.

"우리야 그렇다고 치지만, 자네가 걱정일세."

추팔이 맞장구를 치며 정삼을 보았다.

"그래, 자네는 몸이 워낙 허약하니 이번 정벌대를 따라가면 틀림없이 사고가 날 거야."

그들의 말을 들으며 정삼이 씁쓰레하게 웃으며 대꾸했다.

"안 가면 어떻게 하겠는가? 죽더라도 가야지."

"놀러 가는 것도 아니고 원정대 뒤를 따라가려면 계속 뜀박질을 해야 해. 자네도 알잖아? 그러니 내가 부총관에게 부탁을 해서 자네는 빼주도록 해볼게."

"후우… 자네 말은 고맙지만 난 안 갈 수가 없어."

정삼이 한숨을 내쉬며 고개를 흔들자 추팔이 눈을 반짝하며 끼어들었다.

"혹시 자네 아들과 정혼을 했다는 그 집안 때문인가?"

"아니, 그게 무슨 소리야? 만석이하고 정혼한 집안이 있어?"

"맞어. 거, 이번에 원정 갔다고 돌아온 홍주원 무사 댁이지?"

"엉, 그래? 햐아! 역시 만석이 그놈은 난 놈이라니까? 우리 같은 하인 주제에 무사 집안과 정혼을 해?"

기철이 감탄하며 입에서 침을 튀기자 추팔이 눈살을 찌푸리며 퉁바리를 주었다.

"그 사람 참! 모르면 가만이나 있지, 쓸데없이 나서네?"

"그게 무슨 소리야?"

기철이 눈을 둥그렇게 뜨고 반문하자 추팔이 혀를 찼다.

"홍 무사가 살아 돌아오긴 했는데 죽은 거나 진배가 없다는 거야. 거기에 그 집안에 남은 것은 부인하고 딸 셋밖에 없다니 볼장 다 본 거 아니냐 이 말이야. 에이, 그 사람 참. 정삼이 괴로운 건 모르고."

"됐어, 그만 하게. 그 일 가지고 다툴 것이 뭐 있겠나? 녀석의 운명인걸. 녀석은 내가 모르고 있다고 생각하겠지만 하나밖에 없는 자식 놈 일을 내가 왜 모르겠나. 우거형이란 놈 행동이 뭔가 숨기는 것 같아 추궁했더니 실토를 하더군."

정삼이 두 사람을 말리며 사실을 알려주자 기철이 그제야 알겠다는 듯이 고개를 끄덕이며 말을 꺼냈다.

"그럼, 이번에 받는 은자 오십 냥을 그 집안에 주려고?"

정삼이 말없이 고개를 끄덕이자,

"후우……."

"푸우우."

세 사람이 누구랄 것도 없이 서산으로 넘어가는 해를 쳐다보며 긴 한숨을 내뱉었다.

사실은 이랬다.

저번의 정벌대가 궤멸적인 타격을 입은 지금, 이번 정벌대에 함부로 사람을 동원하기도 어려웠다.

이에 반발을 최소화하고 전력을 결집시키기 위해서 이번 정벌대에 참여하는 무사들에게는 선불로 최소 은자 이백 냥씩, 그리고 하인들에게는 일률적으로 은자 오십 냥씩을 내놓기로 했다는 것이다.

당시 은자 닷 냥이면 네 식구가 석 달을 배불리 먹을 수 있는 큰돈이었다.

세가에서 재정을 거의 박박 긁다시피 하는 것은 그만큼 이 일에 전력을 기울인다는 것. 이른바 목숨 값이었다.

'그럴 수는 없어! 평소에도 몸이 허약하신 아버님 대신 내가 가는 거야!'

만석은 마구간을 눈치 못 채게 빠져나오며 더 한층 결심을 굳혔다.

第五章

보인다고
진실은 아니다

　다음날 일을 마친 후 추노의 옆에서 장작을 패고 이른 저녁을 먹은 만석은 해가 서산으로 넘어가려는 시각에 글 스승인 허 선생을 만나러 집을 나섰다.

　떠나려고 결심하니 허 선생을 일단 만나야겠다는 생각 외에는 별것이 없었다.

　곧 세가로부터 은자 오십 냥이 들어오면 그것을 홍자려의 집에 주겠다는 부친의 결심을 귀동냥한 터라 더욱 그러했다.

　그 정도면 자신이 돌아올 때까지 큰 어려움 없이 먹고살 수 있으리라.

　허 선생의 집은 언덕배기 밑에 있는 만석의 집에서 오른쪽으로 내려와 삐죽 내민 벼랑을 우회한 곳에 있었다.

하인촌과 무사촌을 나누는 개울이 호선으로 구부러졌다가 다시 펴진 곳에 개울을 앞에 둔 작은 초옥이 있었는데 우엉으로 엮은 단칸집이었다.

원래는 마을 촌장인 허인덕이 분가하는 작은 아들을 위해서 마련한 집이었는데, 집을 다 짓기도 전에 아들 내외가 역병으로 죽는 바람에 버려졌다가 오 년 전 허 선생이 오면서 대충 바깥을 싸서 단칸방으로 만든 것이었다.

허 선생은 작은 앞마당에서 장작을 패고 있었다.

얼굴을 빈틈없이 엮어놓은 쭈글쭈글한 주름살에 왜소한 몸집, 그리고 머리숱이 부족해서 머리꼭대기에 자그맣게 얹은 상투까지.

실로 볼품없는 용모에 체구였다.

그러나 가끔씩 술에 취해서 저도 모르게 발하는 섬뜩한 눈빛은 순식간에 그의 면모를 변화시켜 다른 사람처럼 보이게 했었다.

"스승님!"

만석이 반가이 허 선생을 부르며 가까이 다가가자, 도끼질을 멈추고 손을 들어 이마에 흐르는 땀방울을 닦아낸 허 선생이 빙그레 미소를 지었다.

"그래, 석이 왔구나."

삐죽 튀어나온 입술에 담긴 말치고는 매우 부드러운 어조였다.

만석이 따라 환한 미소를 지으며 고개를 숙여 보이자, 허 선생이 자그마한 평상을 손으로 가리켰다.

"허어! 오늘은 어인 일로 우리 석이가 왔을까? 어서 앉거라. 그래 저녁 식사는 하고 왔느냐?"

"예. 스승님께서도 진지는 드셨는지요."

만석이 허 선생이 가리키는 자리에 앉으며 공손히 대답했다.

"허허. 나는 하루 두 끼만 먹으면 충분하다. 괜히 귀한 양식을 축내는 것은 농민들에게 죄를 짓는 것이야."

"하하. 스승님은 여전하시군요."

만석이 평시와 전혀 다름없는 그를 보며 고개를 끄덕이며 웃었지만, 만석의 얼굴을 깊은 눈길로 살피던 그가 속으로 혀를 찼다.

'허허허… 먼 길을 떠나기는 아직 이르구나. 하지만 어쩌랴. 그것이 이 아이의 업이라면.'

심상치 않은 눈길을 발하던 허 선생이 만석을 뒤로하고 돌아섰다.

"가만있자. 일이 얼마 안 남았으니, 마저 끝내야겠구나."

허 선생이 두 척 길이의 통나무를 세우더니 도끼를 높이 치켜들었다. 그리고는 겨누고 자시고 할 것도 없이 바로 통나무를 쪼갠다.

'음?'

만석이 놀라운 눈초리로 허 선생의 도끼질을 눈여겨보았다.

추노의 도끼질이 도끼의 궤적이 훤히 보이는 수준이라면 허 선생의 도끼질은 거의 눈에 보이지 않을 정도로 빨랐다.

도끼가 올라갔다 내려가나 싶으면 어김없이 두 동강이 나는 통나무를 보면 꼭 무쪽을 쪼개는 것처럼 손쉬워 보였다.

'이건 무슨 뜻이지?

만석은 심상치 않은 허 선생의 도끼 솜씨에 의문을 갖지 않을 수 없었다.

그동안 수십 번이나 그가 장작 패는 장면을 보았지만 노인답게 언제나 느릿하게 장작을 팼던 것.

"보았느냐?"

어느새 한 무더기의 장작을 만든 허 선생이 의외의 질문을 했다.

"네?"

허 선생의 도끼질을 홀린 듯 바라보던 만석이 얼떨결에 반문했다.

"멍청한 놈! 봤느냐고 물었다."

만석은 잠시 대답할 말을 찾지 못했다.

방금 신기에 가까운 도끼질을 선보인 이유를 생각하던 참에 그의 꾸지람을 들은 것이었다.

"도끼질이 너무 빨라서 제대로 본 것이 없어요."

만석은 솔직하게 말할 수밖에 없었다.

"그래 어디까지 보았느냐?"

노인의 이상한 질문은 계속되었다.

"예. 도끼가 올라갔다 내려가는 순간까지 봤어요. 그랬더니 장작이 쪼개지더군요."

"어허! 거기까지 보았어? 그동안 안목이 예리해졌구나."

"예?"

만석은 또다시 멍청해지지 않을 수가 없었다.

점점 더 모르는 소리였다. 그동안 안목이 더 예리해지다니?

생각나는 것이라곤 자신이 추노에게 가서 도끼질을 연습한 것을 그가 안다는 것이다.

"녀석, 그만하면 대단한 재질이구나. 예전에 추노는 올라가는 순간만 봤다고 하더니만. 허허. 그건 그렇고 나는 아직도 멀었구나."

그제야 만석은 그의 말뜻을 이해할 수가 있었다.

만석은 몰랐지만 추노와 허 선생은 본시 잘 아는 사이인 모양이었다. 그런데 아직 뭐가 멀었다는 것인지 만석의 의아한 눈길을 뒤로하고 부엌에서 냉수 한 잔을 맛있게 들이켠 허 선생이 평상에 올라와 만석을 마주 보았다.

"궁금한 것이 많을 줄로 안다. 어쨌든 사내가 일단 떠나기로 작정을 했다면 망설이면 안 되겠지."

"네? 스승님이 그걸 어떻게?"

거기까지 허 선생이 말을 잇자 만석은 소이와 우거형을 떠올리지 않을 수 없었다.

'이제 보니 그 녀석들이 스승님께 알려 드렸구나.'

만석이 무슨 생각을 하는지 알고 있다는 표정을 지으며 빙그레 웃던 허 선생이 지나가는 투로 말을 이었다.

"헛헛헛. 다 아는 수가 있느니. 그래 무명서에서는 얻은 것이 있느냐?"

'쳇. 빨리도 물어보시는군.'

"그게, 가끔 옳은 소리를 하는 것 같기도 한데, 순 자기 자랑이나 해서 믿기지가……."

'아냐, 아니지!'

입을 삐죽 내밀며 심통스럽게 말을 잇던 만석이 그만 말꼬리를 흐렸다.

처음, 허 선생이 그 책을 찾으라고 암시를 줄 때도 그러했지만 어쩐지 무명서가 평범한 책이 아니라는 생각이 번쩍 들었던 것이다.

"허허! 인연이야, 인연. 그렇고말고."

허허롭게 웃음을 터뜨리던 허 선생이 만석의 얼굴을 자세히 들여다보는 시늉을 했다.

"너는 추노의 얼굴이 왜 그렇게 망가졌는지 아느냐?"

허 선생이 만석의 대답을 기다리지 않고 곧바로 말했다.

"또, 왜 내가 이곳까지 흘러 들어와 도끼질이나 하는지 아느냐?"

"그, 그건……?"

이건 만석이 추측으로 대답할 일이 아니었다.

게다가 허 선생은 굳이 대답을 바라는 것 같지도 않았다.

"허허허… 아주 오래전 얘기구나."

황혼이 지는 서녘 하늘을 눈에 담던 허 선생의 입가에 고소가 어렸다.

"생각하면 참으로 부끄러운 일이야. 벌써 오랜 세월이 흘렀건만 어제 일처럼 생생하기만 하구나. 허허허."

그리고 허 선생이 씁쓸한 눈초리로 만석을 보았다.

"너의 무명서에 등장하는 사람들 중에 나도 있고 추노도 있구나."

"네?"

만석이 놀라서 소리쳤지만 허 선생이 모른 척하며 말을 계속했다.

"나오는 사람들의 이름이야 바꾸어놓았다만, 그 내용 자체는 모두 진실이라고 할 수 있다. 그러니 너는 무명서를 의심하지 말고 그대로 따르도록 해라. 내가 너에게 뭔가 가르치고 싶어도 너는 이미 최고를 가진 터. 곁가지는 필요가 없으리라."

"그럼 스승님께서도 무림인이라는 말씀이신가요? 그것도 유명한?"

만석은 경악해서 마음을 진정하기가 어려웠다.

무명서가 없는 일을 지어낸 얘기가 아니라는 것인가?

"허허허! 이미 세상과의 연을 끊어버린 나의 이름을 알아봤자 무슨 소용이랴. 다만, 너는 불철주야 무명서의 가르침을 깨닫는 데 전력을 다하여야 할 것이야."

"스승님, 명심하겠습니다."

"그래, 그만 가거라. 그리고 세가를 떠나기 전에 다시 여기

올 필요는 없다.”

만석은 말을 마치고 바로 방 안으로 들어가는 허 선생을 부르고 싶었다. 그러나 그의 완강한 등은 만석의 부름을 허용치 않는 듯하였다.

허 선생 집을 떠난 만석은 곧바로 천중산으로 향했다. 산길을 가면서도 방금 전에 본 허 선생의 도끼질이 눈에 선명하게 들어오고 있었다.

고목 밑에 도착한 시간은 이미 땅거미가 짙어가는 시각이었다. 고목 구멍에서 무명서를 꺼내 든 만석이 책자를 천천히 어루만져 보았다. 옛날 그 언젠가 이 천중산에서 도끼질을 하던 무적초자의 얼굴이 떠오르는 듯하며, 그의 거친 숨결이 느껴지는 것 같아 만석의 마음도 함께 뛰놀고 있었다.

‘그래, 그랬단 말이지?’

잠시 무적초자의 숨결을 느끼려고 애쓰던 만석이 생각난 듯 주변을 둘러보았다.

만석이 서 있는 이 자리에도 무적초자의 손길과 발길이 닿았으리라.

이제껏 아무 생각도 없이 지나치던 산중의 모든 것이 그의 가슴에 커다란 의미로 다가왔다.

“천중산 신령이시여, 저는 이제 떠나지만 다시 돌아올 수 있도록 보살펴 주소서.”

고목의 두터운 줄기를 쓰다듬으며 중얼거리던 만석이 한동안 그 자리에 서서 꼼짝도 않았다.

떠가는 구름에 갇혔던 햇살이 슬그머니 구름장을 밀어내더니 다시금 밝은 빛무리를 내렸다.

시간이 꽤 지난 것을 느낀 만석이 그제야 흠칫하며 어깨를 떨었다. 가야 할 시간이었다.

만석은 뒤도 돌아보지 않고 천중산을 떠났다.

무영대의 출정은 열흘 후로 결정되었다.

소규모의 인원이 아닌 최소 일백 명이 넘는 무리가 움직이기 위한 최소한의 준비 기간이었다.

한편, 천무세가의 일차 정벌대를 무너뜨린 흑수채의 움직임은 매우 활발하게 이루어져, 무창 주변의 이십여 개 문파가 그들의 세력권에 예속되는 사태가 벌어졌다.

그러나 천무세가와 가장 가까이 위치한 무당파와 제갈세가에서는 아무런 움직임도 없어 보였다.

그도 그럴 것이 오랫동안 무림이 조용하다 보니 무림맹이 해체된 지 벌써 십 년이 지나 있었고, 각 지역의 유력 문파들은 자기 세력권을 단속하기에 바빴다.

게다가 신흥 세가인 천무세가는 그 문파 성격이 모호하다는 이유로 칠파일방과 나머지 육대세가에서는 은연중 거리를 두고 있기도 했다.

그것은 천무세가에서 자초한 면도 있었는데, 현 세가의 수뇌부를 보아도 대장로 이세학을 비롯하여 정사 중간이나 사파 출신의 인사가 많아 온전한 정파로 보기는 어려웠다.

게다가 천무세가의 가전무공인 천무파천공(天武破天功)도 그 패도적인 위력과 출수하면 꼭 피를 본다고 하여 정도문파의 온유한 무공과는 그 궤를 달리하고 있다는 것도 거기에 한몫하고 있었다.

이에 천무세가로서는 독자적으로 흑수채 응징을 서두를 수밖에 없었는데, 문제는 기존에 천무세가와 우호 관계를 유지하던 중소문파들이 호광성 동부의 새로운 강자로 등장한 흑수채의 눈치를 보고 있다는 것이었다.

게다가 흑수채가 주변의 유력 문파인 신검보와 천무세가의 예봉을 꺾은 것을 기화로 장강수로연맹의 재건을 모색하고 있다는 소문도 있었다. 이에 따라 그동안 숨을 죽이고 있던 각 지역 사파들의 이합집산도 빈번해지고 있어 세인의 많은 우려와 주의를 끌고 있는 상황이기도 했다.

그러나 정파에서 직접적인 행동을 자제하고 흑수채의 동향만 예의 주시하고 있는 것은 직접적인 이해관계에 따른 것이었다.

즉, 이 기회에 수많은 중소 사파의 난립으로 오히려 통제가 곤란한 상황을 타개해 보자는 탐색의 의미도 있었다.

실로 남이야 죽든 말든 내 뱃속만 채우면 된다는 고약한 심보였으니, 천무세가로 봐서는 최대의 위기였다.

만약 이번에도 흑수채와의 싸움에서 약세를 보인다면 천무세가는 무림칠대세가는커녕, 가문의 존립까지 위협받을 것은 누가 봐도 자명하였다.

천무세가주 송백은 이처럼 외부 세력의 원조를 거의 얻지 못하는 한심한 상황에 처하자, 긴밀한 관계를 유지하고 있는 남해 보타문에 급히 전서구를 보내 도움을 청하는 한편, 자구책을 강구하지 않을 수 없었으니.

하인촌을 거쳐 송백의 발길이 향하는 곳은 바로 허 선생의 초옥이었다.

"안에 계십니까?"

초옥 주변에는 별다른 인기척이 없었지만 방 안에서 코를 드르렁거리는 소리가 들리는 것을 보니 허 선생이 낮술에 취해 잠을 자고 있나 보다.

송백은 그의 잠을 깨우는 것이 실례라는 것을 알았지만, 지금은 작은 예의에 억매일 정도로 한가한 시기가 아니었다.

드릉, 드러렁.

송백이 세 번이나 불러봤지만 코 고는 소리는 여전했다.

'으음. 이걸 어쩐다?'

탕탕탕!

송백은 급기야 방문을 두드릴 수밖에 없었지만, 허 선생은 속으로 혀를 차고 있었다.

'쩝! 그 사람, 급하긴 급한 모양이구만.'

그가 허 선생을 찾아온 이유는 바로 힘을 빌리려는 것.

그렇다면 고수인 허 선생이 설령 부르는 소리가 없다고 해도 인기척을 못 느꼈을까?

"아항! 웬 쥐새끼가 대낮부터 지랄이야?"

'어헛! 쥐새끼라고?'

문을 두드린 죄로 졸지에 쥐새끼가 되어버린 송백이 그제야
자신의 실태를 깨달았다.

'허, 이런! 어찌 이분께서 내가 온 것을 몰랐으랴. 괜한 짓을
하고 말았구나.'

"청운자 어르신, 그 쥐새끼가 저 송백이올시다."

"요즘 쥐새끼는 사람 소리도 하니 참으로 기이하구나."

대답은 하면서도 허 선생은 침상에서 일어나는 기미가 없었
다.

단순히 농으로 들으면 그만이겠지만, 송백은 자신의 실수를
다시 자각하지 않을 수가 없었다.

"허, 허 노사님, 하도 일이 급한지라 소생이 그만 실수를 했
습니다. 너그러이 이해를 해주시고 제 말씀 좀."

송백의 널찍하게 각진 사자 얼굴이 곤혹스러움으로 물들었
다.

그가 다급해하는 모습을 보자 청운자는 절로 천무세가로 들
어올 때를 떠올리지 않을 수 없었다.

친우들과 함께 모종의 일을 꾸민 청운자는 우연히 사부에게
서 들은 전설의 기인이 살았다는 천중산에 들어가 무(武)의 끝
을 보고 싶었다.

이에 오랜 고민 끝에 천중산을 찾아왔지만, 천중산을 포함
한 주위 이십여 리가 천무세가의 소유임을 알게 되었던 것이
다.

　도리없이 세가주 송백을 찾아가 근처에 기거하게 해달라고 부탁을 하면서 청운자라는 자신의 이름은 잊어주기를 당부했던 것.

　그의 부탁에 송백은 그의 신분을 숨기기 위하여 하인촌의 촌장인 허인덕의 먼 친척으로 가장을 했지만, 세상사란 그리 단순한 것이 아니었다.

　천무세가가 예기치 않은 위기를 맞아 청운자에게 도움을 청하게 될지 누가 짐작이나 했으랴.

　송백의 사과 말을 듣고야 침상에서 일어나는 기척을 내는 허 선생이었지만, 방문을 열 생각은 없는 모양이었다.

　일단 천무세가의 가주가 직접 왔으니 누워서 응대하는 실례를 범할 수는 없었으나 청운자의 예의는 거기까지였다.

　"가주, 노도(老道)가 세상과 연을 끊은 지 벌써 이십 년이 넘었네. 가주가 왜 나를 찾아왔는지 알고 있음이니 더더욱 가주하고는 할 말이 없어. 그리 알고 그만 돌아가게!"

　명백한 축객령이었다.

　청운자는 더 이상 말을 섞을 필요가 없다는 완강한 태도를 보였다.

　이미 젊은 시절부터 그를 알아온 송백으로서는 꼬장꼬장한 청운자의 성격상 더 부탁해 봐야 자신의 체면만 상할 것을 알고 있었다.

　가주인 송백으로서는 자기 대에서 세가가 몰락하는 꼴은 절대로 볼 수 없는 일이었지만, 상대는 그가 함부로 윽박지를 수 있는 위치의 사람이 아니었다.

막말로 수틀리면 이곳을 떠나 버리면 그만 아닌가.

"휴우! 할 수 없지요. 노사께서 그렇게까지 말씀하시니 그냥 돌아가지요. 다만, 이런 일이 있다고 해서 노사께서 떠나시는 것은 절대 바라지 않습니다. 그럼 쉬시지요."

송백은 긴 한숨을 내쉬며 돌아섰지만 돌아가는 그의 발걸음은 웬일인지 그리 무거워 보이지 않았다.

"에잉! 얼굴은 사자처럼 생긴 놈이 여우 짓이나 한다니까?"

그가 멀어지자 청운자는 못마땅하게 중얼댈 수밖에 없었다.

송백이 회심의 미소를 짓는 모습이 절로 보이는 듯하였다.

그가 거절당할 것을 뻔히 알면서도 청운자에게 도움을 청한 이유는 보나마나 빤했다.

비풍대는 거의 재기불능의 상태에 빠졌고, 이제 또다시 세가의 정예인 무영대가 빠지면 뒤가 걱정스러운 것이다.

송백은 그것을 염려해서 청운자에게 부담을 지어놓고 간 것이었다.

"에라, 모르겠다. 잠이나 자자!"

도로 침상에 벌렁 드러눕는 청운자의 얼굴은 씁쓸하기만 했다.

노부가 왕 서방을 가벼운 손짓 하나로 날려 보내자 장 대인은 놀라자빠져서는 내게 부탁하는 것이었어.

아이들에게 무공을 가르쳐 주면 만금을 주겠다고 즉석에서 제안하는 것이야.

오라는 데는 없어도 바쁜 내가 어찌 그의 부탁을 들어줄 수 있겠어?

그렇지만 노부는 그의 부탁을 들어주지 않을 수가 없었지.

당시는 장마철이라 황하에 큰 홍수가 발생하였으니 수많은 이재민이 굶어 죽고 있는 시기였어. 그래서 그 만큼을 이재민에게 나눠 주는 대신에 아이들의 무공을 잠시 봐주기로 하였어.

내가 그렇게 말하니 장 대인이 감격해서는 눈물, 콧물 질질 흘리며 울어대더군.

사실 이쁜 아해가 울면 애처롭기나 하지, 다 늙은 놈이 울어 젖히니 그 또한 못 봐줄 노릇이었어. 내가 떠나려고 하면 그놈이 무릎 꿇고 애걸하는 바람에 나는 장 대인의 집에서 무려 삼 년간이나 머물 수밖에 없었으니.

연자여! 그대는 애나 어른이나, 여자나 남자나 눈물을 흘리면 일단 자리를 피하도록 하라!

사람의 감정이란 요상한 것이라, 우는 것을 보면 절로 마음이 약해지는 터, 대저 그대는 눈물에 속지 말라.

'쯧! 저도 벌써 여인의 눈물에 넘어갔는걸요?

만석이 흐느껴 울던 홍자려를 떠올리며 고소를 지었다.

이제 며칠 후면 세가를 떠나게 된다.

어떻게 될지 모르는 살벌한 싸움터에서 두꺼운 책자를 가지고 다닐 수는 없는 일이었다.

외우는 것만은 자신이 있던 만석은 시간이 나는 대로 무명서의 내용 전부를 머리에 담으려고 애쓰고 있었다.

노부는 먼저 아이들이 다리에 차고 있던 쇳덩이부터 떼게 하였지. 어느 정도가 뼈대가 굳은 장정이 다리나 허리에 무거운 것을 달고 뛰면 근력을 키울 수 있으나, 뼈대가 여물지 못한 아이들은 그렇지 않도다.

잘못하면 몸과 다리가 뒤틀려 병신이 될 수도 있으며, 그렇지 않더라도 한창 몸에 터를 잡는 힘줄과 뼈대에 압박을 가하여 나중에 내공을 잃으면 보통 사람보다 더 허약해지는 것이다.

이로 하여 근골을 키우고 내공의 바탕을 키운다고 함이 오히려 사람의 신체에 못될 짓을 하는 것이니 이 어찌 가당키나 하리오!

모름지기 건전한 내공은 튼튼한 신체에서 우러나는 법.

혹 속여먹는 자들이 진원지기(眞元之氣)라 하여 후천적으로 쌓는 내공 외에 다른 기운이 있다고 뻥을 치지만, 기실 이 진원지기가 바로 기본 체력을 말함이니 연자는 혹시라도 속지 말라.

무공의 고수입네 하는 자들이 감기에 걸려 죽는다거나, 갑작스런 주화입마에 걸려 폐인이 되는 것은 다 이로 인한 것이라.

오호라! 달마는 세수와 역근경을 남겨 강건한 신체와 올바른 정신을 닦도록 사람의 마음을 경계하였으나, 미혹을 일삼는 자들이 이리저리 뒤틀어 상단전이니, 중단전이니, 하단전이니 하며 수많은 사람들을 속였으니 그 죄를 어이 다 갚으랴!

"크! 여기서 또 끝이네?"

집의 뒤뜰에 앉아 책자를 읽던 만석은 또다시 실망하고 말았다.

기존에 경공이나 내공의 기초를 닦는 방법이 잘못되었다면 바른 방법을 일러줘야 할 텐데, 마지막 글귀의 밑으로 뜀뛰기하는 그림만 덩그러니 그려져 있는 것이었다.

혹시 그림 속에 비밀이 있나 하고 자세히 들여다보았지만 옛날얘기 속에 흔히 나오는 무슨 점이나 선이니 하는 것들은 하나도 보이지 않았다.

만석이 골머리를 썩여가며 책자의 내용을 모두 기억한 것은 떠나기 바로 전날이었다.

책자의 중간부터는 무명자가 비무행에서 겪은 강호 주요문파의 절기들이 발현되는 모습을 수록하고 있었는데, 하나에서부터 열까지 쌍욕 수준의 맹비난을 퍼붓고 있었다.

'에휴……! 스승님이 책자 속의 인물이라고 하시니 믿지 않을 수도 없고…….'

만석은 적이 실망해서 한탄하고 말았다.

매 장마다 평범한 그림들만 말미를 장식하고 있을 뿐 무명자의 독문무공이란 눈 씻고 봐도 없었던 것이다.

'휴우. 어쨌든 외우긴 다 외었으니…….'

추노와의 작별 인사를 겸해서 동네 주점에서 싸구려 죽엽청 한 병을 사던 만석의 뇌리에 번뜩 떠오른 것이 있었다.

‘그래! 바로 그거야!’

어떡하면 부친 정삼 대신에 출정대에 끼일까 고민하던 만석
으로서는 아주 간단한 해결 방법이 생각났던 것이다.

‘훗! 아버님이 술에 약하시니 술로 해결하면 되잖아?’

이제야 만석은 발걸음도 가볍게 추노를 만나러 갈 수 있었
다.

第六章
세상 속으로

"녀석, 왔구나."

장작더미에 걸터앉아 쉬고 있던 추노가 만석을 보자마자 기다렸다는 듯이 한 말이었다.

그의 얼기설기 얽은 상처투성이 얼굴에 묘한 잔떨림이 일었다. 보아하니 웃고 있는 듯.

"할아버지, 여기, 술 좀 받아왔어요."

품속을 열고 만석이 술병을 꺼내자 추노가 만석을 물끄러미 보더니 술병을 받아 들고 마개를 열었다.

"허어, 녀석. 내가 죽엽청 좋아하는 줄은 어떻게 알고……."

별 대단치도 않은 것에도 추노는 진정으로 기뻐하는 것 같았다.

"가만있자. 이걸 그냥 병나발 불라는 것은 아니겠지?"

추노가 작은 눈을 쭈욱 찢으며 만석의 얼굴을 힐끔거렸다.

"하하. 그럴 리가 있나요? 이것도 함께 드세요."

만석이 품속에서 기름종이로 싼 두툼한 꾸러미를 끄집어내니 냉큼 가로채는 추노였다.

"오호! 그래, 그래야지! 오잉? 이건 통닭이 아니더냐?"

죽엽청이야 싸구려 술이라지만, 통닭은 열세 살 어린아이로 봐서는 상당히 부담스러운 안주였다.

음식점에서 대충 한 끼의 식사를 하는 데는 닷 푼이면 족하지만 통닭은 적어도 세 배는 비싼 것이었다.

추노가 작은 눈을 이번엔 똥그랗게 떠서는 서 있는 만석을 올려다보자, 만석이 씽긋 웃었다.

"그동안 일하면서 저축한 돈을 썼어요. 훔쳐 온 것은 아니니 걱정 마세요."

"녀석, 걱정은 무슨? 어쨌든 잘 마시고 잘 먹겠다."

추노가 연신 병나발을 불어가며 게눈 감추듯이 통닭을 다 뜯은 것은 겨우 반 각도 채 지나기 전이었다.

"꺼어억! 아, 잘 먹었다."

게 눈 감추듯 술과 통닭이 없어지자 만석이 오히려 계면쩍은 표정을 지었다.

"죄송해요. 남은 돈이 그것밖에 없어서."

"놈! 이만하면 됐다. 크. 늙으니까 위장이 쪼그라들어서 배 터지겠구나."

짐짓 배를 감싸며 엄살을 떨던 추노가 미안스러워하는 만석을 보며 슬쩍 말을 돌렸다.

"그건 그렇고 내일 떠나려는 게지?"

"네? 그건 어떻게."

만석은 추노마저 그 사실을 알자 놀라지 않을 수 없었다.

'에구, 이제 보니 스승님께서 알려주셨구나. 쯧. 내가 떠나는 것이 뭐가 큰 사건이라고 여기저기 흘리시나 그래?

잘은 모르지만 허 선생과 추노가 깊은 사이라고 짐작을 하고 있는 만석이었다.

"저, 그럼 할아버지도 그 책을 읽어보셨어요?"

"응? 무슨 책… 아아! 그 무명서라는 책자 말이냐?"

금방 무슨 소린지 감을 못 잡는 듯하던 추노가 바로 무명서를 언급하는 것이었다.

'역시 그랬어. 스승님과 추노는 잘 아는 사이였어.'

"그러나 나는 책자를 읽어본 적은 없다. 허 선생이 약간의 내용을 알려주기에 함께 웃었을 뿐이야."

"그럼, 할아버지도 책에 등장한다는 것이 맞다는 말씀인가요?"

만석의 질문을 듣고 추노는 잠시 망설이지 않을 수 없었다.

아무리 어른스럽게 행동해도 만석은 겨우 열세 살의 어린아이였다.

그러나 눈을 빛내며 자신을 쳐다보는 만석의 눈길을 느꼈을 때, 그는 망설임을 버렸다.

이제 그의 눈에는 만석이 어엿한 장정으로 비쳐들고 있었다.

'그래, 이것도 큰 인연이 아니냐. 비록 친 조손 간은 아니지만 혈혈단신의 내게는 네가 손자로 보이는구나.'

그는 만석에게 자세한 내용을 일러주지 말라는 허 선생의 당부를 생각해 보았다.

'이제 와서 부끄러울 게 무엇이 있단 말이냐. 부끄러움마저 버리는 것이 진정한 무인의 자세가 아니겠는가. 게다가 허 선생이 만석에게 그 책자를 맡긴 것은 아이에게 큰 기대를 걸고 있다는 뜻이었다.'

추노는 눈앞이 환히 트이는 것 같았다.

장작이나 패면서 스스로를 감금해 왔던 지난날이 모두 부질없었다. 그러나 아직 어린아이에게 모든 진실을 얘기하기도 껄끄럽다. 만석의 기대 섞인 눈을 보니 가슴이 찔리긴 했지만 추노는 사실을 조금 숨기기로 작정했다.

'그래, 아직은 때가 아니다.'

처음 생각과는 달리 마음을 고쳐먹은 추노가 천천히 말을 꺼냈다.

"그렇다. 내가 바로 금군교두 출신의 왕 서방이란다. 그리고 열목어를 빼앗긴 송현자는 바로 무당의 전대 장문인인 청운자 그분이다."

"그, 그럼, 책자의 내용이 모두 사실이라는 말인가요?"

"컬컬컬. 바로 그러하다. 내가 그분을 만난 것은 지금으로

부터 이십 년 전이었지.”

‘엉? 겨우 이십 년 전?’

크게 놀라던 만석의 머리에 갑작스런 의문이 들었다.

비록 지질이 그리 오래된 느낌은 없었지만, 이렇게 가까운 과거에 일어난 일이라니.

그렇다면 대체 책자는 언제 지은 것이며, 무명자의 나이는 몇 살이라는 말인가. 아니, 그렇게 생각하면 무명자는 살아 있을 가능성이 높았다.

“자, 잠깐만요, 할아버지. 그럼 그 무명자라는 분이 아직 돌아가시지 않았다는 건가요?”

눈이 휘둥그레져서 만석이 묻자 말을 그쳤던 추노가 켈켈거리며 웃었다.

“그분이 죽어? 말도 안 되는 소리! 앞으로 백 년은 끄떡도 없을 게다.”

“네? 그럼 그분의 연세가?”

“글쎄다. 자세한 것은 알 수 없지만 한 팔십 정도 되려나?”

“그런데 책자에는 분명 말년에 깨달은 심득을 전한다고 쓰여 있던걸요?”

“켈켈켈! 그걸 그대로 믿냐? 헛참. 장난기는 얼마나 심한지 그분을 만난 사람들은 하나같이 가진 것 다 털리고 치를 떨었단다.”

“그럼, 무적초자라는 별호도 가짜라는 말씀인가요?”

그렇게 대단한 인물이면 강호에 알려지지 않을 리가 없다는 만석의 생각이었다.

그러나 추노는 천천히 고개를 저을 뿐이었다.

"그건 그렇지가 않다. 그분을 만난 사람들이 붙인 별명인데 그 사람들이 다들 어떤 위치에 있는 사람들이겠느냐? 거의 전부 강호의 명숙들이었어. 때문에 그분에게 당한 것이 부끄러워 차마 발설을 못했던 게지. 쉬쉬하고 있지만 아마도 적지 않은 사람들이 그분의 명호를 기억하고 있을 게다."

"그럼 그분은 지금 어디에 계실까요?"

"클클. 그거야 내가 알 수가 있겠느냐? 내게는 먹을 게 떨어지면 한번 들르겠다고 그랬는데 이십 년 동안 소식이 없었으니, 아마도 어딘가 떠돌아다니면서 사기나 치고 있겠지."

"은거를 하지는 않았을까요?"

"켈켈켈! 그 노인네가 은거를 해? 말도 안 된다. 너도 책을 봤으니 알겠다만 그분은 폐관해서 무공을 수련하는 사람들을 비웃었어. 진실한 무공이란 세상 속에 부대끼면서 깨닫는 것이라고 생각했던 게지."

"네에. 그렇군요."

만석으로서는 그 무적초자라는 분을 만나고 싶은 마음이 굴뚝같았다.

서로 얼굴은 본 적이 없지만 그가 지은 책자를 얻어 그대로 무공을 수련하고 있으니 간접적으로는 사제지간이 되는 것이었다.

게다가 허 선생과 추노 등 무적초자와 관계있던 사람들과 가볍지 않은 인연을 맺고 있으니 더더욱 그러했다.

'그래, 무림을 돌아다니다 보면 언젠가 만날 수도 있을 거야.'

그렇게 생각하니 금방이라도 무적초자를 만날 수 있으리라는 기대감이 드는 만석이었다.

그를 하루라도 빨리 만나려면 어떻게 해야 할까?

그는 지게 작대기로 비무를 했다고 하지만, 그가 주로 익힌 것은 도끼질일 수밖에 없었다.

'내 병기는 도끼로 해야겠다.'

만석이 그렇게 생각하며 다시 눈을 들었을 때, 무슨 생각이 들었는지 추노가 뜰의 한구석에 있는 자신의 오두막으로 들어가는 것이었다.

'응? 할아버지가 왜?'

오래지 않아 밖에 나온 추노의 손에는 대충 한 자 길이의 무두질한 가죽으로 싼 물건이 들려 있었다.

만석에게 가까이 다가온 추노가 만석에게 가죽 꾸러미를 불쑥 내미는 것이었다.

"자, 받아라."

만석이 얼떨결에 받아 들자, 추노가 회상에 잠긴 얼굴로 말을 잇는 것이었다.

"그날, 단 한 수에 담벼락 너머로 떨어진 나는 너무도 부끄러워 장 대인을 볼 면목이 없었다. 그래서 어디로 가야 하나 하고 힘없이 발길을 옮기고 있을 때, 그분이 쫓아오더니 이걸 내밀며 가져가라고 하더구나."

만석이 추노의 얘기를 들으며 가죽 꾸러미를 헤쳐 보니 어른 손 한 뼘 정도의 날과 자루가 일체된 도끼가 들어 있었다. 보통 도끼의 반밖에 안 되는 앙증맞은 도끼였는데, 무슨 재질로 만들었는지 오월 말의 더위에도 손이 얼어붙는 듯한 느낌을 받은 만석이 화들짝 놀라 다른 손으로 도끼를 옮겼을 때, 그의 행동을 보고 빙그레 웃던 추노가 한마디 했다.

"그건 만년한철로 만든 것이다. 이제 그것은 너의 것이다."

"네? 제가 가져도 될까요?"

금방 자신이 생각한 것이 현실이 되자 만석은 뛸 듯이 기뻤지만 혹시 받지 말아야 할 물건이 아닌가 하고 저어할 수밖에 없었다.

이 도끼는 무적초자가 추노에게 준 것이 아니던가.

"헛헛헛. 그분이 지은 책자도 너의 손에 들어왔으니 도끼도 너에게 가야 하지 않겠느냐?"

허허롭게 웃으며 추노가 들려준 얘기는 이랬다.

그가 왜 도끼를 주는지 이해를 못한 추노가 받을까 말까 망설이고 있자 무적초자가 한 말이 있었다.

"본의 아니게 자네의 일자리를 빼앗은 셈이 되었네. 그래서 내 도끼를 주는 것이니 이걸로 밥벌이나 하게."

듣기에 따라서는 모욕적인 말이었지만 그때 추노는 눈물이 핑 돌았다는 것이다.

말하자면 자신의 애병을 건네줌은 이것으로 무공을 더욱 갈고닦으라는 말이 아니던가.

이에 간단한 대화가 오가는 중에 그가 천중산 출신임을 알고 그 길로 곧바로 천무세가에 들어와 장작 패는 일을 하게 되었다는 것이었다.

"자, 그분이 주신 도끼를 너에게 넘기니 이제야 무거운 짐을 내려놓은 것 같구나. 아무쪼록 그 도끼로 커다란 성취를 이루어다오."

"알겠습니다."

만석은 길게 말할 필요성을 느끼지 못했다.

만석이 고개를 깊숙이 숙여 그에게 감사를 표하니 추노가 고개를 끄덕이며 흡족한 미소를 지었다.

"그럼. 그만 가보아라. 언젠가는 다시 만날 수 있겠지."

헤어지는 마당이 되니 추노의 음성이 적이 젖어들었다.

그렇게 추노와 헤어져 귀가한 만석은 자신의 방 안에 두었던 죽엽청과 통닭을 들고 부친의 방으로 갔다.

"어엉? 그, 그게 뭐냐?"

"에이, 뭐긴요? 술과 안주지요. 아버님이 내일 일찍 떠나신다기에……."

뒷말은 듣지 않아도 알 수 있었다.

"허허, 녀석. 네가 무슨 돈이 있다고……."

정삼은 그만 눈시울이 뜨거워져 아들의 얼굴을 똑바로 쳐다
볼 수가 없었다.

"핫하. 아버님, 오늘은 마음 푹 놓으시고 제가 따라주는 술
을 마셔야 해요?"

"그래, 그래. 헛허허. 네가 주는 술인데 그래야 하고말고."

정삼이 안주는 먹는 둥 마는 둥 술을 마시자 만석이 얼른 고
기를 뜯어 부친의 입가에 들이댔다.

"천천히 드세요. 시간은 넉넉해요."

"그래, 그래. 근데 인석아, 너도 고기를 뜯어야지."

"하하. 소자가 더 많이 먹고 있는 걸요?"

"어엉? 그러냐?"

만석의 목적을 전혀 눈치 채지 못한 정삼은 아들이 주는 대
로 술을 마시고 고기를 뜯다가 그만 대취하고 말았다.

"어허이, 취하는구나!"

원래부터 술이 약한 부친은 죽엽청 한 병을 채 반도 못 마시
고 외마디 소리와 함께 탁자 위에 쓰러지고 말았다.

'아버님, 죄송합니다.'

만석은 마음속으로 용서를 빌고 또 빌었다.

그러나 이번에는 부친을 잠시 속이더라도 허약한 그를 생각
했을 때는 자식으로서 당연한 도리였다.

'아버님.'

술에 취해 거의 인사불성이 된 정삼의 얼굴은 너무도 초췌
했다.

밤이 새고 새벽이 올 때까지 부친의 주름 진 얼굴을 보던 만석의 얼굴에선 내내 울적함이 가시지 않았다.

"아버님, 그럼 소자 다녀오겠습니다."

만석은 세상모르고 곯아떨어진 부친에게 작별을 고했다.

*   *   *

천무세가는 해가 뜨기 직전인 이른 새벽부터 북적였다.

흑수채의 본거지가 있는 무창 북쪽의 흑수하(黑水河)와는 이백여 리 길.

말을 이용하면 겨우 한 시진 안에 도착할 거리지만 흑수채에서 천무세가의 정벌대를 본거지에서 맞이할 가능성은 전무하였다.

이미 무창 주변까지 세력권을 확대한 흑수채로서는 사전에 천무세가의 진공을 저지하려고 하리라.

이미 십여 명에 이르는 선발대는 지난밤에 출발한 상태로 지금 연무장은 말 울음소리와 각종 휴대용 물품을 나르는 세가의 하인들로 요란스럽기만 했다.

연무장의 뒤편에서 마차에 말을 비끄러매고 식량과 마초, 그리고 화섭자와 각종 요리 도구를 싣는 하인들의 발걸음도 분주하긴 마찬가지였다.

어느 정도 일을 마친 기철이 남아서 일하는 사람들을 빙 둘러보았다.

일을 돕고 있던 수십 명의 하인들이 물러가니 이제는 다섯 대의 치중마차를 몰고 갈 십여 명의 하인만 남아 있었다.

어두컴컴한 해 뜨기 직전, 어둠이 서서히 걷혀가는 장내는 어슴푸레한 여명을 받아 따뜻한 오월의 공기가 떠돌고 있었다.

익숙한 사람들의 얼굴을 찾아보던 그의 눈에 의문이 어렸다.

마방의 삼인방이라고 할 수 있는 추팔은 보였는데, 정삼이 보이지 않는 것이었다.

기철이 부총관 한당해를 어렵게 만나긴 했는데 한당해가 그의 말을 들어줄 리가 없었다.

그러지 않아도 이번 정벌대를 따라가는 하인 속에 들지 않으려고 그에게 뇌물을 바친 사람들도 꽤 있다는 풍문인데, 다섯 명의 정벌대 붙박이 마방 하인 중 하나를 빼면 다른 하인을 집어넣어야 한다는 계산이 나온다.

'이런, 정삼이가 안 보이네? 혹시 뒷간 갔나?'

기철이 다급한 마음에 하인들 사이를 휘저을 때, 추팔도 그와 같은 마음인지 하인들 사이를 기웃거리고 있었다.

"나 좀 보세."

기철이 말을 꺼내기 전에 추팔이 기철의 팔을 끌고 한적한 곳으로 갔다.

"정삼이가 안 나온 것 같아."

"내 생각도 그래. 이거 큰일인걸?"

"어떻게 하지? 시간이 촉박하니 집에 가볼 수도 없고."

정말 큰일이었다.

단순히 한데 모여 작업을 하는 일에 빠져도 곤장을 맞을 판에 출정대에서 빠졌다면 그야말로 능지처참 감이었다.

두 사람이 발을 동동 구르며 어찌할 바를 모르고 있을 때,

"다들 모이시오!"

이번 출정 하인들의 대표로 가게 된 하인촌장 허인덕이 사람들을 불러 모았다.

작달막한 키, 둥글둥글한 얼굴에 사람 좋은 미소를 띤 허인덕은 수염을 말끔히 깎고 있었다.

들리는 소문에 의하면 원래 무가 출신이라고 하나, 그가 무공을 안다고 생각하는 사람은 없었다. 나이 오십에 이른 지금까지 한 번도 무공을 펼쳐 보인 적이 없는 것이다. 그런 그가 날카롭게 주변을 둘러보며 말했다.

"한 사람이 안 보이는 것 같은데, 숫자를 맞춰봅시다."

숫자를 맞춰보나마나 없는 사람이 생겨날 리가 없었다.

추팔이 주저하다 못해 어쩔 수 없이 허인덕의 앞으로 나갔다.

"실은 정삼이 어디 아픈 모양입니다. 원래부터 몸이 허약한지라……."

"그게 무슨 소리? 아무리 몸이 허약하다고 하더라도 출정에서 빠지려고 하다니! 당장 그자를 데려오시오!"

"그러실 필요 없어요."

앳되지만 당찬 음성에 모두의 시선이 소리가 들린 쪽으로 옮겨졌다.

허름한 무명옷을 입은 말랐지만 뼈대가 굳세게 보이는 아이.

"아니, 넌 만석이 아니냐!"

기철과 추팔이 미처 말하기도 전에 허 촌장이 아는 척했다.

일찍부터 하인촌의 어린 용이라고 불린 만석이라 촌장 허인덕도 그를 익히 아는 터였다.

자신에게 또래의 딸이 있었으면 좋으련만 그는 외아들만 달랑 두고 있었다.

허 촌장과 주위의 하인 어른들에게 고개를 깊이 숙여 보인 만석이 또랑또랑하게 말을 뱉었다.

"아버지 대신에 제가 갑니다!"

"그, 그건……."

예상치 못한 만석의 말에 허 촌장이 말을 더듬거렸다.

"저도 말이라면 벌써 여러 해 동안 다루어보았고, 뜀뛰기도 빨라요. 그리고 아버지는 몸이 약하셔서 저만큼 일을 할 수도 없어요."

"허어! 이를 어쩐다?"

이번에는 허인덕이 고민할 차례였다.

장사로 소문난 만석이다.

힘으로 따진다면 이 중에서 몇이나 그를 당해낼 수 있을까. 문제는 그의 나이가 너무 어리다는 것이었다.

“촌장님, 망설일 게 뭐가 있겠습니까? 만석이가 부친에 대한 효심으로 대신 나왔나 본데, 사실 소인들도 정삼이가 워낙 몸이 허약해서 걱정을 하던 차였습지요. 행여나 길을 가다가 쓰러질 수도 있고, 또 뒤에 처질세라 따로 신경을 써야 하니…….”

“닥치게!”

추팔이 중간에 끼어들자 허인덕이 단호하게 말을 끊어버렸다.

이건 그렇게 단순한 일이 아니었다.

보급 마차라는 것은 정벌대의 생명줄이라고 할 만큼 중요한 일이었다. 그런데 멋모르는 어린애가 끼어들어 일을 망치기라도 한다면… 보급대를 책임진 허인덕으로서는 쉽게 결정할 일이 아니었다.

그가 눈을 무섭게 홉뜨며 추팔을 노려보자 추팔이 금세 꽁지를 말며 고개를 쏙 들이밀었다.

딴에는 만석에게 보탬이 될까 하고 나섰는데 허인덕의 반응은 신경질적이었다.

“촌장 어르신, 추 아저씨의 말씀처럼 오히려 제 부친이 가시면 일행에게 짐이 될 수도 있어요. 제 나이가 어리다고 해서 꺼려지는 어르신의 심정은 알지만 그렇다고 몸이 아픈 제 부친을 부득불 데리고 간다는 것도 이치에 어긋나는 일입니다.”

‘놈! 역시 똑똑하다니까?’

“좋다. 네가 그렇다면 한 가지만 물어보자.”

"예. 하명하시지요."

"우리가 왜 치중마차를 몰고 정벌대의 뒤를 따라가는지는 잘 알고 있을 터, 우리는 언제든지 위험에 노출될 수가 있다. 네가 나라면 보급 마차를 어떻게 운영하겠느냐?"

어려운 질문이었다. 이 자리의 어느 누구라도 이런 질문을 받는다면 골머리나 썩여야 할 터, 과연 열세 살 어린아이가 어떻게 대답할 것인가.

만석이 잠시 침묵하고 있을 때, 그가 무슨 대답을 할지 기다리는 사람들의 눈초리가 피부를 아프게 쑤셔왔다.

'쳇! 저게 말이나 돼? 대체 뭐라고 대답한다는 말이야? 어이구, 저것도 질문이라고.'

기철과 추팔은 사실 너무 어이가 없었다. 위험에 노출된다는 것은 적의 공격에 호위무사들이 궤멸되었다는 것이다.

그렇다면 힘없는 하인들이야 나 살려라 하고 도망칠 수밖에 더 있겠는가?

"저라면 이렇게 하겠어요."

"그래, 그래. 어서 대답해 보아라."

얼마 지나지 않아 만석이 답변을 하려고 하자 그의 대답이 더욱 궁금해지는 사람들이었다.

"적의 기습을 받는다는 가정을 하고, 먼저 다섯 대의 마차를 두, 세 대씩 분산시켜요. 그리고 분산된 보급대는 본대의 앞으로 나가서 항상 보급대가 본대의 뒤에 있다는 인식의 맹점을 찌르는 거지요. 다음으로는 본대의 뒤를 따르는 보급대는 세

가의 기치를 높이 걸고 좌우에서 말을 탄 호위무사들이 따라
갑니다. 그래서 적의 눈을 속이는 거지요."

"오호! 그것도 일책이긴 하구나."

갑작스럽게 들려오는 다름 음성에 모두가 놀라 고개를 돌렸
다.

천무세가주 송백이 뒷짐을 지은 채, 사자형 얼굴에 가득 미
소를 띠고 있었던 것.

"세가주님을 뵙습니다."

하인들이 이구동성으로 머리를 숙이자, 송백이 손을 저었
다.

"됐다. 본 가주가 너희의 예를 받으러 온 것이 아니니 그만
예를 거두어라."

"예, 나으리."

"촌장, 먼저 저 아이를 내게 소개시켜 주겠나?"

빙긋이 웃으며 만석을 보던 송백이 허인덕에게 물었다.

절로 뭇사람이 앙복할 만큼 위풍당당한 모습은 과연 천무세
가의 가주다웠다.

"예. 우리 하인촌의 정삼의 외아들로 정만석이라고 하는데
힘이 장사입니다."

"호오! 어린 나이에 힘이 장사라고? 그래, 글은 배웠느냐?"

이번엔 만석에게 직접 묻는 송백이었다.

비틀어 들으면 무식한 놈이 힘만 센 것이 아닌가 하는 물음
이었다. 아무리 훌륭한 계책이라도 그것을 말하는 사람에 따

라 듣는 사람의 믿음도 달라지는 법이다.

"예. 외람되지만, 우리 마을의 허 선생으로부터 글을 배웠습니다."

"그래?"

송백이 속으로 놀라 허인덕을 돌아보자 그가 부연 설명을 했다.

"그러합니다, 나으리. 듣기로 허 선생이 더 가르칠 것이 없다고 하는 소문도 있었습니다."

남들은 모르지만 그 허 선생이 바로 청운자임을 잘 아는 송백은 놀라지 않을 수가 없었다.

많아봤자 열댓 살밖에 안 되어 보이는 어린 소년인데도 청운자가 가르칠 것이 없다고 했다니…….

실로 믿기지 않는 얘기였다.

그러나 소문이란 왕왕 과장이 많다지만 소년의 또렷하게 반짝이는 눈을 보니 크게 틀린 말도 아닌 듯했다.

"그래, 보급대야 분산을 시키고 위장을 한다고 해도, 본대가 궤멸되면 아무 소용이 없잖느냐?"

이번에는 정벌대 운용에 대한 질문이었다.

"마찬가지지요. 원래 전초대가 앞에 서고 주력이 중간에, 그리고 보급대가 후미에 서는 것이 보통이지만, 오히려 전초대와 보급대에 주력을 배치하게 되면 이도 일종의 공성계라고 할 수 있어요."

"호오! 네 말대로 한다면 적이 본대를 주력으로 알고 기습을 할 때 양쪽에서 협공을 한다는 말이냐?"

"그러합니다, 나으리."

"왓핫핫핫! 참으로 당돌한 놈이로고! 네가 말한 대로 가운데 주력 부대를 두는 것은 수천 년간 변하지 않는 진형이었다. 그래, 너는 그 이유가 뭐라고 생각하느냐?"

"그, 그건……."

"놈! 듣기 싫다. 아무리 어린 놈이라고 하나, 조금 띄워주니까 기고만장이로구나! 네놈이 내세운 전법을 생각지 않은 자가 어디 있으랴! 에잉! 괘씸한 놈 같으니. 본 세가가 약간의 곤란에 빠졌다고 해서 어린 놈마저 본 가주를 능멸하려 드는구나!"

노호성을 터뜨리며 질책하는 송백의 기세는 무시무시했다.

주위의 여러 하인들이 새파랗게 질려 한 가지로 떨고 있을 때, 송백이 여전히 화가 난 음성으로 허인덕을 불렀다.

"허 촌장!"

"예, 나으리."

"저놈이 아직 하룻강아지라 범 무서운 줄을 모르는구나. 저놈의 아비 대신 보급대에 두어라. 내 녀석의 운수를 시험해 보리라!"

말을 끝낸 송백이 만석을 무섭게 노려보다가 거칠게 몸을 돌렸다.

송백이 빠른 걸음으로 멀어지자, 허인덕이 만덕을 질책했다.

"거, 쓸데없는 소리를 해가지고 내게 욕을 보이는구나! 이거
출발하기 전부터 가주께 미움을 샀으니 이를 어쩌면 좋단 말
인가!"

허인덕이 혀를 끌끌 차다가 마차들의 준비 상황을 점검하러
발길을 돌리자, 그의 눈치를 보던 추팔이 만덕에게 근심스럽
게 말을 붙였다.

"허 촌장님의 말대로 그만 미운털이 박혀 버렸구나. 가주 나
으리의 화가 풀리지 않는다면 무사히 살아 돌아와도 크게 경
을 칠 터. 허어, 쯔쯔쯧……."

기철마저 다가와 비슷한 소리를 하니 그들의 마음 씀을 고
맙게 여긴 만석이 씽긋 웃으며 한마디 했다.

"두 분 아저씨께서는 너무 걱정을 마세요. 아무려면 산목숨
그냥 죽이기나 하려고요?"

"휴우. 네가 어리긴 어리구나. 세상에는 생으로 사람 목숨
을 죽이는 것도 드물지 않다고 들었다만… 하여간 살아서 돌
아 오게 되면 세가주 나으리께 손을 발이 되도록 빌어야 할 것
이야!"

기철이 다짐하듯 하자, 만석이 깊숙이 고개를 숙이며 그러
마고 안심을 시켰다.

그러나 그의 입가에 내내 머물고 있는 미소는 무슨 뜻일까?

*   *   *

"커커커! 그래 놈들이 온다고?"

질그릇이 깨지는 듯한 거칠고 투박한 음성이 연무장을 울렸다. 쇠로 만든 절구통 비슷한 항아리에 김이 펄펄 나는 뜨거운 모래가 가득 들어 있었는데, 그 뜨거운 모래 사이로 솥뚜껑 같은 양손을 연신 찌르고 있는 삼십대의 거한이 있었다.

거친 바위를 쪼개서 붙인 듯한 커다란 머리통, 그리고 퉁방울눈에 하늘을 향해서 뚫린 콧구멍과 두껍고 커다란 입술.

게다가 걸친 옷은 양 어깨가 드러난 호피 가죽이었다.

거의 칠 척에 가까운 키에 보통 사람의 허리 굵기의 팔뚝이라고 하면 그의 덩치를 거의 산(山)만 하다고 표현해도 가히 욕먹지는 않으리라.

"예, 채주님. 이번에는 천무세가주 송백이 직접 무영대를 이끌고 온답니다."

말대답을 하는 자는 새앙쥐처럼 길게 튀어나온 턱에 납작한 코, 그리고 얄팍한 칼로 살짝 그은 듯한 째진 눈을 한 비슷한 나이의 장한이었는데, 깨끗한 흰색 비단옷을 걸친 호리호리한 체구는 거한과는 정반대의 몰골을 하고 있었다.

"야, 임마! 두목이라고 부르면 되지, 뭔 놈의 채주는 얼어 죽을!"

"쉿! 채주님, 체통을 지키세요. 무식하다고 소문나면 좋을 게 없어요."

"뭐이야? 아, 이 새앙쥐 같은 놈이 뭐라고 씨불대는 거야. 엉? 아니, 좀도둑 아비에 창녀 어미를 두었으니 무식한 게 당연하지, 그래 나보고 유식한 체하란 말이냐?"

"하이고! 아, 다들 들어요. 무식한 티를 내려면 둘이 있을 때만 하라는 거 아니요!"

"아니, 어떤 지랄 같은 새끼가 듣는단 말이야? 아, 네놈이 들었어?"

양 콧구멍을 열심히 벌렁거리며 생쥐 옆의 역시 무식하게 생긴 장한을 삿대질하는 거한이었다.

"거, 두목! 그거 좀 들으면 어떻소! 두목이나 나나 무식하기는 매일반인데 말이오. 아, 아니들 그런가?"

그가 옆에 모인 서, 너 명의 장한에게 슬쩍 공을 넘기자 놈들이 하나같이 고개를 끄덕이며 맞장구를 친다.

"아, 물론이지! 무식한 놈이 용감하다고, 두목이 꼭 그 짝 아닌가!"

"맞어, 맞어! 두목이야말로 무식한 걸로 하자면 하늘 아래 무적이지! 나같이 유식한 놈이 어찌 무식한 두목에게 대들 수 있겠어?"

"어떡하면 저렇게 무식해질 수 있지? 난 만날 부러운걸."

옆에서 세 사람이 짐짓 정색을 해가며 한마디씩 하자, 거한의 얼굴이 묘하게 찌푸려졌다.

'가, 가만있자. 이제 보니 이놈들이 나를 놀려먹는 거 아녀?

거한의 양 콧구멍에서 더운 김이 모락거리며 주위를 오염시키자 그의 표정을 힐끔거리던 새앙쥐가 얼른 화제를 돌렸다.

"그래서 이번에는 천무세가주 송백이 직접 오니까 준비를 해야 하는 거 아니냐 이 말이오!"

막 성질을 터뜨리려던 거한이 움찔하자, 새앙쥐 서생(徐生)이가 슬며시 미소를 지었다.

'크큭! 아무리 큰소리쳐도 송백이는 그래도 무서운가 보지?'

"이봐, 먹물! 짜식이 두목 말을 무시하는 건 여전하구나! 머리 쓰는 건 너 같은 좀스러운 놈이 맡으면 되는 거구, 우린 그저 놈들의 머리통만 박살 내면 되는 거 아냐?"

예의 무식하게 생긴 장한, 흑수채의 흑수삼걸(黑水三傑) 중 맏이인 관대형(關大瀅)이 커다란 철퇴를 들어올리며 으르렁거렸다.

비록 흑수채주 배일도(裵一濤)보다는 조금 작아도 역시 곰 같은 덩치를 자랑하는 거한이었다.

"쳇! 무슨 준비가 필요하냐? 전번처럼 유식하게 달려가서 냅다 부숴 버리면 되지!!"

흑수삼걸의 둘째 유식한(劉識漢)이었다.

"아니, 그게 아니라니까? 저번에야 놈들이 우리를 얕보고 덤벼들어 쉽게 해치웠지만, 이번엔 무척 조심할 거란 말이야!"

서생이 설득에 나서자, 그들의 얘기를 듣던 배일도가 그럴 듯한지 연방 고개를 끄덕이며 끼어들었다.

"좋다! 그럴듯한 말이야. 이기더라도 희생이 크면 기분이 더러운 거여."

“채주 말씀이 백번 지당하십니다! 자, 그럼 계획을……..”

“야, 임마, 됐어! 작전 계획 세우는 건 네가 알아서 해. 우두머리는 부하의 머리만 빌리면 되는 거여. 안 그래?”

“킬킬킬! 맞아요, 두목. 우린 술이나 푸러 갑시다!”

“거, 좋지!”

그들이 거의 어깨동무를 하다시피 어기적거리며 자리를 떠나자, 멍하니 그들을 보던 서생이 손에 들고 있던 철부채를 냅다 내던지며 투덜거렸다.

“제길! 이거 더러워서 해먹겠나!”

“너, 임마! 비싼 부채는 왜 던지고 지랄이야!”

멀어져 가던 배일도가 뭔가 낌새를 느꼈는지 재빨리 뒤를 돌아보며 소리쳤다.

‘헉!’

서생이 속으로 다급하게 신음을 내뱉으며 부채를 줍자, 관대형이 받아 소리쳤다.

“짜식! 빨리 와. 너 없이 술맛이 나겠냐?”

‘큭! 그럼 그렇지!’

“그래 지금 간다!”

마주 소리치며 잰걸음을 놀리는 서생의 얼굴에 흐뭇한 미소가 맴돌았다.

*   *   *

정벌대의 출발은 지체될 수밖에 없었다.

세가주 송백이 배웅차 나온 총관 무헌경(无軒耕)과 외떨어진 곳에서 밀담을 나누고 있었던 것.

"비록 어린아이의 말이라 하나 새겨들을 필요가 있을 것 같아서……."

그렇게 서두를 뗀 송백이 만석이 한 말을 그대로 옮기자, 무헌경이 가볍게 고개를 끄덕이며 입을 열었다.

"그럴 수도 있겠군요. 조심해서 나쁠 것은 없지요."

긴 턱수염에 눈이 맑은 무헌경은 전형적인 문사풍 인물이었다. 일각에서는 천무세가가 오늘날의 성세를 일굴 수 있었던 것은 바로 그의 기여도가 거의 절대적이라고 평하기도 하였다. 강호의 현자로 많은 이의 존경을 받고 있는 백거이(白巨耳)의 선생의 세 제자 중 대제자인 그였다.

당금 나이 사십오 세로 세가주 송백에 비해서는 십 년 연하임에도 송백은 그의 앞에서 예의를 잃어본 적이 없을 정도로 깍듯이 대하고 있었다.

다만, 무공을 모르는 무헌경이기에 언제 어떤 사단이 벌어질지 모르는 전장에는 같이 갈 수 없다는 것이 아쉬운 점이었다.

"가주님, 일단 세가를 떠나면 녀석의 말에 따라 진형을 재배치하는 것이 좋겠습니다. 무영대의 옷은 다른 무사들과 바꾸어 입어서 위장하는 것도 물론이고요."

무영대의 복장도 색깔은 물론 같았지만 왼쪽 가슴에 비천하는 용과 함께 무영(無影)이라고 자수한 것이 달랐다.

"알겠소."

세가주 송백이 무겁게 고개를 끄덕이자 무헌경이 생각난 듯 한마디 더했다.

"그리고 녀석이 힘도 좋고 발도 빠르다고 하니 가주님의 말고삐를 잡게 하십시오. 어리다고 하나 그 정도의 머리를 쓸 줄 안다면 약간의 보탬은 될 것으로 생각됩니다."

"호오! 녀석을 이번 출정대의 군사로 삼으란 얘기요?"

무헌경이 빙그레 웃으며 송백을 쳐다보았다.

"그럴 리야 있겠습니까? 하지만 가주께서 판단을 내리는 데 도움이 될까 해서 드리는 말씀이지요."

두 사람의 눈이 자신들도 모르게 보급대 마차가 있는 곳으로 향했다.

*　　　*　　　*

주향(酒香)이 자욱하게 깔린 단출한 실내였다.

모두 다섯 명의 거칠게 생긴 장한이 네모반듯한 탁자 주위의 의자에 둘러앉아 있었는데, 그들이 손에 들고 있는 뿔고동 같은 커다란 술잔에는 호박색 액체가 그득했다.

그러나 술잔을 들어 연신 입술에 가져가면서도 그들의 눈은 탁자 위의 지도에서 떨어질 줄 몰랐다.

그 지도 위를 바삐 옮겨 다니는 손가락은 길고 가늘었는데,

이는 물론 서생의 손이었다.

"보시는 것처럼 천무세가에서 우리 흑수하로 오는 길은 모두 세 갈래 길이 있단 말입니다."

"에이, 다 아는 얘기 말고 머리에 쏙쏙 들어오는 삼빡한 거 없냐?"

흑수삼걸의 맏이 관대형이 심드렁한 표정으로 서생을 재촉했다.

벌컥, 버얼컥!

목젖이 꿀떡대며 목구멍으로 술이 연방 넘어가는 소리가 들렸다. 중요한 회의 자리에서 술을 퍼마시며 전략을 논하는 것은 흑수채의 전통이었다.

알량한 정파의 무리처럼 그윽한 다향을 맡으며 숙연한 자세로 계획을 논한다는 것은 이들에게는 낯간지러운 일이었다.

거친 놈이 점잖은 놈의 흉내를 내게 되면 그때부터 성질 버리는 것이다.

"지금 그걸 얘기하려는 중이잖아?"

서생이 삐딱하게 눈꼬리를 돋우며 관대형을 째려보았다.

"아, 이 자식은 내가 말만 하면 못 잡아먹어 안달이라니까?"

관대형이 마주 노려보며 이죽거리자, 보다 못한 배일도가 잡아먹을 듯 고함을 내질렀다.

"그만두지 못해? 그래, 이 중요한 시국에 싸움질이나 해야겠어?"

배일도가 탁자를 때려 엎을 듯 고함을 치자 그제야 찔끔하며 나 몰라라 하고 천장이나 쳐다보는 놈들이었다.

'내 이놈들을 그냥!'

딴청을 부리는 놈들이 얄미워 배일도가 커다란 주먹을 부르르 떨자, 서생이 얼른 탁자에 철선을 두드려 주의를 환기시켰다.

탁, 탁!

"자, 자. 우리 채주님은 시국을 아는 진정한 장부요. 그만 하고 작전이나 짭시다."

"아 참, 작전 계획을 짜는 중이었지? 계속해 봅시다."

"맞어. 천무세가 놈들이 작정을 하고 달려든다는데 말이지."

"아, 이제부터 작전에 방해를 놓는 놈은 내가 그냥 안 놔둘 것이야!"

'에이. 참자, 참어.'

놈들이 괜히 눈을 부라리며 정색을 하니 배일도는 허공중에 높이 들었던 주먹을 내릴 수밖에 없었다.

마음 같아서는 엎드려뻗치게 해서는 엉덩이를 묵사발로 만들어놓아야 직성이 풀릴 텐데 배일도는 두목답게 바뀐 분위기를 탈 줄 알았다.

"좋다! 서생! 계속해 보아라."

모두들 거친 낭인의 세계에서 의기투합한 자들이었다.

배일도와 관대형은 서른세 살 동갑으로 만나자마자 말을 텄던 친구 사이였고, 서생과 유식한은 서른두 살, 그리고 막내뻘인 나대충이 서른이었다.

어쨌든 만났다 하면 싸울 듯이 난리를 쳐대지만, 만난 지 벌써 십 년이 넘은 이들 사이에는 두터운 정리가 있었다.

"그러니까, 양쪽의 길은 가파른 언덕 사이에 있어서 놈들이 취할 바가 못 된단 말이오. 나라고 해도 가운데 평지 길을 택한다 이 말이지."

일일이 지도에 그려진 길을 더듬어보던 서생이 작전 계획을 알려주기 시작했다.

"관 부채주는 놈들의 선발대를 끌어들여서 이곳 막가계(莫可溪)에 가두고, 유 제이 부채주는 놈들의 후미에 있는 보급대를 여기 십리사(十里沙)의 개울에서 기습한다 이거요. 그리고 공격 즉시 양쪽에서 봉화를 올리면 채주께서는 여기 호리병처럼 생긴 통로 정면에서 천무세가의 본대를 엄습해서 시간을 끄는 것이오. 놈들의 선발대와 보급대를 공격한 부대가 도착할 시간을 버는 거요."

그러자 머리를 끄덕이며 서생의 말을 듣던 나대충이 말미에 끼어들었다.

"아니, 그럼 나는 뭐 한단 말이오?"

"삼 부채주는 부하 이백을 끌고 먼저 출발해서 이 길을 돌아 천무세가를 직접 치는 것이오."

"엥? 천무세가를 직접?"

모두의 눈이 휘둥그레져서 서로를 둘러보았다.

"그런 것이오. 천무세가는 이번 일에 세가의 정예 대부분을 끌고 오지요. 지금 천무세가는 그 비리비리한 천무세가 둘째 놈이 잔챙이들을 데리고 지키고 있는 셈이오."

"오호라! 바로 그거야! 이 기회에 놈들의 뿌리를 뽑는 것도 멋진 일 아녀?"

배일도가 퉁방울눈을 희번덕대며 무릎을 치자, 모두가 득의만면해서는 주먹들을 부르르 떠는 것이었다.

"커커커! 이 기회에 칠대세가니 뭐니 거들먹거리는 놈들을 박살 내버리면 우리 흑수채의 위명이 강호를 진동하겠구만!'

배일도가 한마디 더 보태자 그들의 눈자위는 지극한 흥분으로 떨리고 있었다.

"한마디로 양동작전이오. 호시탐탐 우리의 동태를 살피는 무당말코 놈들과 제갈세가 놈들에게 한 방 멋지게 날리는 것이지."

의기양양해서 코가 한 뼘이나 치솟은 서생의 마지막 말이었다.

*   *   *

"어, 너희가 웬일이야?"

만석이 뜻밖이라는 듯 눈을 크게 떴다.

세가에서 북쪽으로 오 리쯤 떨어진 송림 속에서 진형을 바꾸고 옷을 바꾸어 입느라 정벌대의 행렬이 머물고 있을 때, 숲 속에서 슬그머니 모습을 드러내는 아이들이 있었다.

소이와 우거형이었다.

"훗! 그럼 대장 혼자 떠나려고 했어?"

"그렇게는 안 되지! 죽어도 같이 죽고 살아도 같이 살자는 약속을 해놓고 혼자 가면 어떡해?"

만석으로서는 눈물이 핑 돌 만큼 감격스러웠지만, 허인덕은 그저 얼떨떨할 뿐이었다.

방금 전에 만석을 데려오라는 가주의 통보를 받고 만석에게 얘기를 하려던 참에 애가 둘이나 늘어 있는 것이었다.

"이, 이놈들아. 여기가 어디라고 쫓아왔어? 어서 돌아가지 못해?"

괜히 조심스러워져서 주위를 살펴보며 허인덕이 닦달했지만, 아이들의 손을 잡고 기뻐하던 만석이 그에게 딱 부러지는 소리로 말을 했다.

"촌장 어르신, 애들도 힘이 세고 발도 빨라요. 자기 몫은 충분히 할 겁니다."

"인석아! 그래도 그렇지 이거 뭐 애들 장난도 아니고."

"장난이 아니기 때문에 가는 거지요. 촌장 어르신께서는 그럼 목숨을 줘도 아깝지 않을 친구가 사지로 떠나는데 나 몰라라 하실 거예요?"

소이가 바로 반박을 하자 한동안 어이가 없어 세 사람을 보던 허인덕이 고개를 설레설레 저었다.

"허어, 그놈들 참! 네 부모님들이 애를 끓일 텐데, 그건 또 어떻게 할 거냐?"

"집에 편지를 남겨놓고 나왔으니 그건 걱정하실 필요 없어
요."

이번엔 우거형이 당당하게 대꾸했다.

"이, 이놈들아, 그래도 그렇지……."

말꼬리를 흐리면서 허인덕은 애들을 어떻게 처리해야 할지
망설일 수밖에 없었다.

'그래! 어차피 가주께서 만석이를 데려가신다니 녀석들도
내가 데리고 있을 이유가 없잖아?'

허인덕은 속으로는 미안했지만 이 성가스러운 짐을 가주에
게 떠넘기기로 작심했다.

애들의 단단한 결심이 어린 눈빛을 보자니 다리몽둥이를 두
드려 내쫓는다고 해도 쉬이 갈 것 같지도 않았다.

그렇다고 다른 사람을 시켜 애들을 데려갈 수도 없는 터.

"만석이 너, 세가주 나으리가 부르시니 어서 가보아라."

"예? 세가주 나으리께서요?"

만석이 의아롭게 반문하자 머리를 끄덕인 허인덕이 바삐 자
리를 떠났다. 여기 오래 있어보았자, 좋은 일이 있을 까닭이 없
다는 허인덕의 궁리였다.

第七章

작은 것을 버려
큰 것을 얻는다

우두두두두!

백여 마리의 기마가 숲길 사이의 관도를 질주하는 모습은 장관이었다.

건조한 날씨로 바짝 마른 흙먼지가 꼬리를 물고 시야를 어지럽히고, 간혹 관도를 가던 행인들이 놀라서 급히 몸을 피하는 장면도 이어지고 있었다.

천무세가까지 겨우 한 시진 거리.

이 정도면 중간에 한 번만 쉬면 바로 천무세가에 도착할 수 있으리라.

뒤에서는 사대에 소속된 나머지 백여 명의 무리가 열심히 경공을 발휘해서 기마대를 쫓아오고 있지만, 그들은 혹시라도 일이 잘못될 경우에 대비한 예비대였다.

천무세가를 향하는 제사대를 맡은 나대충은 휘파람을 불고 싶을 정도로 기분이 좋았다.

오랜만에 말 등에 올라 달리니 눈가를 획획 스쳐 지나는 푸른 수목들과 시원스럽게 전신을 어루만지는 바람결에 절로 마음이 들뜨는 것이었다.

그의 말처럼 긴 얼굴은 벌겋게 달아오른 것이 다가올 피의 향연을 미리 맛보고 있는 것 같았다.

"야하! 어서 가자!"

"가자!"

나대충이 호기롭게 외치며 말에 더욱 박차를 가하자, 함께 소리를 높이며 속도를 더하는 흑수채의 무리였다.

*　　　*　　　*

무창 서쪽으로 삼십여 리, 그리고 흑수하와는 오십여 리 남쪽에 도착한 송백은 말머리를 나란히 하고 있는 동생인 무영대주 송창(宋昌)을 돌아보았다.

형인 송백과 비슷한 생김새지만 선이 가는 느낌의 송창은 나이 사십 세로 아직도 혈기방창한 인물이었다.

"그것참 길이 묘하구나. 양쪽의 절벽은 별로 높지 않으나 꼭 호리병처럼 생긴 곳이라……."

"뭐 신경 쓸 것이 있겠습니까? 선발대의 보고로 봐도 매복

한 자가 없다고 하였으니."

송창의 자신만만한 대꾸였다.

"너는 어떻게 생각하느냐?"

동생에게서 눈을 돌린 송백이 말고삐를 잡고 정면을 주시하는 만석을 내려다보았다.

그리 빠른 속도로 행군을 해온 것은 아니었지만 말의 빠르기는 보통 사람으로서는 힘겨운 속도였다.

그러나 소이나 우거형은 잘도 뒤를 쫓아왔고, 특히 자신의 말고삐를 잡은 만석은 전혀 힘겨운 티를 내지 않았다.

송백으로서는 더욱 대견하게 생각이 들었지만 그의 말을 듣는 송창은 기분이 약간 언짢아졌다.

'쳇! 겨우 열세 살짜리 아이가 뭘 안다고?

앞을 주시하던 만석이 송백을 올려다보며 가볍게 고개를 수그리더니 자신의 옆에 서서 비슷한 표정을 짓고 있는 소이를 가리켰다.

"허 선생님이 말씀하시기를 전략에 대해서는 이 친구가 저보다 훨씬 낫다고 하시더군요."

"호오, 그래?"

송백은 또다시 놀라지 않을 수 없었다.

처음 만석이 두 아이를 데리고 왔을 때, 만석에다 두 아이까지 함께 데려가는 것은 내키지 않았다.

그러나 간절한 만석의 눈을 보고 허락을 해버리고 말았는데, 대열에서 뒤처질 경우에는 가차없이 버리고 떠난다는 언질을 줬음은 물론이었다.

　그런데 어른도 힘든 길을 묵묵히 따라오는 소이와 우거형에게 감탄을 하던 차에 만석의 말을 들은 것이었다.

　'훗! 낫긴 뭐가 나아?'

　만석이 일부러 자신을 띄우려고 하는 말임을 소이는 모르지 않았다.

　이에 소이는 고소를 지었지만 만석의 배려에 감격하지 않을 수 없었다.

　"그래. 네 생각을 말해주겠느냐?"

　몸매가 가늘고 얼굴이 예쁘장한 소이를 내려다보며 송백이 기대에 차서 물었다.

　"제가 생각하기에도 양쪽 벼랑이 그리 높지 않고, 그 사이의 길도 짧아 습격하기에는 적당한 곳이 아니군요."

　앳되면서도 목소리가 얄팍한 느낌이 드는 것이 천생 모사라는 느낌을 주는 아이였다.

　"그래, 그렇지?"

　동생 송창과 다른 의견이 아니었다.

　호로병 모양의 길이라 봤자 겨우 오십여 장의 거리. 말에 한 번 박차를 가하면 순식간에 빠져나갈 거리에 불과했다.

　이 지역 사람들은 이를 호로구(胡蘆口)라고 하는데, 중간쯤에서 입구와 출구를 이어서 보면 호랑이가 납작 엎드려 앉은 모양새라고 해서 호좌(虎坐)라고 칭하기도 하였다.

　'그렇겠지, 아이의 입에서 대단한 소리가 나올 것을 기대한

내가 우습구나.'

송백이 그렇겠거니 하고 쓴웃음을 지으며 고개를 돌리려고 할 때 소이가 재빨리 말을 보탰다.

"다만 이 길을 지나면 장애물이 거의 없는 평지지요. 전략을 조금이라도 아는 사람이라면 이곳을 놓치지도 않을 거예요."

"으음? 그렇다면?"

그의 입에서 무슨 소리가 나올까 다시 궁금해지는 송백과 송창이었다. 다만, 만석은 무덤덤한 표정으로 가벼운 미소를 짓고 있을 뿐이었다.

만석을 곁눈질하며 슬쩍 그의 표정을 살피던 소이가 곧바로 대답했다.

"소문에는 그 흑수채 무리가 무식하게 공격을 하지만 지형을 잘 이용한다고 하더군요. 그러니 우리가 이 호로구를 통과하자마자 압도적인 인원으로 막아설 가능성이 커요."

"오호? 계속 말을 하도록 하여라."

만석이 천천히 고개를 끄덕이는 것을 다시 살핀 소이가 말을 이었다.

"일단 막아선 다음에 우리를 호로구에 묶어두고 우리의 선발대와 보급대를 친 자들을 기다리면서 시간을 끌겠지요."

"그 무식한 놈들이 무슨 그런 방책을 쓰겠느냐? 단번에 때려 부수려고 생난리를 치겠지."

조그만 하인 아이의 말을 귀담아듣는 형을 못마땅해하던 송창이 불쑥 끼어들었다.

"어허! 쓸데없는 소리! 다섯 살 아이한테도 배울 것이 있다
는 말을 너는 허수로이 알고 있느냐?"

"그럼 가주께서는 이 아이의 말을 믿는다는 말씀입니까?"

삼남 중 막내로 자라 버릇이 조금 없기는 했지만, 경망스러
운 구석은 없는데도 오늘은 연신 불만을 토로하는 송창이었다.

"제가 생각하기로도 그래요. 이곳을 벗어나기 직전에 틀림
없이 적의 주력이 우리를 막아설 것이고, 당장 짓쳐들기보다
는 시간을 끌려고 하겠지요. 조금만 두고 보면 그들의 의도가
드러날 테니 여기서 논쟁을 하는 것은 아무런 의미가 없어요."

이번에는 만석이 끼어들어서 자신의 의견을 말했다.

어차피 세 갈래 길 중에서 이곳이 가장 평이한 길이어서 택
한 것이지만, 그 어느 쪽 길을 택해도 적이 막아설 것은 자명한
일이었다. 게다가 반반씩 나누어 선발대와 보급대에 배치된
무영대의 무사들도 그렇게 알고 있으므로 함부로 길을 바꿀
수도 없었다.

"그래, 이제는 다른 길로 갈 수도 없을 터. 그렇다면 우리는
어떻게 대비해야 할까?"

송백이 동생에게 눈을 부라려 그의 입을 막은 후에 만석에
게 물었다.

"우리는 그저 속아주는 척하면 되지요."

"속아준다?"

송백이 반문하니 만석이 소이에게 고개를 돌려 머리를 끄덕
여 보였다. 내가 할 얘기는 다 했으니 마무리는 네가 하라는

뜻이었다.

소이가 그린 듯한 입술에 미소를 흘리며 대답했다.

"승부는 우리 무영대의 무사들이 얼마나 빨리 습격한 자들을 물리치고 이쪽으로 오느냐 하는 거지요. 그때를 생각해서 본격적인 전투는 벌이지 말고 차츰 밀리는 것처럼 해서 다시 이곳으로 돌아오는 거예요. 그래서 올가미를 씌우는 것처럼 옴짝달싹 못하도록 얽어매는 거지요."

"좋다! 그렇게 하자!"

송백이 호기롭게 소리치며 아이들의 말을 들어주었다.

"오고 있습니다!"

멀리 앞을 살피던 척후 무사가 돌아와 고하자, 배일도는 보기만 해도 무겁운 커다란 도끼를 어깨에서 내렸다.

열렬히 불타는 눈빛은 더 이상 참기에는 너무 뜨거웠다.

"자! 오래 기다렸다. 전격 진군이다!"

이를 악물고 전령의 말을 듣던 배일도가 도끼로 앞을 가리키더니 적혈마의 높은 등 위로 뛰어올랐다.

앞의 말을 탄 수뇌부 몇 사람 외에는 도보로 따라가는 흑수채의 이백여 정예 부대는 이렇게 해서 호로구의 출구를 막아섰다.

"워어 워! 모두 멈추어라!"

호리병 출구를 빈틈없이 막아서는 검은색의 물결을 보고 송백이 소리 높여 외쳤다.

　대충 봐도 천무세가 무사의 서너 배는 됨직한 인원이 삼십여 장 앞길을 막고 있었다.

　"짜식들! 고작 머릿수 가지고 대천무세가를 막아서보겠다?"

　송창이 호기롭게 외치며 뒤를 돌아보자 모두들 소리를 질러대며 웃음을 터뜨렸다.

　"놈들이 겁이 나서는 다가올 생각도 못하네?"

　"왓핫핫! 저런 조무래기 같은 놈들 봤나. 겁이 나면 집에서 발 뻗고 잠이나 잘 것이지!"

　"아냐. 겁이 나니 잠이라도 오겠어?"

　떠들썩하니 소리치며 긴장을 누그러뜨리려고 애쓰는 본대의 무사들이었다. 아무리 평소에는 하찮게 보는 녹림의 무리라고는 하나, 비풍대에 재기불능의 타격을 입힌 자들인데다, 무영대는 선발대와 보급대로 빠져나가고 이들은 고작 이, 삼류 수준의 평범한 무사들이었다.

　위장을 하려고 무영대주 송창이 남아 있다고는 하지만, 복장을 바꿔 입었다고 해서 무영대의 무력이 생기는 것은 아니었다.

　당당하게 보이라고 세가주 송백이 당부를 해도 속으로는 겁에 잔뜩 질려 있는 것이었다.

　그러나 곡의 출구를 막고 있는 흑수채 무리들은 조용히 자리를 지킬 뿐이었다.

　'역시! 놈들은 시간을 끌려는 것이야.'

　그전 비풍대가 이들을 정벌하러 갔을 때는 불문곡직 머리수로 밀어붙이던 자들이 이번에는 지연작전을 쓴다?

이렇게 생각하며 송백이 그들의 우두머리를 찾고 있을 때,

붉은 연기가 호리병 지역의 남쪽과 북쪽 두 방향에서 솟구쳐 올라 허공중에 선명한 궤적을 그리다 흐트러져 갔다.

'으음? 양쪽에서 봉화가?'

송백이 얼굴을 찌푸리며 만석과 소이를 둘러보았다.

"선발대와 보급대의 마차들 근처에서 올린 것 같아요."

소이가 송백의 눈길에 담긴 뜻을 알고 즉시 대답해 왔다.

"그렇다면 공격이 시작되었다?"

"그렇습니다. 이젠 앞길을 막은 자들이 뭔가 수작을 부려올 겁니다."

담담하기만 한 만석의 음성이었다.

'으음. 저토록 어린 나이에 어찌 저리도 침착하다는 말인가……?'

벌써 몇 번이나 감탄했는지 모른다.

송백은 이렇게 감탄을 하면서도 애들이 꺼려지는 마음이 자꾸만 드는 것이었다.

'허어 참! 내 마음이 왜 이렇지?'

그가 이 상황에 어울리지 않는 감정에 혼란스러워할 때,

"크핫핫핫! 소생은 흑수채의 배일도라 하오. 이렇듯 천무세가의 가주께서 직접 본인을 맞으러 오셨으니 가문의 영광이 아닐 수 없소!"

뚝배기가 깨지는 듯한 배일도 특유의 거렁거렁한 목소리.

삼십 장이 넘는 먼 거리지만 그의 화톳불처럼 타오르는 눈

동자는 송백의 눈에 똑바로 맞추어져 있었다.

그가 짐짓 양손을 높이 받잡고 고개를 깊숙이 수그리며 소리치자, 송백의 안광이 번뜩하다 금세 사그라졌다.

아무리 호기방장한 자라고 하나 삼국지와 같은 낭만적인 전투가 없어진 지도 천 년이 지난 터.

아이들의 말마따나 시간을 끌고 있는 것이었다.

"오호라! 본인은 천무세가의 졸장부 송백이오만, 나를 만난 것이 그대 가문의 영광이라 하니 오직 부끄러울 따름이오."

송백이 배일도의 말에 마주 화답을 하듯이 소리쳤지만 사실 조금 예민한 사람이라면 쉽게 알 수 있는 비아냥 소리였다.

"커커커! 무어 부끄러울 것까지야! 귀하가 졸장부라고 하면 미천한 우리 가문은······."

'응? 가만있자? 이거 말이 이상하게 꼬이네······?'

배일도가 소리치다 말고 고개를 갸웃거리며 말머리를 마주한 서생에게 고개를 돌렸다. 그런데 이상했다.

평소 같으면 유식한 체하면서 뭐라고 할 만도 한데 잠자코 앞을 응시하고 있는 서생이었다.

"야, 임마! 자식이 꿀 먹었나? 왜 벙어리 시늉을 내는 거야?"

귓속말로 한마디 하니 그제야 서생이 째진 눈꼬리를 그에게 맞추었다.

"아, 시끄러워요! 사람이 생각하고 있으면 귀찮게 굴지 말란 말이오!"

"뭐, 뭣이야? 아, 이놈의 자식이 지금 뭐라고 씨부리는 거야!"

"응? 지금 뭐라고 했어요?"

"아, 이 자식이 미쳤나? 짜식이 어디다 정신을 팔고는 개소리야?"

"개소리라뇨? 그게 무슨 소리요?"

서생이 마뜩찮은 눈길로 삐딱하게 쳐다보자 배일도는 그야말로 미치고 환장할 지경이었다.

적과 대치하고 있는 지금 놈의 툭 튀어나온 주둥아리를 붙잡고 씨름할 수도 없었다.

배일도가 두목답게 간신히 화를 참으며 송백과 오고 간 대화를 일러주니 서생이 한심하다는 눈길로 배일도를 힐끔거리는 것이었다.

"크. 그건 저자가 채주를 비웃는 소리요!"

"뭐, 뭐? 비웃어? 임마! 좀 알아듣게 얘기해 봐!"

"에이휴! 무식한 티 좀 내지 말라니까요? 얼마나 가문이 미천하면 자신 같은 졸장부를 보고도 가문의 영광 운운하느냐는 얘기 아니요!"

"커헉! 아니, 저 육시랄 놈의 짜식이? 내 저놈을 개 패듯 죽이지 못하면 사람이 아니다!"

배일도가 내쳐 송백을 잡아먹을 듯 노려보며 바드득하니 이를 갈아붙였지만, 그 꼴을 보는 송백 등은 어처구니가 없었다.

놈들이 작지 않은 소리로 대화를 주고받았으니 못 들었으면 오히려 이상한 일.

목숨이 오락가락하는 전장에 선 절박한 상황이긴 하지만,

막상 그 적이란 자들의 유치한 꼬락서니를 보니 놈들과 싸우겠다고 이 자리에 온 자신이 민망할 지경이었다.

"휴우. 기세등등 쫓아온 우리가 우습군요."

동생 송창도 같은 생각이 들었는지 고개를 저으며 한탄했다.

그렇게 되고 보니 뒤에 서 있던 세가 무사들의 긴장감도 풀릴 대로 풀려서 노곤한 기색마저 띠는 것이었다.

"대단하구나!"

그러나 만석은 그들에게 감탄하고 있었다.

강적을 앞에 놓고도 전혀 긴장하는 기색도 없이 자기들 끼리 아웅다웅하는 모습을 보여준다?

만석이 듣기로 흑수채 일천여 무리 중에 상당수는 낭인 출신이라는 것이었다.

그렇다면 그들의 전투 경험이란 누구보다도 풍부할 것은 자명한 노릇이었다. 이렇듯 상대를 얕보게 하고 허를 찌르는 수법은 고도의 심리 전술이었다.

"그게 무슨 소리냐?"

송백이 의아하게 반문하자, 소이가 대신 대답했다.

"저들에게 비풍대가 큰 타격을 입은 것을 잊어서는 안 된다는 거예요."

'아차! 그리고 보니?'

송백은 머리에 한 동이의 찬물을 부은 듯 방만한 생각에서 소스라치며 깨어났다.

'으으음. 잘못하면 싸우기도 전에 질 뻔했구나.'

“클클. 진짜 웃기는 놈들일세?”

“맞어. 괜히 긴장했잖어?”

‘허, 역시!’

그가 귀를 가득 채우는 잡담 소리에 불시에 뒤를 돌아보며
주의를 당부하려고 할 때, 만석이 손을 저으며 그를 말렸다.

“가주 나으리. 그냥 놔두시는 것이 좋겠어요.”

“응? 그냥 놔두다니?”

바보가 된 느낌에 송백이 떨떠름하게 반문했다.

“적이 속이려고 들면 끝까지 속는 척해야 해요.”

*　　　*　　　*

한편, 천무세가에서는 발등에 불이 떨어지고 있었다.

흑수채의 무리로 보이는 자들이 미처 방책을 세우기도 전에
십 리 밖으로 다가온 것이었다.

“하아. 이거 어떡하지? 놈들이 하필이면…….”

나이 이십 세.

천무세가의 이공자 송영원(宋塋源)은 걱정이 태산이었다.

놈들의 동정을 보고받고 총관 무헌경과 대책을 의논해 보았
지만, 뾰족한 수가 있을 턱이 없었다.

적은 기마대 일백에, 그 뒤를 따라오는 예비대를 합쳐 이백여
명이나 되지만 세가의 남은 무사라고는 겨우 삼십여 명이었다.

중과부적이라는 말만으로 부족한 압도적인 전력 차이인 것

작은 것을 버려 큰 것을 얻는다 187

이다.

이에 나이가 들어 은퇴한 연로한 무사들에게도 총동원령을 내리긴 했지만 막상 병기를 들고 나타난 그들은 마른 수수깡처럼 허약해 보였다. 실상 세가의 일에서 손을 떼고 손자의 재롱이나 즐기던 노무사들이니 이는 당연한지도 몰랐다.

그나마 사지가 온전한 십여 명의 비풍대 무사는 세가의 중요 서류와 각종 귀중품들이 보관된 요처를 집중적으로 경비하도록 조치하고 백여 명의 노무사도 경내 여기저기에 배치하긴 했지만 그것만으로는 불안했다.

부친이 출정에서 돌아올 때까지 버틸 수 있을까?

세가의 역사가 짧다는 것은 이처럼 그 저력에 있어서 역사가 오래된 다른 세가와 현격한 차이를 보이는 것이다.

대충 인원 수배를 마친 송원경은 총관 무헌경과 함께 허 선생을 찾아갔다.

"노사님, 본 세가가 누란의 위기에 처해 있음을 잘 알고 계실 겁니다. 그래서……."

인사를 마친 후, 먼저 총관 무헌경이 말을 꺼내었지만 귓구멍을 후벼 파며 딴전을 피우던 허 선생이 손을 저어 그의 말을 끊었다.

"됐네, 이 사람아! 자네 말은 들으나마나 도와달라는 얘기 아닌가? 난 말 많은 사람을 보면 자다가도 경기를 일으키는 사람이야! 듣기 싫으니 그만 가보게!"

"하, 하지만 노사님……."

이번에는 불그레하고 불룩한 볼 살이 앳되게 보이게 하는 이공자 송영원이 참지 못하고 입을 열었다.

"이대로는 세가의 멸망입니다. 설마 노사께서는 수백 명의 사람들이 죄도 없이 개죽음당하는 것을……."

그러나 송영원도 말을 끝맺을 수가 없었다.

"이놈아! 죄가 없긴 왜 없어! 세가에 빌붙어 사는 것만 봐도 죄를 지은 것이야. 듣기 싫으니 어서 가래도? 안 가면 내가 나갈까?"

'으으으. 꽉 막힌 늙은이 같으니.'

"총관어른, 그만 가시죠! 죽든 말든 우리끼리 알아서 하는 겁니다!"

얼굴을 바락 붉힌 송영원이 화가 나서 소리를 질렀다.

그로서는 이 꾀죄죄한 늙은이가 무당의 전대 장문인이라고는 생각할 수도 없는 노릇이었다.

그저 부친이 길을 떠나면서 적이 내습하는 상황이 되면 허 선생을 찾아 도움을 청하라는 당부만 들었던 그로서는 어쩌면 당연한 반응이었다.

그러나 무척이나 버릇없는 송영원의 일갈을 들으면서도 허 선생의 반응은 느긋하기만 했다.

"호오! 젊은 놈이 그 정도 기개는 있어야지. 음? 자네는 뭐 하나, 어서 가보지 않고?"

'그냥 가라고? 그럴 수야 없지.'

송영원이 방문을 부서질 듯 닫으며 나가는 것을 보면서도 무헌경은 움직일 생각이 없는 모양이었다.

"핫핫핫. 저야 그냥 갈 수 있습니까? 젊은 사람이야 기개를 부리지만 저 같은 나이가 되면 엉덩이가 무거운 법이지요. 심심한데 세상 돌아가는 얘기나 나누시지요."

무헌경이 유들유들하게 말을 하더니 침상 옆의 의자를 끌어당겨 허 선생의 옆에 앉았다.

그러더니 품속에서 술 한 병을 꺼내더니 병나발을 부는 것이었다.

"커어, 좋다! 세가야 멸망하면 도망치면 되지, 아쉬울 게 무어 있으랴!"

'웅? 이놈이? 감히 나하고 엉덩이 무거운 걸 겨루어보자 이거지?'

그러는 새에 술 한 병을 다 들이켠 무헌경이 그제야 품속에서 기름종이에 싼 오리 고기를 꺼내더니 소리도 요란스럽게 씹어대는 것이었다.

쩌부, 쩌부 쩝쩝!

"술 한잔에 먹음직한 안주까지 있으니, 세상만사 부러울 게 또 어디 있을까?!"

무헌경이 박자까지 맞추어 가며 구성진 목청을 뿜어내자 절로 목구멍이 간질거리는 허 선생이었다.

'꾸울꺽! 하, 그놈 참, 맛있게도 처먹네?'

"이, 이봐, 자네. 거, 남의 집에 왔으면서 혼자 먹긴가?"

"거, 노인장. 그게 무슨 술 처먹다 안주 씹는 소리요?"

"엥? 노인장이라고? 아예 맞먹어라, 이놈아!"

"엉? 대낮에 웬 모기 앵앵거리는 소리가 들리냐? 아냐, 그만 자란 소리지? 아, 노인장, 자리 좀 비키쇼!"

"어, 어어? 이, 이놈이?"

내쳐 무헌경이 허 선생을 침상에서 밀어내고 눕더니 드렁, 드르렁! 코 고는 소리를 내며 자는 척하는 것이었다.

졸지에 침상에서 밀려난 허 선생은 너무도 어이가 없었다.

그렇다고 체면상 당기락 밀락 하면서 침상자리 다툼을 할 수도 없는 노릇이었다.

'휴, 할 수 없지. 놈에게 떠넘길 수밖에!'

한참 궁리를 하던 허 선생은 마침내 적당한 대상을 발견할 수 있었다. 그러지 않아도 뭔가를 깨달음이 있는 듯 이전과는 사뭇 다른 느낌을 주던 추노였다. 스스로도 자신의 발전된 무공을 시험해 보려고 할 것이니 부담스러울 것도 없지 않은가?

해결책을 발견하고 보니 허 선생은 술이 고팠다.

그가 무헌경의 어깨를 슬쩍 잡아당기면서 은근히 물었다.

"자네 혹시, 술 남은 거 없는가?"

'응? 이게 뭐야?'

나대충이 십 리 거리를 단박에 재촉해서 천무세가의 정문에 다다르니 세가 주변은 쥐새끼를 떼거지로 합장한 듯 고요했다.

최소한도 중간에 기습을 한다던가, 아니면 담벼락 위에서 화살이 비 오듯 해야 싸울 맛이 날 텐데, 활짝 열린 대문 앞의 돌층계에는 왜소한 체구의 노인네가 지게 작대기를 짚고 건들 거리고 있는 것이었다.

"크… 이게 말로만 듣던 공성계라는 건가?"

나대충은 삼국지의 제갈공명에 얽힌 고사를 떠올리지 않을 수 없었다.

아마도 천무세가는 텅 비어 있을 것이었다.

그리고 세가의 식솔들이 도망칠 시간을 벌기 위해 다 늙은 노인네가 나와서 주목을 끌려고 하는 짓이 아닌가.

'쯧! 불쌍한 노인네!'

나대충은 실소를 금할 수 없었지만 노인네가 불쌍하기도 했다.

차림새가 꾀죄죄한 걸 보니 세가의 하인 같았는데, 아마도 다 늙은 처지니 적이 봐주지 않을까 하는 요행심에 남겨둔 것 같았다.

그런데 나대충이 그런 생각을 하거나 말거나 노인이 지게 작대기를 높이 들더니 호통을 내갈기는 것이었다.

"네 이놈! 왔으면 네놈이 누군지 어서 밝히고 드잡이질을 시 작해 보자!"

"어헉!"

나대충은 부지불식간에 비명을 내지르지 않을 수 없었다.

한순간에 귀가 먹먹해지고 눈물이 찔끔 나올 정도로 충격을 받은 나대충이 다리를 휘청이며 멍하니 노인을 쳐다보았다.

길게 얘기할 것도 없이 천지가 들썩일 만큼 노인의 목소리는 우렁찼다.

다시 봐도 수없는 상처로 얼기설기한 시커먼 얼굴, 마른 나뭇등걸같이 비리비리한 노인네였다.

나대충이 피가 나오도록 입술을 깨물며 눈을 치켜떠서 정신을 차리려고 할 때, 노인이 지게 작대기로 그를 가리키며 묘하게 웃었다.

"켈켈켈! 놈! 말대가리가 용을 써봤자 이히힝거릴 뿐이야! 내 오늘은 피를 보고 싶지 않으니 그만 돌아가라!"

"크으윽! 이놈의 노인네가?"

나대충이 가장 싫어하는 것이 자신의 용모를 빗대어 말대가리라고 부르는 것이었다.

노인의 목청에 놀라긴 하였으나 이쯤 되면 이판사판이었다.

나대충이 막 발작하려고 할 때 부대주 경술한(京戌翰)이 먼저 앞으로 나섰다.

"부채주님은 구경이나 하시오! 내 저 노인네의 삭은 뼈다귀를 잘근잘근 빨아서 개죽을 쑤어버리겠소!"

"조, 좋아! 내 너의 무용(武勇)을 지켜보리라!"

속으로 꺼림칙하던 차에 마침 잘되었다 싶은 나대충이 말을 한 걸음 뒤로 물렸다.

끄트머리가 살짝 휜 대감도를 한 바퀴 휘돌리며 말 등에서 뛰어내린 경술한이 막 착지해서 신형을 바로잡을 때 휙 하고 바람이 일렁이는 소리와 함께 딱! 하는 경쾌한 소리가 들리는가 했더니, 경술한이 오징어포처럼 지면에 납작하게 고꾸라져 바동거리는 것이었다.

"어허억!"

"저, 저런? 어찌 된 일이지?"

"사, 사술 아냐?"

흑수채의 대열에서 웅성거림이 점점 더 크게 일며 나대충의 골머리를 헤집었다.

바람 소리 외에는 노인이 움직인 느낌도 없었다.

머리통을 두드려 맞고 지면에서 잠시 꿈틀대던 경술한은 이미 의식을 잃은 듯 잠잠해져 있었다.

'크으! 어디서 이런 고수가?'

"이, 이이! 안 되겠다. 모두 일제 공격!"

대경실색한 나대충이 황급히 명령을 내리자 우 하고 노인에게 달려드는 흑수채 무리였다.

퍽! 퍽! 퍽!

그러나 단조로운 격타음만이 장내를 울렸다.

두 대도 필요없었다.

나대충이 일제 공격 명령을 내리자마자 순식간에 이십여 명이 뒤통수를 두드려 맞고 지면을 나뒹굴었다.

주인 잃은 말들이 놀라서 히히힝거리며 뿔뿔이 흩어졌지만 이 자리의 누구도 잡을 생각을 못하는 상황.

특별한 무공보다는 실전으로 단련된 낭인 출신이라고는 하나, 보고도 믿기기 어려운 일이었다.

당금 무림에 누가 있어 이십여 명을 한꺼번에 해치울 수 있다는 말인가?

"저, 저, 저럴 수가!"

달려들던 흑수채의 무리가 주춤거리며 뒤로 물러서자 어느새 원래 있던 층계로 돌아가 있는 노인네였다.

'호, 혹시?'

멍하니 노인의 모습을 살피던 나대충의 머리에 번쩍 떠오르는 이름.

낭인 생활 초기에 우연히 주워들은 바로 그 이름이었다.

무적초자!

지게 작대기 하나로 강호명숙들을 무릎 꿇렸다는 전설의 기인이 아니던가!

얼굴이 상처로 박박 얽었다는 소리는 들어본 적이 없지만 왜소한 체구에 늙은 티가 팍팍 나는 쪼그라든 얼굴, 그리고 지게 작대기까지!

무적초자의 명호를 들은 지 이십 년 만에 꿈에도 그리던 전설의 기인을 직접 대면한 나대충은 감격에 떨지 않을 수 없었다. 그런 생각이 들자마자 나대충은 층계 밑에 엎드려 노인을 우러렀다.

다시 보니 쭈그렁 얼굴에 눈이 부실 듯한 서기마저 돌지 않은가!

'여, 역시 그랬어!'

자신의 안목이 너무도 보잘것없음을 자책하며 나대충이 감격에 겨운 목소리를 떨어 올렸다.

"소인이 무적초자 노선배님을 몰라뵙고 큰 죄를 지었습니다. 아무쪼록 하해와 같은 도량으로 용서해 주시옵길."

'엥? 무적초자라니? 대체 이놈이 누구한테 듣고?'

추노는 한순간 어리둥절하지 않을 수가 없었다.

원래 무적초자라는 이름은 알 만한 사람만 아는 터.

이처럼 나이도 젊은 녹림의 인물이 그 이름을 안다는 것도 이상한데, 자신을 무적초자라고 부르며 납작 엎드려서는 금세라도 눈물방울을 떨어뜨릴 듯한 표정을 짓고 있는 것이었다.

그럽기도 하고 다시 생각하면 마음이 이윽히 아파오는 그 이름 무적초자. 추노는 괜스레 격동이 이는 가슴을 부여잡고 호통을 내질렀다.

"허어! 미친놈! 무적초자라고? 오래 살다 보니 별소리를 다 듣는구나! 부하 놈들은 기절만 시켰을 뿐이니 어서 데리고 돌아가라!"

말을 마친 추노는 더 이상 상대할 필요도 없다는 생각이 들었는지 뒤로 돌아 대문으로 향하는 것이었다.

전의를 잃은 자들을 상대할 이유가 어디 있을까?

애초부터 훈계를 줄 뿐 피를 볼 생각이 없던 추노였다.

"흐윽! 틀림없어. 무적초자 노선배님이야!"

추노가 매몰차게 돌아서서 대문을 쾅 닫고 들어가 버렸지만 무릎을 꿇은 나대충은 자리에서 일어설 줄 몰랐다.

보잘것없이 생긴 노인네의 엄청난 무공도 물론이지만, 노인을 무적초자라고 부르며 감격으로 질질 짜는 나대충의 꼴을 본 흑수채의 무리는 어안이 벙벙할 뿐이었다.

조금 전에 깨어나서 그 장면을 모두 본 경술한이 나대충에게 다가와 급히 물었다.

"부채주님! 대체 무적초자가 누구이기에?"

"너는 몰라도 돼!"

자기만의 감격을 누리고 싶은 나대충이 눈물자국을 지우지도 않은 채 일갈했다.

*　　　*　　　*

한편, 호로구에서는 배일도의 시간 끌기 작전이 이어지고 있었다.

"가, 가만있자."

말머리를 돌리며 금시라도 짓쳐 내려갈 듯 보이던 배일도가 무슨 생각이 들었는지 다시 서생에게 묻는 것이었다.

"야, 임마! 궁금하면 못 사는 내 성질 알지?"

그건 또 왜 물어? 하는 표정으로 배일도를 힐끗 쳐다보던 서생이 낄낄거리며 웃었다.

"낄낄낄. 할 말이 없으니 별소리 다 하네?"

'어구! 마음 같아서는 이걸 그냥!'

배일도는 아무리 지연작전이긴 하지만 때를 만났다고 막말을 하는 서생의 툭 튀어나온 주둥아리를 한 대 갈기고 싶었다.

'으으으! 참자, 참어! 참다가 죽은 놈은 배때기도 불룩하다

는데 말이지.'

자기도 무슨 소린지 모르면서 속으로 중얼거리던 배일도가 서생이 손가락으로 가리키는 곳을 보았다.

흑마에 높직이 앉은 송백의 근처에 서 있는 많아봤자 열댓 살 된 아이들.

"마! 너 애들은 왜 가리키냐?"

"아휴! 머리가 돌이면 굴릴 생각도 좀 해요!"

"으윽! 이 육갑할 놈이?"

빠각!

드디어 배일도가 벼르고 벼르던 턱주가리 비틀리는 소리가 아프게 울려 퍼졌다.

"아쿠야!"

'아쭈? 자식이 안 떨어져?'

말에서 기우뚱하며 떨어질 뻔하던 서생이 겁먹은 눈초리로 배일도를 쳐다보자, 배일도가 손가락을 까딱거리는 것이었다.

"왜, 왜?"

"너 임마, 머리통도 대!"

뻐억! 커어억!

'끄, 끄으윽… 이걸 웃어 말어?'

오지게 맞은 서생이 이번에는 진짜 말 등에서 떨어져 땅바닥을 기자, 웃음을 참느라고 얼굴만 붉히는 흑수채의 무리였다.

'이, 이런, 개창피가?'

말 등에 다시 오른 서생이 다소곳해서 자신의 물음만 기다리는 태도를 취하자 그제야 마음이 흐뭇해지는 배일도였다.

그동안 놈들에게 당한 모욕이 한꺼번에 씻겨 나가는 듯하니 그의 음성이 절로 부드러워졌다.

"그래. 애새끼들이 어떻다는 것이뇨?"

"예, 예. 채, 채주님. 그게 말이죠."

만인이 지켜보는 가운데 창피를 당한 서생의 목소리가 저절로 커졌다.

"이 피 터지고 살 떨리는 전장에 애들이 나온 이유는 두 가지로 볼 수 있어요."

"임마! 다 듣잖아! 조용히 말해, 응?"

시간을 끌려는 놈들의 의도를 뻔히 알면서도 송백은 놈들을 향해 공격 명령을 내릴 수 없었다.

비록 오합지졸이라고 하나 놈들의 숫자는 이백여 명.

그렇게 따지면 이, 삼류무사들이 주축인 천무세가의 본진도 오합지졸이긴 마찬가지였으니.

송백 등이 기다리는 것은 다름 아닌 선발대와 보급대, 그리고 배일도 등이 기다리는 것은 그들을 치러 간 흑수채의 이, 삼대였으니, 그야말로 이상동몽이었다.

"어떻게 된 거야? 왜 아직도 안 오는 거지?"

배일도는 무척이나 심심했다.

천무세가의 선발대와 보급대를 치러 간 제이대의 관대형과 제삼대의 유식한에게서는 아무런 연락도 없었다.

게다가 저 천무세가의 무영대란 놈들도 호로구에서 나올 생각이 없는지 저희끼리 수군덕거리며 자신의 친위대를 흘끔거릴 뿐이었다.

"글쎄올시다. 생각보다 놈들의 저항이 완강한 모양이오."

서생으로서도 뭐라고 할 말이 없었다.

천무세가의 선발대와 보급대를 궤멸하는 즉시 봉화를 올리라고 했는데도 감감무소식이었고, 그렇다고 전령으로 달려오는 낌새도 없었다.

'에이. 빌어먹을 놈들! 만날 술 처먹고 기어오르기나 하지, 뭐 하나 제대로 하는 일이 없다니까?'

그러고 보니 적의 동태를 살피는지 두리번거리고 있는 서생의 툭 튀어나온 뒤통수도 꼴 보기 싫었다.

퍽!

"아흑!"

뒤통수를 치는 강력한 충격에 서생이 잠시 어리어리해서 갈피를 못 잡고 있을 때, 손이 나가는 대로 냅다 서생의 뒤통수를 후려갈긴 배일도가 도끼를 높이 쳐들며 소리쳤다.

"자, 무지막지한 돌격이다. 적을 한 놈도 살려두지 마라!"

"우와와와!"

불시에 천지를 들썩이는 커다란 함성이 터져 나오며 시커먼 물결이 동시처럼 움직이기 시작했다.

이렇게 장창을 앞으로 길게 찌른 채 달려나가는 흑수채 친위대의 기세는 그야말로 살벌했다.

앞장서서 말을 몰아 달려나가던 배일도가 큰 소리로 부하들의 기세를 북돋았다.

“저 천무세가의 떨거지들에게 흑수채의 힘을 보여주어라!”

“와아아!”

“흑수채의 힘을!”

배일도가 도끼를 허공에서 빙글빙글 돌리며 천무세가의 무사들을 짓쳐나가는 모습은 무시무시했다.

카카캉!

벼락 치듯 병기가 부딪치는 소리가 날 때마다 천무세가의 무사들은 추풍낙엽처럼 땅바닥을 굴렀다.

삽시간에 혼전양상이 된 장내는 사람의 비명 소리와 말들이 울부짖는 소리로 아귀지옥을 연상케 했다.

종횡무진으로 적진을 누비는 산 같은 덩치의 거한.

흑수채주 배일도의 도끼에는 사람이고 말이고 한꺼번에 잘려 나갈 뿐이었다.

무서운 용력이었다.

그러나 머지않아 배일도는 이상스러움을 느낄 수밖에 없었다.

상대는 천무세가의 정예라는 무영대.

그런데 놈들은 수수깡처럼 허약하게 부서져 나가며 뒤로 물러서기만 할 뿐이었다.

벌써 자신의 도끼 아래 피를 흩뿌리며 나가떨어진 자들만 해도 십여 명이 넘었다.

“송백은 어디 있느냐!”

부쩍 의구심이 치솟은 배일도가 붉은 눈을 희번덕거리며 송백을 찾았다.

“으으음!”

송백은 가슴이 저며드는 듯한 아픔에 긴 신음을 내뱉었다.

이십여 명의 세가 무사가 머리가 으깨지고, 팔다리가 잘리는 것을 보면서도 뒤로 물러설 수밖에 없었다.

당장이라도 마구 설쳐 대는 놈들의 우두머리 놈과 자웅을 겨루고 싶었지만, 어차피 절대 열세에 있는 전력이었다.

“혀, 형님. 큰 형님! 크으으, 저것들을!”

송창이 앓는 소리를 하면서 큰칼을 치켜들었지만 송백의 제지에 바로 칼을 내려야 했다.

“안 돼! 여기서 말려들면 끝장이야!”

“크흑! 그러나 겨우 어린아이들 말을 믿고 어찌?”

“놈, 아이들의 말이라고 해서 가벼이 여기지 않을 뿐이다. 그러니 쓸데없는 소리 마라!”

그랬다.

강호의 경험이 없는 아이들의 말이 어쩌다 맞아떨어졌을 뿐, 송백이 전적으로 믿는 것은 결코 아니었다.

아이들이 병서를 바탕으로 계략을 내었지만 이건 무림인들의 싸움이지 군대의 대규모 전투 상황이 아닌 것이다.

“그렇다고 해도 너무 피해가 큽니다!”

송백의 말을 수긍하면서도 송창은 발을 동동 굴렀다.

"잠시, 잠시만 기다려 보자! 그래도 안 오면 우리의 목숨으로 죗값을 치룰 수밖에!"

뒤로 물러서기만 하는 세가 무사들을 바라보는 송백의 표정이 아프게 물결치고 있었다.

'으으음! 아무리 사소취대라고는 하나 희생이 너무 크구나.'

적을 상대할 엄두도 못 내며 송백 등이 호리구의 양쪽으로 움푹 들어간 곳까지 물러났을 때,

"와아악!"

함성 소리와 비명 소리가 한꺼번에 터지며 호로구의 양쪽에서 짓쳐드는 푸른 인영들이 있었다.

"저놈들은 뭐냐!"

양쪽에서 빠르게 달려나와 부하들을 도륙하는 각 이십여 명씩의 청록색 제복을 차려입은 자들.

물어보나마나 천무세가의 무사들임에는 뻔했지만 어떻게 놈들이 이곳으로 몰려올 수 있다는 말인가?

출정 나온 천무세가 무사들의 진격로와 숫자를 빤히 아는 터에 이런 일이?

"채, 채주님, 아무래도 이대와 삼대가 실패한 모양입니다!"

불시의 공격에 허둥대던 서생이 다급하게 소리쳤다.

'으으음! 이런 개좆 같은 경우가?

서생의 말은 듣는 둥 마는 둥 주변 상황을 쭈욱 훑어보던 배

일도의 얼굴이 깊숙이 찌푸려 들었다.

결코 대답을 바란 것은 아니었다.

다만, 부하들을 공격하는 놈들의 무공은 자신의 한 도끼질에 와르르 무너지던 좀 전의 쭉정이 같은 놈들과는 차원이 달랐던 것이다.

와장창!

무기가 부딪치는 소리가 쉬임없이 귓전을 부술 듯 때려왔지만, 쓰러지는 것은 대부분 배일도의 친위대였다.

예상치 못한 상황에 손발도 제대로 놀리지 못하고 쓰러져 가는 부하들을 보는 배일도의 눈자위에 빨간 핏발이 섰다.

"크아악! 케엑!"

역시 천무세가주 송백의 무위는 놀라웠다.

큰 칼을 한번 휘저을 때마다 천둥치는 소리가 터져 나오며 부하들의 전신을 덮치는 칼 그림자는 섬뜩하기만 했다.

천무파천도의 위력.

한번 출수하면 꼭 피를 본다는 패도적인 도법이 때를 맞아 마음껏 전개되고 있는 것이었다.

"네 이노옴, 송백아!"

피를 토할 듯 절절이 외치며 달려나가는 배일도의 기세는 사납기 그지없었다. 그러나 중간을 가로막는 무영대의 무사들은 결코 녹녹치 않았다.

"비켜라! 이 하룻강아지들아!"

그러나 그들은 하룻강아지가 아니었다.

힘겹게 두 명을 해치우고 나니 그의 거부가 턱하니 막혀 버리는 것이었다.

"이, 이놈들!"

배일도가 상대의 칼을 떨구며 밀어붙이려고 할 때,

콰아아!

그의 뒤편에서 바람이 거세게 몰아치는 소리가 나며 강력한 경기가 그의 머리통을 내려쳐 왔다.

벼르고 벼르던 무영대주 송창의 칼이었다.

콰아앙!

폭탄이 터지는 듯한 굉렬한 폭음이 들리며 뒤를 막아선 배일도의 도끼와 송창의 칼이 정면으로 맞부딪쳤다.

"이 죽일 놈!"

송창이 배일도의 거력을 이기지 못하고 주춤하고 두, 세 걸음 물러날 때, 앞에서 상대하던 무영대의 무사가 무방비 상태가 된 그의 옆구리에 칼을 박았다.

"끄으윽! 빌어먹을!"

간신히 몸을 틀었지만 옆구리에서 한 움큼의 살이 뜯겨 나가자 배일도가 그 큰 몸을 움찔하며 떨었다.

"죽어라!"

"이 좆털 같은 새끼가!"

약세를 본 무영대 무사가 연환도로 그의 배때기를 찔러오자 배일도가 노호성을 터뜨리며 그의 칼을 밀어버리며 머리통을 후려갈겼다.

"끄어억!"

"젠장!"

머리통이 크게 터져 나가며 흩뿌려진 핏물을 고스란히 얼굴에 뒤집어쓴 배일도가 가슴팍으로 짓쳐 오는 송창의 칼을 옆구리에 끼웠다.

"노, 놓아라! 이 개자식아!"

송창이 배일도의 무지막지한 힘에 온몸이 배일도 쪽으로 끌려가자 욕설을 내뱉었다.

내공을 최대한으로 끌어올려 배일도의 힘에 대항했지만 송창의 노력은 거기서 끝이었다.

옆에서 다시 찔러오는 다른 무영대 무사의 칼을 도끼로 튕겨낸 배일도가 남은 한 손으로 송창의 목을 비틀었다.

으드득!

목이 부러지는 섬뜩한 음향과 함께 다리를 바동거리던 송창이 혀만 쑥 내민 채 축 늘어져 버렸다.

"네가 개자식이야!"

배일도가 죽은 송창을 내팽개치며 주변의 상황을 살폈다.

천무세가의 복장을 한 자들이 오십여 명. 그리고 흑수채 사람들은 겨우 이십여 명에 불과했다.

혼전 중에 천무세가 무사들이 겨우 이십여 명이 죽은 데 반해서 그의 친위대는 백팔십여 명이나 죽어버린 것이었다.

"채, 채주! 어서 후퇴 명령을!"

간신히 공격하던 천무세가 무사의 목줄기에 구멍을 낸 서생

이 급히 재촉했다. 그의 몸에도 온통 흥건한 핏물로 뒤범벅이
되어 있어 그가 얼마나 악전고투를 치렀는지 여실히 보여주고
있었다.

"뭐, 뭐야? 이 새끼! 나보고 후퇴하라고?"

"이대로는 전멸입니다! 어서요!"

서생이 말을 듣지 않는 배일도의 팔을 붙들며 바락바락 소
리치고 있을 때,

"네 이놈! 목을 내놓아라!"

오류 장 밖에서 동생의 시신을 보고 눈이 뒤집힌 송백이 무
서운 기세로 달려들었다.

"채, 채주. 어서!"

"크윽! 이 똥개 놈들을 한 놈이라도 더 죽이고!"

"이 개자식아, 빨리 가라고!?"

"뭐야, 개자식?"

"개새끼! 네가 죽으면 모두 끝장이야! 네놈은 우리의 꿈을
잊었단 말이냐?"

서생이 무섭게 달려드는 송백을 맞으며 소리친 마지막 말이
었다.

서생이 간신히 송백의 공격을 버티고 있을 때, 남은 천무세
가의 무리가 앞뒤로 한꺼번에 몰려들자 배일도가 간신히 몸을
빼내며 외쳤다.

"후퇴! 후퇴하란 말이야!"

배일도의 목은 원통함으로 굳게 잠겨 있었다.

“크윽! 이 죽일 놈아! 그래 지옥에서 만나자!”

목청껏 외치며 포위망을 뚫고 나가는 배일도의 눈에서는 뜨거운 눈물이 뺨을 적시고 있었다.

“후, 후퇴! 후퇴다!”

상대에게 간신히 몸을 빼낸 흑수채 무리는 온전한 자가 없어 보였다.

“크으윽! 이게 무슨 개지랄이야!”

살아남은 십여 명의 흑수채 무리는 뒤를 막는 배일도 덕분에 겨우 퇴각할 수 있었다.

여기저기 흩어진 말을 집어타고 달려나가는 흑수채 무리를 본 송백이 다급하게 쫓아가려고 했지만 그럴 수가 없었다.

가슴에 한칼을 맞고 지면에 널브러진 서생이 송백의 다리를 붙잡고 놓아주지 않는 것이었다.

“나, 날 죽이고 가라!”

“이, 이, 지독한 놈!”

서생의 붙잡은 팔을 끊고서야 발이 자유로워진 송백이 멀리 달아나는 흑수채 무리를 보았다.

“모두 추격하라! 놈들을 모두 죽여 버리란 말이야!”

고래고래 악을 쓰며 달려나가는 송백의 눈앞으로 땅거미가 서서히 내려앉고 있었다.

第八章

죽은 자는
말이 없다

"대장! 우리도 따라가야 해?"

우거형이 혹수채 무리의 뒤를 쫓는 천무세가 무사들을 보면서 노랗게 들뜬 표정으로 물었다.

벌써 여러 번 구토를 한지라 더 이상 나올 것도 없었지만 입을 땅바닥에 대고 왝왝거리는 소이의 얼굴은 시커멓게 그늘이 져 있었다.

혼전의 소용돌이에 말려들지 않으려고 굴처럼 움푹 들어간 곳에 몸을 숨겼던 아이들이었다.

피아를 막론하고 팔다리와 몸통이 떨어져 나간 백여 구의 처참한 시신. 그리고 수십여 명의 부상자들이 고통스러운 신음을 내지르는 전장의 저녁은 지옥도가 펼쳐진 것처럼 끔찍

했다.

시뻘건 핏물이 개울처럼 흐르는 지면에 어둠이 깃들고 있었지만, 허공을 가득 떠도는 비릿한 혈향으로 숨이 턱턱 막혔다.

소이의 모습을 안쓰러운 눈길로 내려다보던 만석이 이를 지그시 물었다. 그의 가라앉은 눈자위에는 강력한 빛무리가 터져 나올 듯 돌아다니고 있었다.

"물론 가야지!"

"가, 간다고?"

우거형이 가슴이 덜컥거리는 표정으로 반문했다.

만석은 대답하지 않았다.

대신 그들의 옆에서 배회하는 말 두 마리를 용케 잡아오더니 소이를 끌어 올려 말 앞머리에 앉히고 자신은 그의 뒤에 앉는 것이었다.

그리고는 다른 말의 고삐를 우거형에게 넘긴 만석이 소리쳤다.

"어서 타!"

"그, 그러나……."

잔뜩 겁에 질린 우거형은 망설이지 않을 수가 없었다.

어린 그로서는 이제껏 정신을 잃지 않고 버틴 것만 해도 용한 노릇이었다.

만석이 그런 우거형의 눈을 들여다보며 다짐하듯이 말을 이었다.

"네 마음 알아. 하지만 전장에서 낙오하는 것만큼 위험한 일도 없는 거야. 자, 용기를 내자! 이랴!"

말을 마친 만석이 말을 몰아 앞으로 달려나가자, 도리없이 말 등에 오른 우거형이 그의 뒤를 따라 나아갔다.

험한 길만 골라 도망치면서 뒤쫓는 천무세가의 무사들을 따돌린 배일도가 눈을 크게 뜨고 앞을 내다보았다.

어두컴컴한 시각이라 확실치 않았지만 멀리서 일단의 무리가 빠르게 다가오고 있었다.

겨우 따돌렸나 했더니 어느새 앞길을 막아선다는 말인가?

배일도의 눈이 빠르게 주변을 살폈지만 가파른 언덕길을 내려서면 바로 사방천지가 논이라 몸을 숨길 곳도 없었다.

앞에서 배일도가 말을 멈추자 뒤따라 말을 세운 십여 명의 수하도 그의 눈이 향한 곳으로 시선을 모으고 있었다.

"채주님, 어떻게 하지요?"

친위대의 부대주인 강가린(姜嘉鱗)이었다.

맨 앞에서 설쳐 대던 친위대주 상문도(尙門道)는 어느 순간 자취를 감추고 없었다.

"후우… 낸들 알겠느냐."

그를 보니 더욱 상문도와 서생이 생각난 배일도가 저도 모르게 한숨을 내불었다.

"제기! 일장춘몽이라더니, 이렇게 오도 가도 못하는 한심한 처지가 될 줄이야."

배일도는 이대로 죽는다고 해도 두렵지는 않았다.

다만, 수로연맹을 재건해서 군림천하를 꿈꾸던 그들의 야망이 덧없게 느껴질 뿐이었다.

옆구리에서 줄줄 새어 나오는 검붉은 핏물은 그의 용력을 쉬임없이 갉아먹고 있었다.

'이래서는 안 돼!'

배일도는 이를 악물며 무너지려는 마음을 다잡았다.

"자, 가자! 죽더라도 앞으로 나아가 사나이의 기개를 보여주는 것이여!"

"와아와! 채주의 뒤를 따라 죽자!"

배일도가 도끼를 높이 치켜들며 대차게 외치자 각자의 병기를 들어올려 전의를 돋우는 흑수채의 친위대였다.

'엉? 저놈들은?'

그들이 다리에 힘을 바짝 주며 달려나가려고 할 때, 배일도가 왼손을 들어 그들의 행동을 제지했다.

가까이 다가온 것을 보니 사오십 명쯤 되는 무리였는데 맨 앞을 달려오는 자들은 낯이 익었다.

바로 흑수삼걸의 맏이인 관대형과 둘째 유식한이 그들이었다.

"두, 두목!"

그들이 한 소리로 외치며 다가오더니 배일도의 앞에 무릎을 꿇고 흐느꼈다. 사나이의 진한 눈물이었다.

"이, 이놈들! 대체 이 꼴이 다 뭐냐!"

죽은 줄 알았던 놈들이 살아오니 반갑기는 했지만, 그보다 먼저 화가 왈칵 솟아오른 배일도가 벼락같이 호통을 내질렀다.

"죽일 놈들!"

내쳐 말에서 내려 양손으로 우악스럽게 두 사람을 잡아 내팽개치려던 그가 움찔하며 손을 멈추었다.

끈적하게 자신의 손에 달라붙는 것은 틀림없는 핏덩이었다.

'이, 이건?'

자세히 보니 두 사람 다 온몸에 피칠을 하고 있었는데, 관대형은 가슴뼈가 함몰된 것처럼 보였고, 유식한은 머리에서 피가 콸콸거리며 솟구쳐 나오고 있었다.

"이 씨벌 놈들아! 그 꼴을 하고 왜 나왔어! 상처나 치료하고 있지. 에이! 무식한 놈들은 이래서 문제여!"

가슴이 메어진 배일도가 소리 소리 지르며 난리를 쳤지만, 무릎을 꿇은 두 사람은 눈물만 흘리며 고개를 떨굴 뿐이었다.

"두, 두목……."

그러던 관대형이 가까스로 눈물 젖은 눈을 들어 떠듬떠듬 말을 꺼냈다.

"죄송하오. 크윽. 여기 남은 놈들이 전부요. 어허헝! 삼백 명이 넘게 죽어나갔단 말이오!"

그가 울부짖자 관대형의 뒤에 섰던 자들이 일제히 무릎을 꿇으며 소리 높여 외쳤다.

"크흐흑. 채, 채주님, 죽여주십시오."

배일도가 듣기 싫다는 듯 눈을 부라리며 소리쳤다.

"듣기 싫다! 이 꼴 보기 싫은 새끼들아! 빨리 타기나 해!"

배일도가 자신의 말을 끌어 먼저 상처가 더욱 심해 보이는 유식한을 태우자, 친위대 부대주 강가린에 이어 말에서 내렸던 십여 명이 상처가 심해 보이는 동료들을 태웠다.

"자, 가자!"

이젠 도보가 된 배일도가 힘을 내어 힘껏 달려나가자, 엄마 뒤를 쫓는 아이들처럼 그의 뒤를 따르는 흑수채의 무리였다.

"가주 어르신, 놈들의 뒤를 따를 것 없이 여세를 몰아 흑수채 본거지를 직접 쳐야 해요!"

간신히 송백을 따라잡은 만석이 숨 가쁘게 소리쳤다.

'응? 놈들의 본거지를?'

"그래! 그 말이 맞다. 길을 돌아간다!"

송백이 박차를 가해 속도를 빨리하자, 천무세가 무사들은 곧바로 말머리를 돌려 빠르게 길을 되짚어갔다.

"모두 잠시 쉬면서 상처를 다스려라!"

장강의 짙푸른 물결이 달빛을 받아 출렁이는 강가에 닿자, 손을 들어 행렬을 세운 배일도가 명을 내렸다.

"두목, 그런데 서생은 어디 갔소?"

흑수채에 가까이 오자 한숨을 돌린 관대형이 눈을 바삐 돌리며 물었다.

어두컴컴하기도 한데다 뒤에 따라오나 싶었는데, 아무리 봐도 본 기억이 안 나는 것이었다.

"에이, 그 개자식 얘기는 꺼내지도 말아라!"

잠시 침묵하던 배일도가 언성을 높이며 이를 부드득 갈았다.

'응? 그러면 혹시?'

"그럼, 그놈이 도망쳤단 말이오?"

말에서 내려 부하에게 상처 치료를 맡긴 관대형이 눈을 부라리며 물었다.

"에이! 그 죽일 놈의 새끼! 아암, 도망쳤지! 도망쳤고말고! 그 새끼 멀리도 내빼더군. 다시는 못 볼 거여!"

눈물이 나올 것 같아 고개를 돌린 배일도가 팽 하니 코를 풀었다.

그때 그의 상처에 금창약을 바르던 수하가 그의 귀에 대고 속삭였다.

"군사님은 송백이란 놈을 막다가 그만……."

"그, 그럼? 주, 죽었단 말이야?"

관대형이 자기도 모르게 버럭 소리를 내지르며 몸을 떨었다.

파라락!

그때였다.

강가에 우거진 갈대가 거칠게 쏠리는 소리가 나며 수십 명의 인영들이 그들을 덮쳐 왔다.

"크으윽! 개 새끼들!"

또다시 수십 명의 수하들을 잃은 배일도는 악이 받쳤다.

옆구리의 상처가 도진 것은 물론 몸의 곳곳에 새로운 상처들이 입을 벌리고 피를 쏟아내고 있었다.

눈앞은 짙은 안개에 싸인 듯 가물거리고 손에 든 도끼는 자꾸만 처져 내려가고 있었다.

"씨발놈들, 다 죽여 버릴 거야!"

목줄기를 가르는 칼날을 간신히 비끼며 배일도는 절망했다.

"크윽! 끄, 끝인가?"

배일도가 하늘을 우러르며 탄식할 때, 하늘은 그저 시커멓게 가라앉아 있을 뿐이었다.

'크훗! 죽을 때가 되니 달도 사라졌구나!'

배일도는 힘없이 무릎을 꿇고 다시 한 번 하늘을 우러렀다.

'응?'

그러던 배일도가 흠칫했다.

굵은 빗방울이 하나둘씩 떨어져 내리는 것 같더니 삽시간에 폭우로 변해 지면을 강타하는 것이었다.

쏴악! 쏴아아!

하늘에 큰 구멍이 뚫린 듯 팔뚝만큼 굵은 빗줄기였다.

하늘도, 땅도, 사람도 모두 사라졌다.

보이는 것은 오직 세상을 떠내려 보낼 듯 퍼붓는 폭우뿐.

"소, 소이야!"

갑작스런 폭우에 떠밀린 소이의 작은 몸뚱이가 그만 발을 헛디뎌 강물로 떨어져 버리자, 만석이 먼저 소리를 내질렀다.

"저, 저! 아, 안 돼!"

바로 옆에서 그 장면을 목격한 우거형이 다급하게 소리치며 강가로 달려나갔다.

"소, 소이야, 기다려! 내가 간다!"

바로 눈앞도 보이지 않는 폭우를 뚫고 만석이 강물로 몸을 날렸다.

'아니, 아니야!'

손을 내밀어 만덕을 말리려던 송백이 주춤하며 동작을 멈추었다. 벌써 싸움의 끝물인지라 승리의 일등공신인 애들의 상태가 궁금해진 것은 인지상정이었다.

폭우와 거센 바람이 휘몰아치고 있어 제대로 눈도 뜨지 못할 판이었지만, 대충 애들의 위치를 알고 있던 송백이 그들을 찾아내는 것은 어려운 일이 아니었다.

그러나 송백은 벌써 세 번째 손을 거두고 있었다.

소이가 폭풍우에 밀려서 넘어질 때, 만석이 강물로 뛰어들 때, 그리고 마지막으로 우거형이 몸을 날릴 때마다 그는 손만 내밀고 주저했을 뿐이었다.

"가주님, 어떻게 할까요?"

무영대의 부대주 성호상(成好象)이 가까이 다가와 큰 소리로 외치듯이 물었다.

비가 얼마나 쏟아지는지 목소리가 아니면 누군지 알아볼 수도 없을 정도로 주변 사물은 어슴푸레하게 보였고, 바람마저 격심하게 불고 있어 작은 소리는 비바람에 묻혀 아예 들리지도 않았다.

"배일도의 시신은 확인해 보았는가?"

송백이 연신 얼굴 위로 쏟아 붓는 빗물을 훔치며 마주 큰 소리로 되물었다.

"그게, 확인이 안 됩니다!"

"으으음……! 놈의 시신을 찾아야 일이 끝나는 것이거늘……."

한탄하듯 중얼거리면서도 송백은 그것이 무리라는 것을 알았다. 피아를 전혀 식별할 수 없는 폭풍우 속이었다.

잘못해 같은 편끼리 싸우게 될 경우를 우려해서 폭우가 쏟아지는 즉시 수하들에게 뒤로 물러나도록 지시를 했던 것이었다.

"후우……! 어쩔 수 없지. 그래, 흑수채를 정탐하러 간 자들은 돌아왔느냐?"

급히 길을 재촉하다가 멀리 일단의 무리가 달려오기에 강가의 갈대밭에 매복하는 한편, 지리에 밝은 무영대의 두 무사를 흑수채로 보냈던 것.

"예, 가주. 그런데……."

성호상이 주저하면서 말끝을 맺지 못하고 송백의 눈치를 보는 것이었다.

"계속해 보아라!"

눈살을 와락 찌푸린 송백이 답답한 기색으로 소리를 질렀다.

평소 맺고 끊음이 분명하지 못해 부대주 자리에 머물러 있을 뿐, 성호상의 무공은 송백도 만만히 보지 못할 정도로 빼어

난 바가 있었다. 때문에 이번 흑수채와의 싸움에서도 큰 활약
을 펼쳤지만 아직도 미덥지가 않은 것이었다.

"저… 그게 말입니다. 가보니 이미 흑수채에 화광이 충천했
는데, 황색 무복을 걸친 자들이 흑수채 사람들을 마구 도륙하
고 있더라는 보고가……."

"무엇이? 황색 무복을 걸친 자들이라니……?"

송백이 그의 말을 맞받아 반문하다가 움찔하며 말을 멈추었
다. 이 순간 그의 뇌리에 떠오른 이름은 단 하나였다.

"제갈세가! 제갈세가 놈들이야!"

"네? 제갈세가라고요?"

성호상이 눈을 동그랗게 뜨든 말든 송백은 화가 나서 미칠
지경이었다.

기껏 흑수채의 정예들과 싸워서 전과를 올리고 보니 제갈세
가에서 어부지리를 취해 버린 것이다.

의창의 제갈세가와 흑수채의 거리는 겨우 삼백 리. 흑수채의
무리가 천무세가와 대항하려고 대거 출정하자, 이 기회를 틈타
본거지를 기습했다는 것은 누가 봐도 얌체 같은 짓이었다.

뿌드득!

"이… 이, 개자식들을!"

눈을 사납게 치켜뜬 송백이 이를 갈며 분해했다.

동생도 죽고 수많은 세가의 무사들이 전장의 고혼이 되었다.

아마도 이전의 전력을 갖추려면 족히 십 년은 소요되리라.

그런데 정파 중심의 무림에 커다란 파문을 일으킨 자들을

궤멸시킨 역사적인 공로는 이미 제갈세가의 것이었다.

"살아남은 자가 몇 명인가?"

다른 무사가 다가오는 기척이 들리자 성호상이 재빨리 물었다. 가주에게 오면서 미리 지시를 해두었던 것으로 당연한 일처리였다.

"예. 두 분을 빼고 서른두 명입니다."

'겨우 서, 서른둘?'

백 명이 넘는 인원이 와서 서른두 명이 살아남았단다.

송백은 금방이라도 주저앉을 듯한 표정으로 동료의 시신을 수습하려고 분주하게 돌아다니는 세가 무사들을 둘러보았다.

폭풍우로 인해 잘 보이진 않았지만 보나마나 온전한 자들은 거의 없으리라. 송백 자신만 해도 한 팔을 거의 못 쓰는 처지가 아니던가.

"크흐훗. 이래서야 어떻게 이겼다고 할 수 있겠는가."

누가 안 보면 가주의 체면이고 뭐고 다 때려치우고 땅바닥에 주저앉아 통곡하고 싶었다.

그의 눈물 어린 서러운 망막 위로 강물로 뛰어든 아이들의 얼굴이 떠올랐다.

'크큭. 죽었을 거야. 죽은 자는 말이 없다고 하나 이 죄책감은 어쩔 수가 없구나.'

송백의 시선이 오래도록 호호탕탕 물결치는 강물 위로 머물렀다.

　　　　*　　　　　　*　　　　　　*

　주노(酒老)의 집은 무창 외곽에서도 한참 내려간 강가에 위치하고 있었다.
　어젯밤의 폭우는 아침나절에 그치긴 했지만, 엄청나게 불어난 수량으로 넓은 모래톱과 갈대숲은 물속에 잠겨 보이지도 않았다. 게다가 흙탕물로 범벅이 된 물굽이는 얼마나 사나운지 강둑에 서 있는 것만도 큰 용기가 필요했다.
　"젠장맞을! 잘못하면 빠져 죽기 딱 알맞구만!"
　강둑에 서서 거칠게 넘실거리는 물결을 내려다보던 주노가 머리를 흔들며 구시렁거렸다.
　사실 그의 오두막이 강둑 위의 방풍림 앞에 있어 집 안에서도 장강의 물결이 훤히 내려다보이긴 했지만 강둑에 올라보니 지난밤의 폭우가 얼마나 대단했는지 절로 실감이 나는 것이었다. 거의 강둑의 꼭대기까지 찰랑거리는 물결은 무시무시한 속도로 흘러가고 있었다.
　그러나 노인이 단순히 물 구경을 하고 있다고 생각하면 그건 큰 오산이었다.
　벌써 며칠째 낚시에 고기가 걸리지 않아 오늘 아침에는 술은 물론 양식마저 떨어진 터, 폭우에 떠내려 오는 물건을 건지려고 나와 있는 것이었다.
　"제기랄! 떠내려가는 건 모두 더러운 쓰레기뿐이로군!"
　노인이 신경질적으로 투망을 흔들며 투덜댔다.

“엥? 저건 뭐야?”

막 몸을 돌리려던 노인이 거무칙칙한 물체들이 앞뒤로 둥실거리며 떠내려 오는 것이 눈에 띄었다.

거리도 적당히 노인이 있는 방향으로 떠내려 오는 물체들.

노인의 눈빛이 번쩍했다.

‘그럼 그렇지! 사람 죽으라는 법은 없어.’

“어허차! 차차!”

노인이 놓칠세라 투망을 물에 던져 넣었다.

촘촘한 그물에 싸인 물건은 무려 세 개였다.

거센 물결에 떠밀리는 무거운 물체는 다년간의 투망질로 요령만점인 노인도 힘이 부칠 수밖에 없었다.

게다가 신경통에다 관절염에 삭신이 괴로운 터에 아침마저 굶지 않았던가.

노인은 간신히 버드나무 줄기에 투망 끝을 붙잡아 매고 한참을 더 씨름한 후에야 물건들을 끌어낼 수 있었다.

“헥, 헥, 헥!”

젖 먹던 힘까지 모두 발휘한 노인이 아직도 물기가 질퍽한 땅바닥에 주저앉아 숨을 거칠게 내쉬었다.

손을 뒤로 짚고 고개를 한껏 뒤로 기울여 숨을 고르던 노인이 투망을 벌려 그 안의 물체를 본 것은 그러고도 한참의 시간이 지난 뒤였다.

“에쿠! 이게 뭐야?”

노인은 그만 놀라 엉덩방아를 찧고 말았다.

물에 퉁퉁 불어 눈 뜨고는 볼 수없는 괴물 같은 세 사람.

얼어붙은 것처럼 파란 면상은 이미 저승에 몇 발자국 들여놓은 몰골이었다.

"아이구! 재수 옴 붙었네. 졸지에 송장 치르게 생겼구나!"

땅을 치고 통곡을 하던 노인의 축 처진 눈자위가 재빠르게 굴렀다.

'가만있자, 이걸 그냥 도로 집어넣을까?

눈을 질끈 감은 노인이 발로 투망 속 시신을 밀다가 아차구나 했다.

'아, 아냐! 놈들이 원귀가 되어 밤마다 찾아오면 어떡하냐?

하, 그거 참 무서운 거지! 생각할수록 큰일이었다.

"에라! 모르겠다. 세 놈을 사이좋게 한군데 묻어주는 거야."

작심을 한 노인이 괴물들의 얼굴을 자세히 뜯어보았다.

인생살이 육십. 수많은 시체들을 보았으니 이제 와서 못 볼 것도 없었다. 일껏 마음 독하게 먹은 노인의 내심이었다.

그렇게 보니 얼굴이 퉁퉁 불었어도 앳되게 보이는 것을 보면 겨우 십여 살 정도의 아이들이 아닌가.

"쯧쯧! 어쩌다 물에 빠져 죽었는지는 몰라도 네놈들의 운명도 참으로 기구하구나."

노인은 마음을 후하게 먹기로 했다.

십 년 전만 해도 수십 명의 하인들을 두고 떵떵거리며 살았는데, 이제 손에 가진 재물이 없으니 속도 좁아지는 모양이었다.

'아냐. 그냥 묻을 수는 없잖아?

혀를 끌끌 차던 노인이 무슨 생각이 들었는지 아이들의 옷 속을 더듬었다.

혹시 재수 좋게도 옷 속에 재물이라도 품고 있으면 요긴하게 쓸 생각이었다. 죽으면 저승사자가 알아서 데리러 오는데 노잣돈이 무슨 필요가 있으랴.

"응? 이게 뭐야? 손이 얼어붙는 것 같네?"

만석의 품을 뒤지던 노인이 의아해서는 잽싸게 손에 잡힌 단단한 물체를 꺼내었다.

'가, 가만……!'

옷 속에 집어넣고 끈으로 얽어놓아서 물살에 빠져 달아나지 않은 모양이었다.

'헉! 이건 만년한철로 된 도끼?'

노인이 경악해서 도끼를 자세히 살펴보았다.

만년한철로 된 도끼라면 능히 황금 열 냥은 호가하리라.

그러나 노인의 놀라움은 도끼의 값어치에 있지 않았다.

날 크기는 보통과 비슷해도 길이가 한 척도 안 되는, 날과 자루가 일체가 된 앙증맞은 도끼였다.

노인이 무슨 생각이 들었는지 도끼의 자루 끝을 엄지로 힘껏 눌러보았다.

그러자, 채앵! 쇠붙이가 부딪치는 소리가 둔탁하게 울리며 도끼 자루가 배로 늘어나는 것이 아닌가?

"역시!"

노인은 심상치 않은 눈길로 만석을 내려다보았다.

'어떻게 이 아이가 무적초자의 도끼를 가지고 있다는 말인
가!'

못내 궁금해진 노인이 부리나케 만석의 맥을 짚어보았다.

'엉?'

꺼질듯 미약하긴 했지만 만석의 맥박이 뛰어오르는 느낌은
생생했다.

'가만있자. 그럼 이 녀석들도 안 죽었나?'

그때부터 노인은 무척이나 다급하게 설치기 시작했다.

평평한 돌로 머리를 괴어 위치를 높이고 가슴을 눌러 뱃속의
물을 빼내는가 하면 인공호흡까지도 마다하지 않는 것이었다.

"끄으응! 아구, 다 끝났다."

그의 노력어 헛되지 않았는지 만석을 필두로 우거형과 소이
의 맥박이 고르게 뛰기 시작했다.

그러나 기다리는 노인은 아랑곳없이 아이들은 깨어날 줄 몰
랐다.

*   *   *

겨우 사흘 만이었다.

위진강호(威振江湖)!

제갈세가가 떠오르던 잠룡 흑수채를 멸했다는 소문은 대강
남북을 떨어 울리기에 족했다.

물속에서 떠오르던 잠룡을 도로 물속에 처박아 익사시킨 제

죽은 자는 말이 없다 227

갈세가의 쾌거에 정파무림인들은 쌍수를 들어 환영했다.

강호의 어디로 가나 제갈세가를 찬사하고 흠모하는 얘기들로 북적거렸다.

당대의 시인묵객들은 붓을 다투어 제갈세가를 찬미하는 글귀를 써서 읊어대었으며, 경향 각지의 명문가에서 재물을 싸들고 제갈세가를 찾았다.

또한, 중원 각지의 크고 작은 문파들이 제갈세가와 연을 맺으려고 바친 선물이 세가의 앞마당에 산처럼 쌓였다고 하니 이처럼 제갈세가의 성세는 날이 갈수록 더욱 기세를 떨쳤다.

제갈세가는 명실공히 칠대세가를 대표하는 위치로 자리매김한 것이다.

반면, 천무세가는 이번에도 큰 피해를 입고 봉문에 들어갔다는 소문이 신빙성있게 나돌고 있었다.

그리고 또 다른 소문이 있었다.

어디서 흘러나왔는지는 모르지만 전설의 기인 무적초자가 지게 작대기 하나로 흑수채의 이백여 무리를 궤멸시켰다는 소문이 그것이었다.

그러나 무적초자와 관련한 소문은 금세 사그라졌다.

마침, 무창에 머물고 있던 전대 소림방장인 무초(無草) 대사가 소문의 진위를 확인하려고 천무세가를 방문한 결과 사실무근으로 밝혀졌다는 것이었다.

第九章

멀고도 험한 길

집으로 돌아온 송백은 무헌경 총관을 만나자마자 문까지 걸어 잠그고 사람을 만날 생각도 하지 않았다.

송백이 세가의 모든 일을 무헌경 총관에게 맡기고 칩거를 풀지 않자 세가 내에서는 구구한 소문이 떠돌았다.

그가 작금의 사태에 절망해서 곧 세가주 자리를 은퇴한다는 소문이 주류를 이루고 있었으며, 혹간에는 그가 이미 자살했다는 뜬소문까지 나도는 상황이었다.

*   *   *

무헌경은 요즘 손이 열 개라도 밀려드는 일거리를 감당할 수가 없을 지경이었다.

이번 싸움에서 죽거나 다친 사람들의 뒤처리부터, 외상값을 독촉하는 거래 상인들을 다독이는 일, 그리고 세가가 운영하는 주루와 상점, 그리고 무역선 운영 등 일거리는 산적해 있었다.

세가주가 하는 일까지 대신하느라 무헌경은 매일 녹초가 되어 귀가할 수밖에 없었다.

"휴우. 오늘은 가보아야지."

그동안 뒤로 미루어두었던 만석의 부친 정삼을 만나러 가는 무헌경의 발걸음은 무겁기만 했다.

세가의 수뇌부인 그가 일개 하인인 정삼을 만나러 직접 발걸음을 한다는 것은 극히 예외적인 일임에 틀림이 없었다.

그러나 무헌경으로서는 가보지 않을 수도 없는 일이었다.

흑수채와의 싸움에서 보여준 만석의 활약상을 듣고 물결에 휩쓸려 죽은 만석의 요절을 안타까워하는 마음도 있었다.

그가 그럴진대 외아들을 잃은 정삼의 마음은 오죽이나 아프랴.

그러나 그것이 그가 직접 발걸음을 하는 이유의 전부라면 정삼을 불러서 한마디 위로하면 그만이었다.

그 이면에는 총관으로서의 그의 책무가 작용했다.

만석의 글 스승인 허 선생은 물론 단신으로 흑수채의 공격을 막은 추노까지 만석과 가까운 사이였으니 어떻게든 성의를 보이려는 것이 진짜 이유였다.

"흐흑, 흐흐흑."

'응? 이게 무슨 울음소린가?'

언덕배기 밑에 위치한 만석의 집에 도달한 무헌경은 집 안에서 들려오는 여인의 울음소리에 의아하지 않을 수가 없었다.

'호, 혹시?'

만석의 부친이 평소에도 몸이 허약했다는 기억을 떠올린 무헌경이 방문을 벌컥 열고 방 안으로 뛰어들었다.

방 안에는 서서히 여인티를 갖추어가는 소녀가 침상에 몸을 던진 채 울고 있었는데, 침상 위에는 피골이 상접한 오십대의 사내가 누워 있었다.

소녀가 누군지는 알 길이 없지만 오십대로 보이는 초라한 용모의 사내는 정삼임에 틀림이 없었다.

"잠시 자리를 비키거라!"

무헌경이 소녀에게 근엄한 목소리로 지시했다.

아무리 상황이 다급하다고 해도 총관으로서의 체통은 지켜야 하는 법이었다.

"누구……?"

고개를 돌려 방문객을 일별하던 홍자려가 고개를 돌리고 다소곳이 머리를 숙인 채 몸을 일으켜 세웠다.

세가의 무사 딸로서 그가 총관 무헌경임을 모를 수는 없었다.

그의 갑작스런 등장이 의아하긴 했지만 지금은 거기에 신경 쓸 겨를이 없었다.

　서 있는 그녀의 어깨는 부단히 떨고 있었으며 간간이 흐느낌 소리가 새어 나오고 있었다.

　'허어! 이 소녀는 정삼과 어떤 사이기에 이토록 슬퍼하는가?

　소녀를 잠깐 응시하던 무헌경이 그녀의 옆을 지나쳐 정삼의 손목을 잡았다.

　"음?"

　무헌경이 놀란 눈초리로 경직된 정삼의 마른 얼굴을 내려다보았다.

　정삼의 맥박은 꺼져 있었고, 손목에서는 써늘한 한기만이 느껴지고 있었다.

　"으으음… 죽었단 말인가?"

　외아들이 강물에 빠져 죽은 지 닷새 만에 그의 부친마저 세상을 뜬 것이었다.

　향년 사십삼 세. 만석이 죽었다는 소식을 듣고 몸져누운 정삼은 이렇게 해서 짧고도 기구한 생을 마쳤던 것이었다.

　"허어. 이런 일이……."

　혼잣말로 중얼거리던 무헌경이 하릴없이 자리에서 일어났다.

　장사를 치러주는 일은 하인촌에서 알아서 할 일, 그가 관여할 일은 아니었다.

　다만 그냥 가기에는 어딘지 미진했던 무헌경이 여전히 울고 있는 소녀에게 물었다.

"너는 누구의 딸이며, 정삼과는 어떤 사이인가?"

"흑! 저는 세가의 무사인 홍주원의 딸 자려이옵고, 이분에게
는 며느리가 되어요."

아직도 눈물을 그치지 못한 홍자려의 울음 섞인 대답이었지
만 음성은 또렷했다.

"허어, 그래?"

무헌경은 새삼 놀라지 않을 수 없었다.

홍주원이라면 지난번 비풍대와 함께 출정 나갔다 부상을 당
했던 삼류무사라는 것을 그가 모를 리가 없었다.

무려 이십 년 동안이나 세가의 무사로 일해온 홍주원이었
다.

그런데 그가 놀란 것은 다른 이유가 있었다.

비록 삼류라 하더라도 세가의 무사와 하인은 그 신분 격차
로 봤을 때 결코 어울릴 수 있는 관계가 아니었다.

그런데도 하인의 며느리라는 것을 자신의 앞에서 공공연히
밝히다니? 무헌경이 새삼스러운 눈으로 소녀를 주시하였다.

감히 무헌경을 속일 이유가 없었으니 이 소녀가 정만석의
아내라는 것은 확실한 듯했다.

그것이 사실이라면……?

무헌경의 머리가 빠르게 회전하기 시작했다.

만석이 죽었다는 것을 알게 된 청운자와 추노는 비록 말은
없었지만 떠나려는 기색을 풍기고 있었다.

청운자야 사람들이 그 정체를 모르고 있으니 별문제가 없을
지 몰라도 세가의 영웅으로 떠오른 추노가 떠나면 얘기는 한
참 달라진다.

천무세가의 약세를 틈타 세가에서 운영하는 각처의 기업들
은 이미 주변 사파들의 간접적인 침탈을 받고 있었지만, 그나
마 그들이 노골적인 행동을 하지 않는 것은 추노의 존재와 아
직은 세가를 지키고 있는 비풍대와 무영대 무사들을 겁내서였
다.

'그래! 될 수도 있다!'

무헌경은 그들을 잡아둘 수 있는 가능성을 홍자려에게서 엿
볼 수 있었다.

만석의 아내인 홍자려를 시켜서 그들에게 떠나지 말라고 간
청을 한다면 그들이 설마 나 몰라라 하지는 않을 것 같았다.

*   *   *

만석은 닷새 만에야 정신을 차렸다.

아무리 그가 강골이라 해도 이는 천운이었다.

이제나저제나 하고 아이들이 깨어나기를 기다리던 주노는
뛸 듯이 기뻤지만 애써 내색하지 않았다.

왠지 그래야 할 것 같았다.

다시 감기려는 눈을 간신히 치뜬 만석이 침상 앞의 의자에
앉아 근엄한 표정을 짓고 있는 주독에 찌든 노인을 올려다보

왔다.

축 처진 눈꼬리에 두꺼운 입술은 노인의 인상을 고약하게 보이게 했다.

노인은 만석이 눈을 뜬 것을 보면서도 표정의 변화가 없었다.

그저 입술을 꾹 닫고 심술궂은 표정을 지을 뿐이었다.

'응? 여기는 어디지? 그리고 이 노인장은?'

소이를 구하려고 강물에 몸을 던진 이후로는 전혀 기억이 없었다.

'그럼, 소이와 거형은?'

고개를 돌린 만석이 급히 주변을 휘둘러보다가 자신의 옆에 누운 두 아이를 보고 안도의 한숨을 내쉬었다.

'후우. 살아 있었구나! 정말 다행이야.'

"놈! 정신이 드느냐?"

생김새와 달리 노인의 목소리는 맑았다.

노인의 목소리를 듣고서야 만석은 깨달았다.

이 노인이 자신들의 목숨을 구해준 것이었다.

만석이 급히 몸을 일으켜 세우려고 하자 노인이 손을 내저어 만류했다.

"그대로 있거라. 며칠은 더 누워 있어야 할 것이야."

"노인 어르신께서 저희를 구해주셨군요. 이 은혜는 죽어도 잊지 않겠어요."

만석이 일어나는 것을 포기하고 노인에게 감사를 표했다.

　그의 눈에 진실로 감사하는 마음이 가득 차 있는 것을 보자
기분이 흐뭇해진 노인이 입을 크게 벌리며 웃음을 터뜨렸다.
　"어허허! 은혜는 무슨? 너희와 노부가 약간의 연이 있었던
것뿐이니 너무 마음에 두지 말도록 해라."
　'거참, 점잖은 체하려니까 목구멍에 가시가 걸린 것처럼 껄
끄럽네?
　"아닙니다. 은혜를 모르는 사람은 금수보다 못하다는 소리
를 들었어요. 어떤 일을 해서라도 은혜를 꼭 갚겠습니다."
　"엇헛헛. 뭐 그렇게까지 할 것은 없다. 그저 몸이 다 나을 때
까지만 여기 있으려무나."
　"예, 어르신. 정말 고맙습니다."
　실로 친절하기만 한 노인의 태도에 만석의 눈에 자욱한 물
기가 어렸다.
　"헛헛, 녀석도. 그저 여기 있는 동안에는 친할아비처럼 생각
하려무나."
　주노는 말을 하다 보니 왠지 가슴이 훈훈해졌다. 지금이야
술에 취하지 않는 날이 없다고 해서 아무나 주노라고 부르며
업신여기지만, 그도 한때는 무척 잘나가던 시절이 있었다.
　그러나 버는 것은 없이 돈을 흥청망청 쓰다가 보니 물려받
은 재산은 다 거덜 내고 유리걸식으로 떠도는 신세가 되어버
렸다.
　그렇다고 길거리에서 구걸했다는 말은 아니고 전에 자신에
게 약간이라도 도움을 받은 자들을 찾아서 돈을 울거내는 것

이 일이었다.

그런데 세상의 인심이란 써늘하기만 했다.

그가 떵떵거리며 살 때는 간이라도 빼줄 것처럼 헤헤거리던 놈들이 거지 차림의 그가 찾아와 손을 내미니 매몰차게 외면하는 것이었다. 그리고는 거지에게 적선하듯이 몇 푼의 동전을 던져 주니 주노는 세상인심을 한탄하지 않을 수 없었다.

그때부터 주노는 정직하게 손을 내밀다가는 가진 쪽박도 깨진다는 평범한 진리를 깨닫지 않을 수 없었다. 스스로를 속이는 것이 남을 속이는 지름길임을 알아버렸던 것이다.

이리하여 있는 척 큰소리치며 돈을 빌리는 수법으로 몇 년은 잘 보낼 수 있었지만, 그런 일이 잦아지고 주노에게 당했다는 사람들이 소문을 퍼뜨리면서 그 사기꾼 생활도 그만 종을 쳐 버렸다.

그의 뒤를 쫓는 빚쟁이들을 피해서 이곳 무창에서 십여 리 떨어진 한적한 강가에 터를 잡은 지도 어언 오 년.

해서 낚시나 투망질로 물고기를 잡아 무창의 음식점에 넘기는 것으로 생계를 잇게 되었던 것이다.

'응? 없어!'

그때, 품속의 도끼를 찾던 만석이 일순 움찔하다가 계면쩍게 웃었다.

'핫하. 그러고 보니 할아버지가 옷을 갈아입히셨구나.'

넝마 같은 옷이지만 노인의 따뜻한 마음이 다가오는 것 같아 만석은 또 한 번 가슴이 뭉클해졌다.

"어허허! 그래, 이걸 찾느냐?"

주노가 만석의 도끼를 침상 밑에서 꺼내 내밀었다.

"예. 맞아요! 저, 정말 고마워요."

만석이 얼굴에 환한 미소를 지으며 기뻐하자 일견 마음이 찔리면서도 노인은 애써 담담한 표정을 지었다.

"어허허! 녀석. 그게 그리도 기쁘냐?"

노인이 흔쾌하게 웃더니 혼잣말처럼 중얼거렸다.

"인연이란 참으로 알다가도 모를 일이구나. 쓸모없는 도끼가 돌고 돌아 새로운 인연을 만드는도다. 이 어찌 하늘의 뜻이 아니리요!"

'아니, 그렇다면?'

만석은 머리가 해연히 밝아오는 느낌에 노인을 멍하니 쳐다보았다. 장난스럽게 생긴 얼굴임에도 어딘가 모르게 깊은 현기가 느껴진다. 그것은 만석에게는 이상한 경험이었다.

무적초자!

바로 이 노인이 만석이 몽매간에도 만나고 싶었던 바로 그 사람이었던 것이다.

"호, 혹시 할아버지께서 무적초자 아니신가요?"

무적초자가 아니냐는 만석의 말을 듣는 순간 노인의 눈알이 빠르게 굴렀다.

'엥? 요놈이 나를 무적초자라고 생각한다 이거지?'

이어 만석의 간절한 표정을 살핀 노인이 속으로 무릎을 쳤다.

잘하면 아이들을 이용해서 놀고먹을 수 있는 길이 보였던 것이다.

'음음. 거기서 얘기가 어떻게 진행되었더라?

부엌에서 미음을 달이며 주노는 열심히 무명서 속의 내용을 더듬고 있었다.

아이가 무명서를 보았다고 하니 언제든 책자의 내용에 관하여 의문이 나는 점을 물을 것이었다.

미음이 다 끓을 때쯤, 책자의 기억을 웬만큼 되살린 주노가 얼굴을 샛노랗게 물들이며 당황스러워했다.

무적초자의 행동거지는 어디까지나 자유분방했다.

항상 장난스러운 말투 하며, 웃기는 몸짓을 주로 했으며 화가 났을 때는 눈을 가늘게 뜨고는 코를 킁킁거렸던 것이었다.

그리고 책에도 나온 것처럼 순전히 자기 자랑이나 하다가 갑자기 정색을 하며 점잖은 체 교훈을 내려주지 않았던가.

'가만있자… 미음이 식을 때를 기다리며 연습 좀 해봐야지.'

"킁킁! 뭘 봐? 이 잡것들아!"

'가만있어라, 목소리가 조금 낮고 가늘어야 되나?

"에헴! 아, 그래서 노부가 지게 작대기로 놈의 뒤통수를 후려 갈겼던 것이야."

'지게 작대기? 아, 아뿔싸! 지게 작대기가 없잖어?

무적초자의 목소리와 말투를 흉내 내던 주노가 아차 하며 부엌문을 열고 달려나갔다.

주노가 지게 작대기 형상으로 대충 다듬은 버드나무 가지를 들고 집으로 돌아왔을 때는 나머지 두 아이도 깨어나 있는 것 같았다. 두런두런 들리는 얘기 소리는 그를 무적초자라고 생각하고 기뻐하는 아이들의 환성 소리였다.
'후욱, 훅.'
주노는 들리지 않게 심호흡을 했다.
세 아이를 모두 속이려면 그만큼 철저해야 한다.
'나는 무적초자야. 아암, 무적초자고말고!'
주노는 스스로 이런 일에는 익숙하다는 생각을 했다. 그야말로 자신마저 속이는 기술을 익히느라 얼마나 고심했던가.
'자, 시작해 볼까?'
이윽고 작심을 하고 방문을 발칵 열어젖힌 주노가 못마땅한 소리부터 내질렀다.
"아니, 이놈들아! 깨어났으면 냉큼 일어나야지 누워서 개기는 건 또 뭐냐?"
'크큭! 이 정도면 무적초자지 무적초자가 별거야?'
'어헉! 이게 뭐냐?'
헤벌쭉 웃던 주노의 입매가 금세 뒤틀려 버렸다.
주노가 미리 계획한 대로 소리를 지른 것까지는 좋았는데 아이들은 벌써 일어나 있었다.
아이들이 의아한 눈초리로 자신을 보자 주노가 괜한 헛기침을 밀어내며 소리쳤다.

"크험험! 다들 일어나 있었구나. 근데, 이놈들아! 일어났으면 미음 그릇을 받아야……."

주노가 대차게 소리치다 말고 급히 입을 다물었다.

어느새 만석이 다가와 미음 그릇을 받아 들려고 두 손을 내밀고 있는 것이었다.

'빌어먹을! 이거 왜 이리 안 풀리냐?'

세 아이가 사이좋게 미음을 나눠 먹는 것을 보던 주노는 또 한마디 하지 않을 수 없었다.

"이놈들아! 강아지가 개밥그릇 핥듯이 싹싹 긁어 먹… 는 건 먹는 건데……."

만석이 내민 그릇은 밥 한 톨도 없이 깨끗이 비워져 있었다.

"무적초자 할아버지, 저희를 제자로 받아주세요."

그 직후 만석과 두 아이들이 땅바닥에 머리를 짓찧으면서 애걸하자 주노는 못 이긴 체하고 아이들을 제자로 받아들였다.

애초 무적초자로 가장하면서 이때만을 기다려 온 것이 아니던가.

그러면서 주노가 아이들에게 처음 한 말은 다른 것이 아니었다.

"세상일에 연연하면 대성(大成)의 길은 멀어지는 것이야. 너희의 성취가 일정 수준에 이르기 전에는 결코 집에 돌아갈 생각은 말아라. 알겠냐?"

"예. 알겠어요, 사부님."

아이들은 주노의 말을 듣고 새삼 결의를 다졌다. 무적초자의 제자가 되다니! 세상에 다시없을 기연이었다.

연후, 주노가 아이들에게 처음 가르친 것은 당연히 낚시질과 투망질이었다.

다년간의 단련된 솜씨로 주노가 고기를 잡을 때마다 아이들은 탄성을 내지르며 좋아했다.

그러나 딱 일각만 고기잡이 시범을 보인 주노가 방 안으로 기어들어 가며 아이들에게 이르는 것이었다.

"모름지기 만류귀종이라 하니, 낚시질에 도가 트면 무공의 끝이 보이리라."

'에게! 이걸 뉘 코에 바르냐?'

"이놈들아! 굶어라, 굶어!"

하고 소리치려던 주노가 생각을 바꾼 것은 순식간이었다.

어쨌거나 명색이 스승과 제자가 아닌가?

녀석들이 하루 종일 물속을 텀벙거리며 잡아온 것은 손바닥만 한 잉어 한 마리였다.

"허어허! 제자들아, 너희는 모름지기 배고픔의 고통을 극복하는 훈련을 쌓아야 하느니!"

버드나무 꼬챙이를 끼워 노릿노릿 구워진 잉어를 게걸스럽게 뜯어 먹으며 주노가 한 말이었다.

다음날 아이들은 하루 종일 허탕만 치고 빈손으로 돌아왔다.

입술이 한 자나 빠져나온 주노가 엄중하게 일렀다.

"제자들아! 너희는 배우려는 자세가 안 되어 있구나! 사부는 부모와 일심동체라고 하거니와 구걸을 해서라도 먹을 것을 가져오도록 해라!"

그 한마디로 아이들을 쫓아낸 주노가 숨겨두었던 누룽지를 뜯으며 한탄했다.

"허어! 고기를 못 먹으니 정력이 예전 같지 않구나."

아이들은 배를 쫄쫄 굶어가며 무창 시내를 헤매고 있었다.

주노의 말마따나 고기를 못 잡으면 구걸을 해서라도 먹고살아야 하는 것이다. 어린애처럼 항상 배고파하는 주노의 얼굴을 보면 아이들은 절로 가슴이 아팠다.

하지만 워낙 못 먹고 못살던 어려운 시절이라 식은 밥덩이 하나 적선하는 집이 없었다.

털썩!

만석이 그늘진 골목길에 힘없이 주저앉자 양옆으로 소이와 우거형이 앉아 멀거니 행인들을 쳐다보았다.

행인들의 얼굴은 행복감으로 환하게 다가왔지만 만석들은 그럴수록 가슴이 저밀 듯 아파왔다.

해가 서쪽으로 한참 기울었는데도 무창의 초여름 날씨는 무척이나 더웠다.

저녁 시간이 다 되어도 수그러지지 않는 무더위는 온몸을 땀투성이로 만들어 버렸고, 이마에선 땀방울이 줄줄거리며 얼굴 위로 굴러 떨어졌다. 간헐적으로 불어오는 바람도 후텁지근한 공기를 품고 있어 차라리 없는 것만 못했다.

허기로 바짝 오그라든 뱃속은 연신 꼬르륵대며 밥 달라고 아우성이었다.

"에휴… 정말 인심이 이렇게 메마를 수가 있어?"

우거형이 참다못해 투덜거렸다.

물고기를 잡는 재주는 없고, 뒤주에는 쌀 한 톨도 없었다.

아침밥도 멀건 밀기울 같은 죽으로 때웠으니 한창 자랄 나이인 아이들에게는 지옥 같은 하루인 것이다.

"이거 놔! 어서 놓으란 말이야!"

아이들이 고픈 배를 부여잡고 허기와 씨름하고 있을 때, 앙칼진 목소리가 그들의 귓전을 파고들었다.

골목길 안쪽 끝에서 들리는 앳된 소녀의 음성이었다.

"가보자!"

무슨 일인지 궁금해진 만석이 먼저 엉덩이를 툭툭 털며 자리에서 일어나자 소이와 우거형도 서둘러 그의 뒤를 따랐다.

그렇게 골목길을 돌아가다 보니 가옥과 가옥 사이로 작은 공터가 그들의 눈에 들어왔다.

"어? 저 짜식들, 지금 뭐 하는 거야?"

우거형이 먼저 된소리로 말을 뱉었지만 만석은 공터에 있는 놈들을 자세히 살피고 있었다.

모두 일곱 놈이었다.

열대여섯 살에서 스무 살 안쪽으로 보이는 놈들은 매우 건장하게 생겼다. 특히 널찍한 얼굴에 칼자국이 있는 녀석은 덩치가 곰처럼 컸는데, 그 녀석이 우악스럽게 잡고 있는 것은 시커먼 땟국물로 더럽게 생긴 여자 아이였다.

"놔! 놓으라니까!"

"못 놓겠다! 이 계집년이 어딜 우리 구역에서 겁도 없이 소매치기를 해? 빨리 훔친 거 내놔!"

"이 똥구녕이 째질 놈들아! 내가 언제 훔쳤다고 그래!"

시커먼 얼굴 때문에 자세히 알 수 없어도 멀리서 봐도 봉긋한 가슴은 십칠, 팔 세는 넉넉히 되어 보였다.

"카악! 이 지랄 같은 계집년이 좋은 말로 하면 꼭 기어오른단 말이야?"

"아악. 개새끼들!"

땅바닥에 침을 뱉은 덩치 큰 놈이 소녀의 손목을 비트는 모양인지 그녀가 악에 받친 비명 소리를 질렀다.

"두목, 그년한테는 그 정도로는 안 돼!"

"뭐? 그럼 어떻게 하란 말이냐?"

두목이라고 불린 덩치 큰 녀석이 얼굴이 족제비처럼 생긴 비슷한 나이의 소년을 돌아보며 물었다.

"크흐흐. 저년 젖통을 좀 보라구!"

녀석이 음흉스럽게 웃으며 그녀의 알맞게 여문 가슴을 손가락질했다. 한창 실랑이를 벌이느라 얼굴과 달리 하얀 박속같은 젖 봉우리가 벌어진 옷 밖으로 살짝 드러나 있는 것이었다.

두목 녀석의 눈이 화등잔처럼 타오르며 젖 봉우리를 응시하자 소녀가 몸을 움찔하며 불안한 표정을 지었다.

지금껏 몇 번씩이나 마주친 놈들이었다.

이런 일을 방지하려고 일부러 얼굴도 안 씻고 돌아다녔는데 끝내는 불상사가 벌어질 조짐이 보였다.

아니다 다를까, 음탕한 눈초리로 그녀의 가슴을 응시하던 놈이 와락 그녀의 젖을 움켜잡는 것이었다.

"아아악!"

그녀가 통렬한 아픔과 수치심에 바들바들 떨 때, 그들의 뒤쪽에서 욕설이 튀어나왔다.

"에이, 더러운 개자식들! 이 백주대낮에 무슨 짓거리냐!"

우거형이 참다못해 거칠게 소리치며 앞으로 나갔다.

"응? 저 새끼들은 또 뭐냐?"

골목의 휘어진 모퉁이 그늘에서 튀어나온 세 아이.

고개를 갸웃하며 만석들의 위아래를 훑던 놈이 어이없는 얼굴로 피식 웃음을 흘렸다.

"크큭! 이제 보니 어린애들이잖아?"

처음에는 덩치가 자신들과 비슷한 녀석을 보고 놀랐는데, 그 뒤의 깡마른 녀석과 가느다란 몸매의 녀석을 함께 보니 웃기지도 않았다.

두 놈은 몸통보다 옷이 훨씬 커서 꼭 허수아비가 옷을 걸친 느낌이 들었고, 덩치 큰 놈은 옷이 너무 작아 금방이라도 터져 나갈 것처럼 우스꽝스러웠다.

게다가 세 놈 다 얼굴도 앳되어 보이는 것이 많아보았자 겨우 열다섯을 넘지 않은 꼬맹이들이 아닌가.

"야, 야! 젖비린내 난다. 엄마 젖이나 더 먹고 오렴!"

족제비가 이죽거리며 아이들에게 다가섰다.

"쳇! 꼭 족제비 새끼처럼 생긴 짜식이! 얘, 늙은 애야, 족제비 젖이 모자랐냐? 비리비리해서 못 봐주겠다?"

"뭐, 뭐야? 족제비 새끼?"

"아 새끼가 겁대가리를 밥 말아 먹었나? 이런 새끼들은 매가 약이라니까?"

장내는 금방 험악한 공기로 덮여 버렸다.

나미나(羅美那)는 자신의 처지도 잊고 눈을 동그랗게 뜨고 등장한 아이들을 보았다.

덩치 큰 아이, 그리고 말랐지만 강인하게 생긴 아이, 마지막으로 예쁘장한 소이까지 한달음에 살핀 그녀의 실망감은 컸다.

'아유, 어떡해? 겨우 어린아이들 아냐?'

이곳의 어른들도 한수 접어주는 거친 놈들에게 겁없이 대들고 있는 아이들이 불쌍할 지경이었다.

더불어, 자신의 불우한 처지까지 겹쳐 그녀의 눈에는 아득한 절망감이 깃들고 있었다.

이곳 무창의 상피촌(桑皮村)에서 한가락 하는 불량배들이 바로 이놈들 석두파(石頭派)였다.

두목인 차석두(車石頭)의 이름을 따서 붙인 석두파는 겨우 열대여섯에서 십칠, 팔 세의 소년 이십여 명으로 이루어졌지만 두목 석두의 무지막지한 힘과 족제비 공수거(孔手車)의 잔머리로 무창의 밤 세계에서 일취월장하고 있는 중이었다.

이들이 누군지 알 리도 없었지만 만석 등은 느긋해 보였다.

일찍이 천무세가 하인촌을 평정한 이들이 항상 부딪친 놈들이 바로 무사들의 자식들이었다.

보통 십여 년씩 무공을 배운 몇 살 더 먹은 아이들에게도 힘만으로 따지면 절대 뒤지지 않던 만석들이다.

그러니 이런 뒷골목에서 마구잡이로 주먹을 기른 놈들이라면 자신들의 상대가 아닌 것이다.

"크훗! 짜식들이 나잇살이나 더 처먹었다고 우리가 우습게 보이는 모양이야?"

만석이 여유있게 웃으며 천천히 놈들 앞으로 걸어나왔다.

비록 못 먹어 힘이 달랑거리지만 이놈들만 해치우면 적어도 먹을 것은 나오리라!

"어, 어? 이 애새끼들이 무얼 믿고?"

이렇게 만석들이 대차게 나오자 오히려 당황한 것은 석두파의 불량배들이었다. 또 누가 있나 하고 둘러봐도 이 작은 공터에 다른 사람은 없었다.

눈을 크게 뜨고 만석을 응시하던 나미나의 안색에 다시 희망의 빛이 어렸다. 석두에게 억세게 잡힌 손목이 마비되다시피 고통스러웠지만 그녀의 얼굴에는 기대감으로 가득했다.

단단하게는 생겼는데 너무 말랐다는 것이 만석을 본 첫 느낌이었다.

그러나 막상 당당하게 앞으로 나오는 만석의 기상은 놀라울 정도로 강렬했다.

'으음? 짜식이 만만치 않아 보이네?

차석두가 마주 앞으로 나오다가 주춤하고 그 자리에 서서 상대를 저울질했다.

자신의 반에 반도 안 되는 바짝 마른 몸매, 그리고 목 어림까지 오는 키. 생각하면 자신의 망설임이 우스울 지경이었다.

혹시 무공을 익혔나 자세히 살펴봐도 그랬다.

무림인들은 몸에서 칼날 같은 기운이 흘러나온다는 것을 경험한 적이 있었다.

'크윽! 짜식이 용기는 가상하다만……'

일순 마음을 놓은 석두가 손가락을 우두둑하니 꺾어 소리를 내며 만석을 노려보자, 만석이 이빨을 드러내며 씨익 웃었다.

"네가 두목인 모양인데, 어때? 나하고 단둘이 겨루어서 지는 쪽이 곱게 물러나는 거야."

"뭐? 크하하! 이 좆만 한 새끼가 웃기지도 않네?"

고개를 뒤로 제끼며 웃음을 터뜨리는 석두는 자신만만했다.

열다섯 살 때부터 삼 년간 이 지역의 불량배들과 수십 차례의 싸움을 벌였지만 한 번도 진 적이 없는 석두였다.

그런데 이 어린애가 자신과 일 대 일로 맞짱을 뜨자는 것이었다.

"크크크. 정말 재미있네?"

"요즘 애새끼들은 다 저렇게 꼭지가 돌았냐?"

석두파의 똘마니들도 웃고 떠드느라 난리가 났다.

'이거 아무래도 불안스러운걸.'

그들 중에서 유일하게 웃지 않는 사람은 바로 공수거였다.

만석을 째려보는 그의 눈길에 약간씩 불안감이 새어 나오고 있었다.

그러나 그들의 반응을 보면서도 만석은 웃을 뿐이었다.

"호오? 네 좆이 그렇게 크냐?"

"이 새끼가 말로 해선 못 알아먹는 개종자로구나!"

말과 함께 석두의 솥뚜껑만 한 주먹이 만석의 안면을 후려쳐 갔다.

쉬이잉! 하는 파공음이 들릴 정도로 빠르고 파괴력있는 주먹.

"짜식, 느리다, 느려!"

만석이 비웃으며 석두의 짓쳐 오는 주먹을 오른 손바닥으로 탁하고 밀어젖히며 그 서슬에 기우뚱하는 석두의 옆구리에 주먹을 박아 넣었다.

"커어억!"

휘이청!

강력한 충격에 다리가 풀린 석두가 엉거주춤하며 자세를 낮출 때 연이어 만석의 무릎이 석두의 낭심을 치고 올랐다.

“으아아악!”

지면에 볼썽사납게 처박힌 석두가 괴로운 비명을 내지르며 정신없이 땅바닥을 굴렀다.

“아니, 저, 저……?”

석두파의 불량배들은 한순간 넋이 나갈 정도로 놀랐다.

단 두 방!

어떻게 삼 년여간 무적을 구가하던 석두가 저토록 볼품없는 어린애에게 힘 한 번 못 쓰고 나가떨어지다니!

“짜식! 별것도 아닌 놈이 덩치만 믿고 까불었군?”

소이가 역시 놀라운 눈초리로 만석을 응시하고 있는 나미나에게 말을 걸었다.

“자, 일이 끝났으니 그만 가요.”

멍하니 쳐다보는 놈들을 뒤로하고 만석들이 향하는 곳은 허름한 음식점이었다.

나미나가 은인들을 대접하겠다면서 앞장서 이끌었던 것이다.

第十章

길은 가까이 있다

"아구! 배고파 죽겠다. 이놈들이 노인네 굶겨 죽일 일이 있나. 가만있자, 녀석들이 구걸하다 어디서 쓰러진 게 아냐?"

투덜거리다 말고 갑자기 애들이 걱정이 되는 주노였다.

"아니지! 그놈들이 얼마나 약아빠진 놈들인데, 말도 안 돼!"

손바닥만 한 마당을 배회하는 주노의 발걸음은 거의 종종걸음을 치는 수준이었다.

어찌 된 것이 앉아 있으면 배가 더 고파지는 것이었다.

벌써 해는 져서 강바람은 차갑지, 쫄쫄 굶은 배때기는 살살 아파오지, 주노는 배가 고파 환장할 지경이었다.

"엥! 온다!"

마당에 서서 수림 사이로 난 길로 고개를 빼고 보자니 휘영

청 뜬 반달 빛을 받으며 그림자가 몇 개 눈에 띄는 것이었다.

'하나, 둘, 셋, 넷.'

부지불식간에 그림자의 숫자를 세던 주노가 놀라서 다시 숫자를 세어보았다.

'허어. 굶어서 헛것이 보이나? 틀림없이 네 개잖아?

주노가 눈을 가늘게 뜨고 다시 숫자를 세다가 아이들이 가까워오자 얼른 눈길을 하늘로 보내며 딴전을 피웠다.

"스승님! 왜 나와 계세요?"

소이가 먼저 붙임성 좋게 말을 붙였지만 주노의 눈은 여전히 허공에서 떨어질 줄 몰랐다.

뭔가 엄숙한 표정에 아이들이 멍하니 주노의 얼굴만을 쳐다보았다. 그런데 허공만 쳐다보자니 고개가 뻣뻣해져서 이것도 오래 할 짓이 아니었다.

'에구. 내 주제에 무슨 엄숙한 척이냐?

"허어! 검은 구름이 별빛을 가렸구나."

뒷짐을 진 주노가 쓸쓸히 중얼거리다가 그제야 나미나를 본 표정을 지으며 만석에게 눈을 돌렸다.

'얘는 누구냐?

그의 눈길에는 그런 뜻이 담겨 있었다.

"예, 스승님. 실은 저자로 나갔다가 우연히 만난 낭자입니다. 따로 갈 곳이 없다고 해서 이리로 데려왔는데, 앞으로 살림을 맡기면 스승님의 심신도 더욱 편해지리라 믿습니다."

'뭐, 뭐야? 이 스승의 허락도 받지 않고 네 마음대로 군식구

를 데려와? 내 이놈의 다리몽둥이를 그저!'

마음 같아서는 길길이 소리치며 삿대질을 하고 싶었지만 주노는 꾹 눌러 참았다.

중간에 얼굴을 씻고 와서 보름달처럼 환한 얼굴에 몸가짐이 조신해 보이는 것이 그리 막돼먹은 처자 같지는 않았다.

막 나오려던 상소리를 꿀꺽 삼키며 주노는 애써 안색을 부드럽게 가라앉혔다.

"허어허! 이 모든 것이 인연인 것을 어찌하겠느냐? 그래, 네 이름은 무엇이며 출신은 어딘가?"

"네, 할아버지. 소녀는 흑수하(黑水河) 출신으로 이름은 나미나라고 해요."

"으흠. 나미나라, 아주 예쁜 이름이구나. 그래, 어쩌다가 홀로 되었느냐?"

"네. 실은 일 나간 오빠가 행방불명되어서 그만……."

헤어진 오빠가 생각나는지 그녀의 뒷말은 흐느끼는 소리가 되어 있었다.

'에구. 우는 여인을 보면 마음이 왜 이리 약해지는지 몰라.'

"그, 그래, 마음을 진정해라. 밤도 늦었으니 들어가 쉬도록 하여라."

그녀의 눈가에 눈물이 비치는 것을 보고 주노가 손을 저으며 아이들의 방으로 들어가게 했다.

'엥? 이놈들이 그냥 들어가네?'

아이들이 그녀를 따라 방 안으로 들어가는데 마땅히 바쳐야 할 무언가가 빠진 것이었다.

할 수 없이 주노가 마지막으로 방에 들어가려던 만석의 팔을 붙들고 은근히 물었다.

"이놈아, 뭐 없냐?"

주노는 만석이 혹여 식을까 봐 품속에 고이 담아 온 찜닭 한 마리를 다 뜯어 먹고 자리에 누웠지만 잠이 오지 않았다.

내일 아침부터는 틀림없이 무공을 가르쳐 달라고 조를 것이 뻔했다. 밤새도록 이런저런 생각에 잠을 못 이루던 주노가 잠든 것은 새벽의 어스름 빛이 문창지에 스며드는 시각이었다.

한편, 남녀가 유별한지라 자신들의 방을 나미나에게 내주고 짚 더미가 깔린 헛간에서 잠을 청한 아이들은 등이 배겨 잠을 잘 수 없었다. 새벽녘까지 엎치락뒤치락하다 소이와 우거형은 잠이 들었지만, 만석은 자리를 털고 일어났다.

그리고 무명서에 쓰여진 내용들을 다시금 반추하다 헛간 문을 열고 마당으로 나갔다.

천지는 떠오르는 햇살을 품에 안고 아늑한 숨결을 뿜어내고 있었으며 바람에 실려 온 솔잎 향기는 청량하기만 했다.

수림 속에서 가슴을 활짝 열고 솔잎 향기를 흠뻑 들이키던 만석이 주노의 방을 쳐다보았다.

한편으론 먹을 양식을 마련해야 했지만 사부가 오늘부터는 무공을 가르치려고 할 것이다.

만석이 자리에 우두커니 서서 단전호흡을 하며 마음을 가라앉혔다. 요즘 와서는 단전호흡을 할 때마다 이상하게 뱃속에 따스한 기운이 도는 것이 만석을 기쁘게 하였다.

'그래, 그럴 거야!'

아무래도 죽을 고비를 넘긴 것이 뭔가 무공에 보탬을 주고 있다는 생각에 만석이 흐뭇해할 때, 방문이 살며시 열리며 누군가 나오는 기척이 들렸다.

새벽의 어스름 햇살에 더욱 날씬해 보이는 나미나였다.

마당에서 삼사 장 떨어진 숲 속의 만석을 미처 보지 못한 듯 그녀가 조심스럽게 부엌문을 열고 들어갔다.

아무래도 식사를 준비하려는 듯하였다.

'이런! 그러고 보니 뒤주에는 쌀 한 톨도 없는데.'

쌀이 없는 것이 자신의 잘못인 양 만석은 괜스레 창피했다.

'어마! 아무것도 없잖아?'

나미나가 뒤주를 열어보고 부엌을 이리저리 뒤졌지만 그녀가 발견한 것이라고는 작은 토기 항아리에 한 댓박쯤 되는 소금이 고작이었다.

"어떡하지?"

그녀가 맥없이 중얼거렸다. 처음 안면을 익힌 아이들과 낯선 주인 할아버지에게 잘 보이는 방법은 자신이 바지런하다는 인상을 심어주는 것이었다. 그런데 할 일이 아무것도 없다는 생각에 그녀는 마음이 상했다.

그녀는 아이들이 집 안에 먹을 것이 없어 하루 온종일 굶었다는 것이 거짓이 아님을 깨달았다.

'아냐! 집 뒤로 강물이 흐르는데 먹을 걱정을 할 게 뭐 있어?'

그녀가 부엌에서 다시 나온 시간은 오래지 않았다.

뭐가 있나 하고 주변을 두리번거리던 그녀가 발견한 것은 날카롭게 끝을 깎은 지게 작대기와 아무렇게나 펼쳐진 투망이었다.

'응? 뭐 하려고 저러지?'

나미나가 지게 작대기는 손에 들고 투망은 등에 걸친 채 강물 쪽으로 다가가자 만석이 몰래 그녀의 뒤를 따랐다.

그러던 그녀가 강가에 자그맣게 펼쳐진 모래사장 위로 올라가더니 소매와 다리를 걷었다.

갑자기 인어처럼 꿈틀거리는 하얀 살결이 드러나자 나무 뒤에 숨은 만석이 눈이 부신 표정으로 그녀의 드러난 살결을 쳐다보았다.

열세 살 어린 나이.

하지만 서서히 이성에 눈을 떠가는 나이이기도 하였다.

'이런! 내가 무슨 생각을?'

그녀가 너무 아름답다는 느낌을 받고 멍하니 서 있던 만석이 얼굴을 붉히며 눈을 돌렸다.

강의 수심은 그리 깊지 않았으며 거의 투명할 정도로 깨끗해서 물속이 훤히 들여다보였다.

입술을 꼭 깨문 나미나의 얼굴에 그리움이 짙게 물들었다.

'오빠……!'

이렇게 강가에 서서 물고기를 잡으려니 시간이 날 때마다 작살로 고기를 잡는 시범을 보여주던 오빠 나대충의 얼굴이 수면 위에서 미소를 짓는 듯하였다.

그녀가 있던 흑수채는 멸망했고 그녀는 간신히 제갈세가의 마수를 피해 도망칠 수 있었다.

그리고 들려온 소식은 천무세가를 공격하러 간 오빠 나대충이 부하들과 함께 실종되었다는 것이었다.

그러나 그녀는 멀리 떠날 수가 없었다.

혹시 오빠의 소식을 들을 수 있을까 해서 흑수채에서 그리 멀지 않은 무창에서 소매치기 노릇을 하며 기다리고 있었던 것이다.

'오빠는 실종되었을 뿐이야! 나를 찾아 곧 돌아오실 거야!'

그녀가 고개를 흔들어 불길한 상상에 이어 애써 오빠의 환영을 지워 버렸다.

그리고는 지게 작대기를 곧추 들고 물속을 노려보기 시작했다.

"차앗!"

그녀가 나지막한 기합성을 지른 것은 잠시 후였다.

'엇? 저런!'

만석은 놀랍지 않을 수가 없었다.

겨우 일각 정도에 불과했지만 주노의 물고기 잡기 시범에 따라 만석을 포함해 아이들이 수없이 투망을 던졌으나 번번이 실패하던 차였다. 덕분에 구걸하러 무창으로 갔던 것이 아닌가.

그런데 투망을 던지는 것도 아니고 지게 작대기를 던져 물고기를 꽂아 올리다니!

매번 성공한 것도 아니었고, 빗맞은 놈은 투망으로 건져 올렸지만 그것만으로도 만석은 눈이 번쩍 뜨였다.

"허허! 정말 재주가 좋구나!"

주노가 안면을 활짝 펴며 밥상 위의 큰 접시에 놓인 팔뚝만 한 송어를 보았다. 물고기를 잡은 재주가 좋다는 건지, 물고기를 요리한 재주가 좋다는 것인지는 모호했지만 방을 물러나온 나미나는 기분이 무척 좋았다.

마당의 한 켠을 차지한 평상 위에 올라앉아 연신 맛있다는 소리를 질러가며 바삐 젓가락을 놀리는 아이들을 보며 더욱 마음이 즐거워진 그녀가 아이들에게 가까이 다가갔다.

이미 요리를 하면서 배를 채웠는지라 배는 고프지 않았지만 아이들의 맛있게 먹는 소리에 절로 회가 동하는 그녀였다.

"어, 누님! 이것 좀 먹어보세요!"

아이들 중에 붙임성이 제일 좋은 우거형이 젓가락으로 살코기 한 점을 크게 떼어 그녀에게 내밀었다.

"호호. 아냐! 난 벌써 배불리 먹었는걸?"

그녀가 그러면서도 우거형이 내민 살코기를 받아먹자 이번
엔 소이가 뒤질세라 고기 한 점을 그녀에게 내밀었다.

"누님, 제 것도 받으세요. 이게 더 맛있을 거예요."

"호호! 얘도 참!"

말은 거절하는 듯하면서도 그녀의 행동은 역시 같았다.

이쯤 되면 만석도 같은 행동을 할 만한데 그는 묵묵히 물고
기 살을 뜯을 뿐이었다.

'호오! 쟤는 어째 어린애 같지가 않아.'

그녀가 가장 어려워하는 상대가 만석일 수밖에 없었다.

열여덟과 열세 살. 어린 나이에 그 정도의 나이 차이라면 만
석을 코흘리개 어린아이 취급을 해도 그만일 텐데, 자꾸만 그
의 눈치를 보게 되는 것은 어쩐 일일까?

어느 정도 배를 채운 만석이 자리에서 일어나다가 방문을
열고 나오는 주노를 보았다.

깊숙이 머리를 숙여 그에게 예를 표한 만석이 발걸음을 차
분히 옮기더니 부엌문 옆에 있던 지게 작대기를 들고 그의 앞
에 섰다.

'엥? 이놈이 왜 지게 작대기를?

속으로 움찔한 주노가 무슨 말을 하려고 할 때, 만석이 먼저
입을 열었다.

"사부님, 이걸로 가르침을 주소서!"

간단한 한마디였다. 그리고 주노가 밤새도록 고민한 무서운
말이기도 하였다. 주노가 밤새 생각한 소리를 끄집어내었다.

"허어! 그놈! 원래 식사를 한 직후에는 몸을 격하게 움직이는 것을 삼가야 할 일이로다. 그러하니 두 시진 후에나 시작해보기로 하자!"

두 시진이 지났다.
강가에 나가 물장구를 치던 아이들이 마당으로 올라와 평상에 누워 코를 고는 주노를 깨웠다.
"시간이 지났어요."
"엥? 벌써?"
못마땅한 눈으로 아이들을 흘겨보던 주노가 손으로 이마를 가리며 중천에 뜬 해를 보았다.
"오오! 때는 바야흐로 점심때가 아니더냐! 밥 먹고 시작하자!"
미나가 새벽에 잡은 물고기가 풍족한지라 금방 식사가 준비되고 배를 다 채우자 주노는 걱정으로 목이 막혔다.
"캐액, 캑! 무, 물 좀 가져오너라!"
나미나가 가져온 물 한 바가지를 맛있게 들이킨 주노가 열망의 눈초리로 자신을 바라보는 아이들의 눈초리를 느꼈다.
'거참. 이걸 어떡하냐?'
다시금 두 시진 운운하다가는 잘못하다가 탄로가 날 수도 있었다.
"허엄, 힘! 모름지기 무공이란 기본 체력을 길러야 하는 법! 지금부터 너희는 마당을 열 바퀴씩 돌며 가벼운 준비 운동을

한 다음, 이곳에서 십리하(十里河)까지 오리걸음으로 갔다 온
다! 자, 시작!"

"야아! 드디어 시작이다!"

'낄낄낄! 녀석들, 좋아하긴 뭘.'

주노는 겉으로는 뻣뻣한 표정을 지으면서도 우스워 죽을 뻔
했다.

아이들이 환성을 지르며 천천히 마당을 돌자, 그들을 가만
히 지켜보던 나미나가 주노에게 조심스럽게 말을 걸었다.

"저, 소녀는 어떻게 할까요?"

'엥? 뭘 어떡해? 너는 그저 물고기나 잡아 요리나 하면 되
지!

주노는 이렇게 말하고 싶은 마음이 굴뚝같았지만 만석이 지
게 작대기를 가져오던 기억이 떠올랐다.

눈치라면 도가 튼 주노가 만석의 뜻을 모를 리가 없었다.

지게 작대기로 물고기 잡는 시범을 보여달라는 뜻이 아니던
가?

'그래. 오리걸음을 한 육 개월만 시키는 거야. 그동안에 고
기 잡는 연습을 하면… 크흐흐.'

북쪽으로 오 리 거리에 있는 십리하였다. 애들이 농땡이를
안 친다면 아마도 해가 뉘엿뉘엿 질 때쯤에 돌아오게 된다. 그
렇게 해서 또 하루가 가는 것이다.

"그래, 너도 마찬가지다! 이 녀석들을 따라 해라!"

"어머나!"

그녀가 뛸 듯이 기뻐하며 눈을 빛내자 주노가 어리둥절해서 그녀를 바라보았다.

'아니, 얘가 못 먹을 걸 먹었나? 왜 이렇게 좋아하냐? 오리걸음이 얼마나 힘든데 말이야.'

"고마워요, 사부님. 그럼 제자의 절을 받으세요."

'어헉! 이게 바로 그거란 말이냐?'

주노가 미처 생각지 못한 일에 황망스러워할 때 날아갈 듯 구배를 올린 나미나가 아이들을 따라 뒤뚱거리며 마당을 나갔다.

"다 갔지?"

주노가 고개를 길게 빼어 아이들의 형체를 살피며 혼잣말을 했다.

"낄낄낄. 놈들이 어기적거리며 오리걸음을 하는 꼴이라니!"

주노는 우습지도 않았다. 게다가 제일 뒤에서 낑낑거리며 쫓아가던 나미나의 씰룩거리는 엉덩이를 보자니 이거 괜한 짓을 하는 게 아닌가 하는 동정심마저 들 정도였다.

녀석들이 십리하까지 대충 오리걸음 흉내를 내더라도 아마도 며칠간은 끙끙거리며 앓느라고 무공 가르쳐 달라는 소리는 쏙 기어들어 가리라. 그래서 또 며칠을 버는 것이 아니랴.

멀쩡하면 가르침상로 하지 않았다고 호통을 쳐야지.

주노는 기분이 무지 좋았다. 요것이 바로 제자를 키우는 맛이구나 하는 생각에 겸연쩍어지기도 하는 것이었다.

"자, 지금부터 연습을 해볼까?

아이들이 더 이상 보이지 않자 주노가 방풍림을 지나 바로 모래사장으로 내려갔다.

그의 손에는 예의 지게 작대기가 들려 있었는데, 주노가 헤벌쭉 웃으며 작대기를 내려다보았다.

"크크크. 지게 작대기를 들고 있으니 진짜 무적초자가 된 기분이네?"

네 사람이 십리하를 향하여 헥헥거리며 오리걸음으로 나아갔다. 원래 십리하란 장강의 작은 지류인데 이름없는 산중에서 시작한 물이 장강까지 꼭 십 리가 된다는 의미에서 붙여진 이름으로 생각하면 아무런 뜻도 없었다.

그런데 집을 떠나 백여 장쯤 가자 나미나는 거기서 그만 주저앉고 말았다.

온몸에서 줄줄 흘러내리는 땀은 기본이고 다리가 뻣뻣해지며 속이 울렁대는 것이 까무라칠 정도로 힘들었다.

"아유! 힘들어."

숨을 헉헉 몰아쉬며 한마디를 뇌까린 나미나가 아이들의 뒷모습을 멀거니 쳐다보았다.

"쿡!"

그녀가 입을 가리고 작은 웃음을 터뜨렸다. 같이 오리걸음할 때는 몰랐는데 십여 장 앞에서 어기적거리는 아이들을 보니 절로 웃음이 나오는 것이다.

"이젠 안 보이겠지?"

언덕의 구비를 돌아간 만석이 구슬 같은 이마의 땀을 훔치며 한마디 하자 뒷눈치를 보던 소이가 먼저 대답했다.

"응. 안 보일 거야."

"에구구. 다리 삭신이야. 때려죽인다 해도 더 못 가겠어!"

만석의 옆에서 두 다리와 허리를 주무르던 우거형이 벌렁 몸을 누이며 한 소리였다.

세 사람은 잠시 말이 없었다.

굳은일로 살아온 데다 워낙 힘과 체력이 좋아 무려 이백여 장이나 오리걸음을 했지만 여기까지가 한계였다.

이들은 지금 손가락 하나 까딱할 수 없는 무기력증에 빠져 있는 것이었다.

소이와 우거형은 아무런 생각도 없이 멀거니 앞을 내다보고 있었지만 만석은 머리가 복잡해져 있었다.

무명서의 내용대로라면 무려 오 리 거리를 아이들에게 오리걸음시킨다는 것은 있을 수가 없는 일이었다.

만석은 무적초자가 금군교두 출신의 왕 서방을 물리치고 그 집 아이들에게 경공을 가르치던 일화를 떠올리고 있었다.

거기서 분명 무적초자는 그러지 않았던가.

아이들은 뼈가 여리니까 무거운 쇠뭉치 같은 것을 다리에 매달고 경공을 익히게 하면 안 된다고.

그런데 무거운 쇠뭉치하고 아이들에게 오 리씩이나 오리걸음을 시킨다는 것이 뭐가 다르단 말인가!

'좋아! 아무래도 의심스러우니 오늘은 무명서 속의 얘기들을 물어보자!'

한참 쉬다 보니 체력은 회복이 되었지만 다리가 뻣뻣해서 앉기도 힘들었다.

"어떡하지?"

우거형이 우거지상을 지으며 말을 건네자 만석이 풀썩 하고 웃음을 뱉었다.

"짜식. 오늘은 여기까지야. 그냥 걸어서 십리하로 가자고."

"그래도 될까? 사부님이 다 생각이 있으셔서 오리걸음을 시키신 것일 텐데……."

이번엔 소이가 걱정스런 투로 말하자 만석이 그의 어깨를 툭 치며 일어났다.

"걱정 마라! 나도 다 생각이 있으니."

만석이 아무리 사부에 대해 의문을 가졌다고 해서 곧이곧대로 친구들에게 얘기할 생각은 없었다.

어차피 만석을 믿고 따라오는 친구들이었다.

"그런데 나 누님을 그냥 내버려 두어도 될까?"

"까아악!"

우거형의 말이 끝나기도 전에 괴상한 비명 소리가 그들의 귓전을 어지럽혔다.

"이건?"

서로를 돌아보던 아이들이 급히 지면을 박차며 달려나갔다.

한편 나미나는 뼛속을 날카롭게 치미는 고통으로 입을 악다문 채 다리를 부여잡고 어쩔 줄 모르고 있었다.

몸이 덜덜 떨리는 게 한기가 온몸으로 돌아다니는 것이 분명히 느껴졌다.

'저건 혹시 뱀에 물린 것이……?'

제일 먼저 달려간 만석이 그녀의 바짓가랑이를 쪽 찢어서 상처를 살폈다.

송곳으로 양쪽을 찌른 듯한 자국. 바로 뱀 이빨 자국이었다.

'그렇다면!'

만석은 자신의 옷을 찢어 상처 부위 위를 동여맨 후 망설이지 않고 그녀의 상처에 입을 대고 피를 쭉쭉 빨아 뱉어냈다.

약간의 시간이 흘렀다.

처음에는 거무칙칙하게 죽어 있던 살결이 만석의 행위가 반복될수록 점점 발그스름하게 변하고 있었고, 거멓게 죽어 있던 피도 선명한 색깔로 되돌아오고 있었다.

게다가 앉아 있던 나미나의 얼굴도 홍시처럼 붉어져 있었는데 외면했다가 다시 만석을 힐끔거리는 눈길에는 부끄러움과 함께 묘한 열기가 느껴졌다.

"이여업!"

창노한 음성을 발하며 주노는 마구잡이로 물결을 내려치고 있었다.

그런데 물방울이 왕창 튀어 온몸을 뒤집어씌우는 통에 옷만 흠뻑 젖었을 뿐 그의 옆에는 송사리 한 마리 보이지 않았다.

"아휴. 아니, 이놈들이 한 마리라도 '나 죽었수' 하고 잡혀 주면 어디가 덧나? 에이, 괘씸한 놈들 같으니!"

유유히 물속에서 헤엄치는 팔뚝만 한 물고기들을 보자니 새삼 열불이 솟는 주노였다.

"크윽. 대충 하자!"

무려 반 시진 동안 지게 작대기로 물을 때렸으니 그러지 않아도 허약한 노인네가 견딜 수가 있으랴.

모래사장에 털퍼덕 누운 주노가 먼 하늘을 올려다보았다.

새털구름이 둥둥 떠가는 초여름의 하늘은 후덥지근한 공기를 품고 간간이 부는 바람에 실려 보내고 있었다.

"후우… 언제까지 이 짓거리를 해야 한다냐?"

주노는 자신이 생각해도 한심했지만 누군가가 자신을 부양해야 할 나이라는 것을 지금도 뼈저리게 느끼고 있었다.

겨우 반 시진 몸을 움직였음에도 몸이 물먹은 솜뭉치처럼 수면 아래로 푹 하고 가라앉는 느낌에 주노는 이를 앙다물고 더욱 결심을 굳혔다.

'십 년만! 그래, 십 년만 아이들을 데리고 있는 거야!'

그러나 주노는 알고 있었다. 오리걸음으로 마당을 벗어나며 그를 힐끗 보던 만석의 눈길에 의심이 묻어 있음을.

별로 독이 대단한 독사는 아니었는지 저녁을 먹자 나미나의 다리에서는 붓기가 벌써 많이 빠져 있었다.

몸을 뜨겁게 달구는 신열에 괴로워하던 나미나가 잠이 든 것은 밤이 이슥해질 때였다.

그녀가 잠이 든 것을 보고 그제야 만석들이 돌아설 때 그녀의 눈가에서 눈물 한 방울이 뺨 위를 굴렀다.

오빠가 행방불명된 지 보름. 그녀는 잃어버렸던 정을 아이들에게서 느꼈던 것이다.

그녀의 방을 물러난 아이들이 피곤한 몸을 끌다시피 헛간으로 돌아가자 만석은 주노의 방으로 발을 옮겼다.

지나치다가 보니 스승의 방에 불이 켜져 있음을 보았던 것으로 한시라도 빨리 자신의 의문을 해소해야 하는 것이다.

"사부님, 들어가도 될까요?"

만석이 방 안에만 들릴 정도로 나직하게 말을 건네자 주노의 음성이 바로 문밖으로 나왔다.

"허허! 어서 들어오거라!"

'응? 기다리고 계셨단 말인가?'

만석이 머리를 갸웃하며 방문을 열고 들어가 보니 호롱불 옆의 의자에 앉아 만석을 응시하는 주노였다.

"그래. 미나는 괜찮으냐?"

손짓으로 앞의 의자를 가리키며 만석이 앉기를 기다린 주노가 부드럽게 입을 열었다.

"예, 금방 잠이 든 것을 보고 나온 참입니다."

'허허, 녀석. 어른스럽기도 하지.'

주노의 축 처진 눈꼬리에서 빙긋이 미소가 돋아났다.

아마도 스승이 바라는 믿음직한 제자란 바로 이를 말함이 아니겠는가. 과묵하면서도 정중하다. 게다가 결단력과 과감성이 눈에 돋보이는 우수한 재질을 가진 아이.

"그래, 정말 다행스런 일이로구나. 흐음. 그런데 밤늦게 이 사부를 찾았으니 할 말이 있는 것이겠지. 어서 말해보아라."

주노는 만석이 물을 것을 미리 알고 있었던 것처럼 담담하기만 했다. 이런 소탈하고 자상한 사부를 의심한다는 것에 죄책감이 들었지만 만석은 그냥 돌아갈 수 없었다.

입술을 꾹 깨문 만석이 무명서에 쓰여진 내용을 꺼내 들었다.

"사부님께서 저술하신 무명서를 보면 뼈대가 굳지 못한 아이들이 다리에 무거운 쇠뭉치를 달고 경공을 연마하는 것은 해로울 뿐이라고 하셨습니다. 그런데 오늘 오 리나 되는 거리를 오리걸음으로 걷게 하심도 이에 큰 차이가 없음인데 어찌하여 제자들에게 이를 시키셨는지요?"

"어? 어허허! 그래, 그것이 궁금하였더냐?"

만석이 고개를 끄덕이자 주노가 미리 준비해 놓은 말을 풀어놓았다.

"모든 것이 그렇지만 특히 육체의 단련을 중시하는 무공이란 인내심이 그 첫째다. 아무리 뛰어난 근골과 자질을 지녔다고 해도 인내심이 없으면 모두가 헛것임을 너도 알리라."

"그러하시다면 인내심을 길러주시려고……?"

"허허허! 또 스스로 자신의 신체에 맞는 단련법을 익히는 데도 그 목적이 있도다. 내가 알기로 미나는 얼마 안 가서 오리

걸음을 중지했을 것이고 너희도 몸이 견디지 못할 정도가 되
자 바로 오리걸음을 그치지 않았더냐?”

“예? 그걸 어떻게?”

“으허허! 그것이 바로 스스로의 신체에 대해서 깨달아가는
과정이려니. 설마 이 사부가 너희에게 해로운 짓을 하겠느
냐?”

만석이 머리를 주억거리며 수긍하자 주노는 여기서 쐐기를
박을 필요성을 느꼈다.

“자, 봐라. 내가 왕 서방을 맞아 지게 작대기로 그를 상대했
음은 그를 얕본 것이 아니었다. 이렇게 꾸준히 연마하다 보면
자연히 자신의 능력을 깨닫게 되고 더 나아가 상대의 능력도
알게 되느니. 벌써 이십 년 전의 옛일이라 지금은 모르겠다만
그 당시의 왕 서방은 지게 작대기 하나로 족했느니라.”

“그러시다면 무당의 전대 장문인 청운자 노도께도 지게 작
대기 하나로 충분하셨다는……?”

“어허허! 그건 아니었어. 그때는 왕 서방에게 내 도끼를 건
네준 다음이라 손에는 마땅한 것이 없었지. 때문에… 흐음…
책에서는 송현자라고 했다만… 그가 도인답지 않게 성질이 급
한 것을 이용한 것뿐이로다.”

만석은 조금이라도 그를 의심한 것을 뉘우칠 수밖에 없었
다.

사부는 틀림없이 무적초자 본인이었다.

만석이 무럭무럭 솟아나는 자괴심에 얼굴을 붉히며 눈 둘

바를 몰라 하자 주노가 속으로 회심의 미소를 지었다.

'낄낄. 녀석이 아직 어리긴 어리구나! 얼굴 표정을 숨길 줄 모르다니.'

"그래. 이제 의문을 해소했으면 그만 물러가도록 하라. 내 다시 이르거니와, 언제나 성급한 생각은 금물이로다. 항시 마음을 차분히 가라앉히고 재삼재사 생각한 뒤에 말을 하도록 하라."

"예, 사부님. 명심하겠습니다."

"피유유!"

만석이 주노에게 절을 하고 방을 물러나자, 주노가 길게 한숨을 내쉬었다. 이로써 녀석이 더 이상 의문을 갖지 않도록 입을 막은 것이었다.

다음날 아침, 물고기만 먹고살 수는 없는지라 만석들은 무창으로 다시 나갈 수밖에 없었다.

이번에는 구걸이 아니라 확실한 일자리를 구하려는 것으로, 나이야 한두 살 속일 수 있다고 하더라도 아이들이 일거리를 구한다는 것은 하늘의 별 따기임에는 뻔한 일이었다.

나미나의 배웅을 받으며 길을 나서면서 아이들의 어깨가 잠시 으쓱해졌지만 금방 그들의 머리는 걱정으로 메워질 수밖에 없었다.

"어떡하지? 우리를 써줄 곳이 있기나 하겠어?"

우거형이 걱정스럽게 말을 꺼내자 소이의 얼굴도 시무룩해

졌다. 그런데 만석의 눈치를 보니 별로 걱정스러워하는 기색
이 없었다.

"응? 대장은 걱정도 안 되는 모양이네?"

소이가 알 듯 모를 듯한 표정을 지으며 만석을 흘끔거리자
만석이 쾌활하게 웃었다.

"짜식들! 걱정할 게 뭐가 있어. 부딪쳐 보고 안 되면 그만인
것이지, 미리부터 기죽을 필요가 없잖아?"

'아무래도 무슨 꿍심이 있는 모양인데… 혹시… 그 녀석들
을 이용하려는 거 아냐?'

사실 무작정 일자리를 구하러 돌아다닌다는 것은 생각할수
록 내키지 않는 노릇이었다.

소이가 뭔가를 알았다는 표정을 짓자, 만석이 그의 어깨를
툭 치며 웃었다.

"그래, 그 녀석들을 찾아가 보는 거야!"

상피촌(桑皮村)!

무창의 변두리 지역이라 마을 가옥 옆으로 뽕나무 밭이 넓
게 펼쳐진 곳이었다.

대부분의 주민들은 누에를 쳐서 생활하는데, 뽕잎의 생산성
이 떨어지는 나무는 껍질을 벗겨 상피라 해서 한약재로 팔아
치우니 이래저래 돈이 잘 도는 마을이었다.

일단 마을에 들어서서 자세히 귀를 기울이면 집집마다 누에
가 뽕잎을 갉아먹는 소리와 누에 애벌레 특유의 매운 냄새가

자욱이 풍겨온다.

석두파의 본거지는 대로변에 술집들이 쭉 이어진 골목길의 허름한 단층 건물이었다. 본래 고치 저장 창고로 사용하던 곳이었는데, 석두파가 세력이 커진 일 년 전부터 마을의 촌장을 협박해서 공짜로 점거한 터였다.

길거리를 오가는 행인들에게 석두파의 본거지를 알아낸 만석들이 여유있는 걸음으로 석두파의 본거지를 향해 걸어가고 있을 때, 벌써 소식을 접한 차석두는 부두목 하구신과 참모 공수거를 모아놓고 회의를 하고 있었다.

커다란 창고 문으로 들어서면 중간에 넓은 복도가 있고, 부하들이 숙식하는 방 몇 개로 구획되어 있었는데, 복도의 끝에 보통 방 두세 개는 합친 것 같은 큰 방이 바로 차석두의 집무실이었다.

상석의 안락의자에 앉은 차석두는 오늘따라 똥 마려운 강아지처럼 안절부절못했다.

탁자를 사이에 두고 그의 아래 양쪽 의자에 마주 앉은 하구신과 공수거도 다급한 표정이긴 마찬가지였다.

그러지 않아도 언제 소문이 퍼졌는지 차석두가 어린아이에게 한 방에 갔다는 소문이 퍼져 건넛마을의 강촌파(江村派)와 석두파에게 밀려나 절치부심 칼을 갈고 있던 백사파(白蛇派)의 도전이 심상치 않은 상황이었다.

"야, 이거 어떡하냐? 그 새끼들이 곧 이리로 온다잖아?"

그 대차고 세상 무서울 게 없던 차석두는 어디 가고 다 늙은 노인네처럼 빌빌대는 꼴을 보니 공수거는 한심할 지경이었다. 하구신도 겁을 잔뜩 집어먹은 표정이니 다시 붙기도 전에 싸움은 이미 지고 있는 것이었다.

하구신이 얼굴을 바짝 찌푸린 채 탁자에 머리를 처박다시피 하고 있었으니 대답이야 당연히 참모인 공수거의 몫이었다.

"그 녀석들이 왜 우리를 찾는지 몰라도 뭐 걱정할 게 있겠소?"

"엉? 무슨 수가 있냐?"

차석두는 물론 하구신도 눈이 번쩍 뜨이는지 얼굴을 바짝 쳐들고 여유 만만한 미소를 짓고 있는 공수거를 응시하였다.

"그놈들이 우리와 싸우고는 어디로 갔는지 알고 있잖소?"

"그건 또 무슨 소리야? 그 자식들이 음식점 간 거하고 무슨 상관이야?"

하구신이 대뜸 의아한 표정을 지으며 다그치자 공수거가 혀를 찼다.

"쯧쯧. 좀 보채지 말고 내 말이나 끝까지 들어보라니까?"

"그래, 무슨 말인지 들어나 보자."

두목답게 점잖은 표정을 꾸미며 차석두가 말했다.

"음식점에 들어가더니 녀석들이 며칠 굶은 것처럼 허겁지겁 음식을 처먹더라는 거야. 이래도 모르겠어?"

"쳇! 알긴 뭘 알아? 도통 무슨 소린지……."

하구신이야 툴툴댔지만 차석두의 얼굴에 화색이 돌았다.

"그럼, 놈들이 오는 건 싸우려는 것이 아니고……."

“바로 그거요! 아쉬운 소리를 하려고 온다는 말이오. 그러니까… 우린 그저 놈들의 말을 들어주는 척하면서 조건을 거는 거지.”

“조건이라니?”

하구신이 또 멍청한 표정을 짓자 공수거의 얼굴에 짜증이 묻어났다.

“아휴! 요새 우리가 고민하는 게 뭐야?”

“야아아! 그래. 그럼 그 아새끼들을 강촌파나 백사파하고 싸움을 붙인다 이거지?”

“으잉? 그런 깊은 뜻이?”

차석두의 말을 듣고야 공수거의 말뜻을 헤아린 하구신이 눈을 똥그랗게 뜨고 두 사람의 얼굴을 번갈아 볼 때,

“두, 두목!”

바깥에서 누군가 얻어터지는 시끄러운 소리가 들리며, 두목을 찾는 목소리가 있었다.

“어, 어서 오쇼!”

자리에서 엉덩이만 일으킨 차석두가 켕기는 표정을 감추며 말했다. 이어 하구신과 공수거가 얼른 자리에서 일어나 의자를 양보하자 당연하다는 듯이 그들의 자리에 엉덩이를 들이미는 소이와 우거형이었다.

그렇게 되니 의자에서 엉덩이만 쳐든 차석두만 어정쩡해질 수밖에 없었다. 그도 만석에게 자리를 양보하자니 너무 숙이

고 들어가는 것 같아 마음이 내키지 않는 것이었다.

그런데 눈치 빠른 공수거가 자신의 옆자리에 의자를 갖다 놓자 말없이 자리에 앉는 만석이었다.

'휴우, 다행이다.'

놈이 자신의 자리를 내놓으라면 어떻게 할 뻔했는가.

의자에 엉덩이를 내린 차석두가 자신의 면구스러움을 감추려는 듯 큰 소리로 명을 내렸다.

"자, 귀한 손님들이 오셨으니 술과 안주를 대령해라!"

그러나 만석은 그의 명령을 듣고 잠시 부산스러워지는 바깥의 움직임을 듣고도 입술을 꾹 다물고 아무런 말도 없었다.

그러니 똥줄이 탄 것은 차석두 등이었다.

"저, 무슨 일로 이렇게 어려운 발걸음을 하셨는지……?"

"아, 별로 어려운 발길은 아니었어."

'어잉? 저, 저 자식이?'

소이가 대신해서 입을 연 것은 좋았는데 그것이 반말조라는 것이 문제였다.

'임마! 이게 아쉬운 표정이야?'

차석두의 눈길이 불시에 공수거의 얼굴에 부어졌다.

두목의 눈이 풀지 못할 화기로 똬리 치고 있지 않은가?

'이거 참! 장강에서 뺨 맞고 황하에서 화풀이한다더니! 제길. 저것도 두목이라고!'

차석두의 째리는 눈길이 무슨 뜻인지 짐작한 공수거가 얼굴을 홱 돌리며 외면했다.

‘저, 저 새끼가! 너, 놈들이 가면 어디 두고 보자! 요즘 내가 매를 안 들었더니 까져 가지고는!’

그때, 그들의 분위기와는 아랑곳없이 허공에 눈길을 두던 만석이 지나치듯 입을 열었다.

“아, 차 두목! 너무 부담스러워하지 마시오. 내 오늘은 부탁이 있어 왔으니 꼭 들어주리라고 믿소.”

“아, 예. 부, 부탁이라니요. 그저 하명해 주시면 제가 알아서 제까닥 모시겠습니다요.”

‘아구! 이 어린 새끼가 어른 말투를 흉내 내고 있네?’

생각은 그러하면서도 자꾸만 아부투로 변해가는 자신의 말투에 어리벙벙한 차석두였다.

“핫하하! 뭐 어려운 일은 아니니 너무 심려하지 마시오.”

점잖게 말을 잇던 만석이 차석두의 귀를 우악스럽게 잡아당겼다.

“이건 비밀인데 말이야… 일자리 좀 구해줘야겠어.”

차석두는 강촌파 저쩌고 하는 말을 꺼낼 수가 없었다.

그의 널찍한 귀때기를 잡고 몸을 일으킨 만석이 불문곡직 밖으로 끌고 나가는 것이었다.

“아이구! 이 귀, 귀 좀!”

부하들이 빤히 지켜보니 두목 체면도 문제였지만 놈의 힘이 얼마나 센지 잡힌 그대로 고개도 돌릴 수 없는 상황.

주먹만 센 줄 알았더니 힘도 장사인 만석에게 이젠 완전히 기가 죽은 석두였다.

거의 다리가 들리다시피 질질 끌려가는 두목 차석두를 보는 부하들의 눈에서는 아연 긴장한 빛이 역력했다.

"너희는 거기 있어!"

우거형이 마지못해 뒤를 따라오려는 석두 패거리를 손을 저어 쫓아내니 엉거주춤 그 자리에 발을 멈추는 녀석들이었다.

"야, 너희도 이리 따라와!"

소이가 그중 부두목 하구신과 참모 공수거를 부르자, 고삐 매인 망아지 신세가 되어 그들의 뒤를 열심히 따라가는 두 사람은 뭐가 뭔지 정신을 차릴 수가 없었다.

한 십여 장쯤 대로를 걷던 만석이 그제야 움켜쥔 귀를 놔주자, 귀를 잡고 쩔쩔매던 차석두가 목 아래에서 뜨겁게 단 눈길을 느끼고 어마, 뜨거라 하고 얼른 눈을 내렸다.

"난 네가 보다시피 힘이 좋거든? 그러니 여기에 맞는 일자리 좀 찾아봐."

'엉? 그럼?'

이제 보니 힘센 것을 자랑하려고 이런 개창피를 주었다는 말인가? 차석두는 듣고서도 어이가 없었다.

그때 그의 뇌리가 번쩍 뜨이는 생각에 차석두가 징그러운 미소를 지었다.

'그래! 놈들을 장강표국에 집어넣는 거야!'

차석두는 자신이 있었다. 장강표국의 인부 채용 담당 표사가 바로 자신의 숙부인 차판돌(車判乭)이 아니던가.

자신의 지랄 같은 성격이 바로 숙부를 닮았다고 철석같이 믿는 석두였다. 숙부에게 약간의 귀띔만 해주면 놈들은 죽어 나는 거다!

하도 뒤숭숭한 시절이라 표행을 나가기만 하면 표사나 쟁자수가 한둘은 죽어 돌아오는 터. 특히 흑수하를 무대로 장강수로연맹을 재건하려던 흑수채가 결단나자, 흑수채의 잔당과 군소 수적들이 때를 만났다고 설쳐 대는 요즘이었다.

그러니 표행길이 곧 죽음의 길이란 소문도 파다한 터였다.

어쨌든 이 때문에 약간의 무공이라도 있는 쟁자수는 표사로 승격시키고, 경력이 많은 인부는 쟁자수로 올리는지라 모자란 인부들을 한창 모집한다지 않은가.

차석두의 표정이 밝아지는 것을 보고 만석은 그가 일자리를 찾아냈다는 것을 느꼈다.

아니나 다를까, 만석이 생각할 여지를 주지 않겠다는 듯이 바로 입을 떼는 차석두였다.

"저, 표국에서 인부를 뽑는다는데 거기에 가보는 것이……."

"표국이라고……?"

뒤에서 하구신에게 뭐라고 으름장을 놓던 우거형이 즉각 반문했다.

"응. 그, 그래… 힘은 들지만 급료도 많거든……?"

존댓말을 쓰자니 그렇고 어정쩡하게 대꾸를 하는 석두를 쳐다보던 만석이 그의 등판을 세차게 두드렸다.

쫘아악!

"끄으윽!"

"너, 허튼수작하는 건 아니지?"

"허, 허튼수작이라니… 요…….."

등판이 얼마나 아픈지 눈물을 찔끔대며 차석두가 대답하자, 그의 눈을 똑바로 응시하는 만석이었다.

'어, 어구야! 저, 저놈의 눈깔.'

예의 화톳불이 타오르는 듯한 강렬한 눈빛에 아찔한 충격을 받은 차석두가 서둘러 변명을 할 때, 주노는 난처한 지경에 처해 있었다.

웬만큼 다리가 회복됐는지, 절뚝거리며 평상에 누워 잠을 청하는 자신에게 다가온 나미나가 무공을 가르쳐 달라고 조르는 것이었다.

"어허! 이 녀석아! 다 같은 제자들인데 형평성이 있어야지. 녀석들이 돌아온 다음에…….."

"흥! 관둬요! 애들은 나이가 어리니 금방 배우겠지만 소녀는 뼈가 굳은 열여덟 살이란 말이에요. 그러니 애들이 없을 때 가르쳐 주면 어디가 덧나요?"

나미나가 샐쭉한 표정으로 눈을 흘기자 주노는 전신을 얽어매는 당혹감에 꼼짝도 못했다. 원래 계집에 홀려 그 많은 재산을 다 털어먹었는데 늙어 빠진 지금도 여인의 저 흘겨보는 눈초리엔 도무지 배겨나지 못하는 주노였다.

주노가 딱 부러지게 거절을 못하고 그녀의 눈치를 살피자 자신감을 얻은 나미나가 지게 작대기를 내밀었다.

"자요!"

"엥? 너도 지게 작대기냐?"

"어머머! 지게 작대기가 어때서요? 들어보니 사부님은 지게 작대기로 강호의 고인들을 한 방에 해치웠다고 하던데요?"

'커흑! 이놈아! 진짜 그랬으면 얼마나 좋겠냐?

한 팔을 나미나에게 잡혀 질질 끌려가면서 주노가 속으로 지른 처절한 비명이었다.

"이봐! 돈 좀 있어?"

만석이 맨 앞에서 길을 안내하는 차석두의 소매를 살짝 잡아당기면서 은근슬쩍 물었다.

"무, 무슨 돈… 요?"

차석두가 이놈을 어떻게 하면 멋지게 요리할까 궁리를 하다가 어리어리하게 되묻자 만석이 한쪽 눈을 찡긋했다.

"설마 어렵게 찾아온 손님을 그냥 보내려는 것은 아니겠지?"

'크으. 짜식이 본전도 없이 개평 뜯으려는 수작이네?

정말 같잖았지만 놈이 장강표국에 들어갔다 하면 죽었다고 복창해야 할 것이다. 비록 삼류표국의 표사라고는 하나 그들은 주먹이나 내밀고 으름장을 놓는 불량배들과 차원이 다른 무사가 아니던가.

'놈! 어디 두고 보자!'

이렇듯 차석두의 생각은 불순했지만 자신의 꿍심을 숨기기 위해서도 간이라도 빼주는 시늉을 해야 했다.

"아, 그거야 귀한 손님을 모시는 건 당연한 거 아니… 요. 나 그리 쩨쩨한 놈 아냐… 요."

더럽지만 말끝에다 존댓말을 붙이는 차석두의 표정은 호기가 통통 튀고 있었다.

"아, 그래? 몇 냥이나 준비했어?"

"이런 일을 대비해서 항시 은자 열 냥은 가지고 다니니 염려 탁 놓으쇼!"

"역시 배포 하나는 두목감이라니까? 자, 어서 길이나 안내해."

만석이 슬쩍 차석두를 띄워주면서 길을 재촉했다.

무창의 장강표국이라 하면 호광성에서 이름이 알려진 서른 개 표국에서 그렇고 그런 명성을 지니고 있었다.

표사의 수가 삼십여 명에 쟁자수와 일용잡부를 합쳐 오십여 명으로 호광성 밖의 표행은 엄두도 못 내는 중소표국이었다.

무창의 중심가를 한참 벗어나 남쪽으로 가다 보면 옛날에는 대리석 채석장으로 유명했던 작은 돌산이 나온다.

이름하여 석두산(石頭山)이라 하니, 차석두의 이름이 여기서 나왔음은 불문가지였다.

바로 이 석두산 아래 일천여 평의 넓은 부지를 싸안고 세 채의 건물이 품 자 형으로 서 있었는데 여기가 바로 장강표국이었다. 표국주는 단심도(斷心刀) 거창해(巨創海)인데, 이름과는 달리 왜소한 체구의 인물로 무공보다는 넓은 오지랖과 마당발로 한몫하는 자였다.

장강표국의 정문은 표국답게 넓은 편이었다.

사두마차 두 대가 엇갈려 지날 정도는 아니었지만 오랜만에 넓은 대문을 보니 새삼 천무세가의 웅장한 대문이 떠오르는 아이들이었다.

"어? 네가 웬일이냐?"

허리에 청강도를 비껴 찬 수문무사 장팔(張八)이 차석두에게 아는 척을 했다. 턱이 삐죽 앞으로 튀어나온 주걱턱이라 한고집 할 인상의 삼십대 장한이었다.

"네. 안녕하셨어요? 장씨 아저씨."

보아하니 잘 아는 사이이긴 하지만 별로 친근한 관계는 아닌 듯, 그 말을 끝으로 따라온 일행을 살펴보는 장팔이었다.

'음. 요놈, 조놈은 석두 녀석 똘마니고, 한데 저 아이들은 처음 보는 녀석들일세?'

장팔의 눈이 하구신과 공수거를 그냥 지나쳐 우거형의 커다란 덩치에 머물렀다. 덩치로 봐선 다 큰 어른 같았는데 얼굴을 보니 너무 앳되게 보였다. 열댓 살이나 될까? 갸우뚱하고 고개를 기울이던 장팔이 옆으로 눈을 돌려 소이의 갸름하고 예쁘장한 얼굴에 머물렀다.

'자식이 기집애처럼 예쁘장한 게 나중에 계집깨나 울리겠어.'

장팔이 소이의 바로 옆에 서서 그를 주시하고 있는 만석을 대충 스쳐 차석두에게 말을 건넸다.

"너희를 다 들여보냈다가는 내가 경을 친다. 너 혼자만 들어가거라!"

장팔의 말은 단호했으니 다른 말은 용납하지 않겠다는 고집이 느껴졌다. 석두가 만석을 돌아보며 난처한 표정을 짓자 만석이 앞으로 나섰다.

"그럴 수는 없습니다."

'으응? 이게 무슨 소리야?'

장팔의 눈이 생각하는 즉시 석두를 떠나 만석을 향했다.

"네가 나한테 말을 했느냐?"

처음 볼 때는 별 특징이 없어 보이던 아이였다. 그런데 막상 앞으로 나서고 보니 왠지 커 보이는 느낌에 장팔이 의아하게 눈을 치떴다. 그러고 보니 저 성질 더러운 석두란 놈도 눈만 말똥거리며 녀석을 지켜보는 중이었다.

수문무사로 벌써 십 년. 눈칫밥이라면 잠결에도 찾아먹는 장팔이라 통수가 뻔히 보였다.

'어? 석두 놈의 똘마니가 아니었나?'

이해하기 힘든 광경에 그가 만석의 위아래를 훑어볼 때 만석이 피식 웃더니 소이와 우거형을 가리키며 대답한다.

"우리는 일자리를 찾아왔으니 이 문을 통과할 자격이 있습니다."

"크훗! 당돌한 녀석이군. 내가 이 문을 통과시켜 주지 않는다면 어떻게 할 테냐?"

만석의 입가에 진득한 미소가 어렸다.

"아저씨는 뭔가 착각을 하는 모양이군요. 인부를 채용하는 것은 아저씨의 소관이 아니지요?"

"뭐? 푸핫핫! 너는 하나만 알고 둘은 모르는구나. 나는 수문 무사로서 수상한 사람들을 막을 책임과 권한이 있다."

장팔이 따분한데 잘됐다는 표정으로 말을 잇자 만석이 더욱 재미있다는 표정을 지었다.

"아저씨는 우리가 누군지 아시나요?"

"살다 보니 별일이 다 많구나. 네가 누군지 알 필요가 어디 있느냐?"

"그럼, 우리가 누군지 전혀 모르면서 들어가는 것은 막겠다는 말씀인가요?"

"그래서 안 될 것은 또 뭐가 있냐?"

첩첩산중이었다. 사실 장팔이 불문곡직 막는다면 만석들로서는 들어갈 방법이 없는 것이다.

"휴우. 별수없지요. 아저씨가 이렇게 고집을 부리니 들어가긴 다 틀렸군요."

"그래, 잘 생각했다. 사실 너희 같은 어린애는 인부로 채용하지도 않으니 딴 데 가서 알아보거라."

고집깨나 쓸 만한 아이가 선선히 물러나니 적선하는 셈치고 장팔이 좋은 말로 구슬렀다.

"근데 아저씨가 우리를 인부로 채용할지 안 할지 어떻게 알지요?"

"에구, 이놈아! 네 나이가 대체 몇 살이냐? 말이 되는 소리를 해야지! 건장한 어른도 힘든 판에 네가 간다고 덥석 인부로 채용할 것 같으냐?"

'큭! 걸려들었구나!'

만석이 속으로 쾌재를 불렀다.

"참, 아저씨는 사람 보는 눈이 전혀 없군요. 그래 놓고는 수문문사를 한다니 장강표국의 앞날도 알 만합니다. 애들아, 그만 가자! 이런 데서 일하려고 한 것이 잘못이지."

"아, 아니, 저……!"

막상 만석이 가자고 소리치니 얼굴이 샛노랗게 변하는 석두였다. 이 길로 돌아가면 자신과 부하들이 얼마나 작신 터질지 미루어 짐작이 가는 것이다.

석두가 당황해서 만석을 붙들려 했지만 졸지에 봉변을 당한 장팔은 머리끝까지 화가 치솟았다.

"이놈아! 잠깐 기다려라! 만약 네가 들어가서 인부로 채용되지 못하면 너는 어떤 벌을 받겠느냐?"

'크훗! 됐어!'

만석이 재빠르게 속마음을 숨기고 뻣뻣하게 소리쳤다.

"아, 돈을 걸면 될 거 아니요!"

만석이 당당하게 나오자 장팔이 '이놈이 혹시 믿는 데가 있는 게 아냐?' 하고 생각해 보았지만 그럴 리가 없었다.

인부 채용을 담당하는 판돌이란 놈이 녀석을 데려온 석두의 숙부라고는 하지만 이런 애들을 채용할 정도로 어리석을 리가 없었다.

인부 채용에도 상납금이 붙는다는 소문을 잘 아는 장팔이었다. 그런데 아무리 봐도 몸에 맞지도 않는 허름한 옷을 입은 녀석들이 무슨 돈이 있으랴. 게다가 애들을 채용했다가 불상사가 생기면 차판돌이가 전적으로 책임질 문제였다.

"좋다! 다만 너뿐만 아니라 세 놈 다 인부로 채용될 경우에 한해서다! 어때? 이래도 내기를 하겠느냐?"

"물론입니다!"

딱 부러지게 소리친 만석이 그의 옆에 와 있던 석두에게 손을 내밀었다.

"은자 열 냥만 내놔! 벌어서 갚을 테니까."

'으그! 놈이 가진 것 다 내놓으라네?

아까 은자 열 냥을 준비했다고 말했더니 아예 날로 삼키려는 수작이었다.

차석두야 인상을 와락 쓰지 않을 수 없었지만 다른 사람들은 놀라서 입만 딱 벌리고 있었다.

'우와! 은자 열 냥씩이나?

은자 닷 냥만 해도 네 식구가 석 달은 배불리 먹을 큰돈인데, 무려 열 냥이라니! 또 열 냥이라면 수문무사인 장팔의 육 개월치에 해당하는 급료이기도 했다.

석두가 마지못해 열 냥짜리 은덩이를 꺼내어 만석에게 내밀자 만석이 그것을 받아 공수거에게 넘기는 것이었다.

"이거 좀 가지고 있어."

장팔은 간이 떨어질 만큼 놀랐지만 이왕 내친김이었다.

"조, 좋다! 한 놈이라도 떨어지면 돈은 내 거다!"

장팔이 큰소리를 치긴 했지만 당장 그런 큰돈이 있을 까닭이 없었다.

"너, 너희, 여기서 잠깐 기다려!"

장팔이 급히 대문 안으로 들어가더니 뭔가 하고 이들의 수작을 구경하던 서성대(徐成大)에게 소리쳤다.

"서 형, 잠깐 대문 좀 봐줘!"

장팔이 부리나케 찾아간 것은 총관 구한(具漢)이었다.

구한은 표국 사람들을 상대로 한 돈놀이로 한창 쏠쏠한 재미를 보고 있었다. 항간에는 그가 돈놀이로 벌어들이는 수입이 월급의 수배는 된다는 소문도 있을 지경이었다.

구한은 자신의 집무실 문이 발칵 열리며 장팔이 헐레벌떡 들어오자 안면을 깊이 찡그렸다.

볼 살이 두툼한 널찍한 얼굴의 구한은 부유한 상인처럼 보이는 면상을 하고 있었다. 돈 버는 재미가 살로 옮아 붙었는지 요즘 급작스럽게 찌는 살로 뒤룩뒤룩한 몸매의 구한이 고개를 바짝 세우고 못마땅한 눈으로 장팔을 째려보았다.

"대체 이게 무슨 호들갑이냐! 급한 일일수록 돌아가라는 맹자의 말씀을 너는 콧구멍으로 들었느냐!"

'제길! 콧구멍이고 좆구멍이고, 사람 급해 죽겠는데!'

맹자의 말씀이고 자시고 장팔은 단도직입적으로 손을 내밀었다.

"총관 어른! 빨리 돈 좀 꿔주쇼."

"뭐이야? 아니, 네놈이 내게 돈을 맡겨놨어?"

"하루에 일 할 드리겠소!"

'헉! 일 할씩이나?'

구한은 놀란 김에 장팔의 얼굴을 빤히 쳐다보지 않을 수 없었다. 연체 기간에 따라 두 배, 세 배 천정부지로 이자가 올라가긴 하지만 한 달에 일 할만 이자로 매기는 구한이었다.

돈놀이에도 양심이 있는 법이라고 기회 있을 때마다 떠벌리긴 했지만 상대가 알아서 올려준다는 데야 마다할 이유가 있으랴.

"가만있어 봐라… 자네, 전에 빌린 돈은 다 갚았나?"

구한이 장팔의 얼굴을 요리조리 뜯으며 은근히 물었다.

사실 표국 사람들 중에 지금껏 구한에게 돈을 빌리지 않은 자는 장팔이 유일했다. 국주만 해도 가끔씩 그에게 돈을 빌려가는 터라 뻔히 알면서도 묻는 것은 그의 버릇이기도 했다.

"빌린 돈 없소!"

장팔이 급한 성격을 그대로 드러내며 소리치자 고개를 갸웃하던 구한이 책상 서랍에서 대부 장부를 꺼내 들었다.

'만사 불여튼튼인 것이여, 아암!'

요모조모 장부를 뒤지며 장팔의 이름을 찾던 구한이 콧수염을 꼬며 뜸을 들인 뒤에야 붓을 들어 먹을 살짝 묻혔다.

"얼마나 필요하냐?"

"은자 열 냥이오!"

"무어? 여, 열 냥씩이나?"

"없다는 거요? 그럼 딴 데 가서 알아보겠소!"

"아, 그 친구 급하기도 하지. 그거 자네의 육 개월치 급료라는 거 알고나 있나?"

구한이 손짓으로 말리는 시늉을 하며 코를 쿵쿵거리자 장팔은 미치고 팔딱 뛸 지경이었다.

지금 거액이 눈에 오락가락하는 판에 이런 일로 시간을 보내야 하다니. 애들이 그냥 가버리면 말짱 도루묵이 아니던가?

'에이! 이런 수전노, 벽창호 놈 같으니!'

그러나 당장 아쉬운 건 장팔이었다.

분별없이 뛰쳐나오려는 화기를 꾹 참고 장팔이 다시 손을 내밀었다.

"알고 있으니 돈이나 내주슈!"

"그래, 그래, 내가 뭐라고 했냐? 여기다 자네의 수결을 찍고……."

어쩌고 하며 빚쟁이로서의 특권을 마음껏 발휘한 구한이 또한 냥, 두 냥 하며 은자를 세서는 장팔에게 돈을 넘겨주는데, 그의 손은 바들바들 떨리고 있었으며 눈에는 아까운 빛이 역력했다.

'크흐흐! 요렇게 해서 마지막 한 놈까지 엮었다.'

그는 너무 잘 알고 있었다. 딱 한 번만! 하고 돈을 꾸기만 하면 그것이 한 번이 두 번이 되고, 두 번이 세 번이 되며, 끝내는 평생 간다는 것을.

　비슷한 시각, 나미나의 성화에 못 이겨 물가로 끌려온 주노
는 암담한 눈으로 굽이치는 물결을 내려다보고 있었다.
　손에 든 지게 작대기는 점점 무거워지고, 이에 더해서 다리
에 힘이 쭉 풀리는 것이 물고기를 잡긴커녕 물고기 먹이가 되
지 않으면 다행일 지경이었다.
　그러나 그런 그의 모습도 나미나에겐 엄숙하게만 보일 뿐
이었다.
　‘아구. 안 되겠다. 더 서 있다가는 제풀에 쓰러지겠는걸?
　이젠 몸을 뒤흔드는 물결에 따라 정신마저 아득히 떨려오니
주노는 모진 결심을 해야 했다.
　실패했을 경우 변명할 말을 미리 준비해 둬야 했는데, 세찬
물결 속에서 몸을 지탱하는 것만도 힘에 부쳤다.
　주노는 될 대라 되라는 심정으로 천천히 지게 작대기를 치
켜들었다.
　‘무념무상이라 그랬잖아?
　침묵의 시간이 길어져서 약간 따분한 기색을 하던 나미나의
눈이 반짝하고 빛났다.
　‘어머! 사부님이 드디어 시범을 보이려나 봐?
　그녀의 기대에 찬 눈빛을 온몸으로 느끼며 주노가 높이 쳐
든 지게 작대기를 곧추 내리찍었다.
　촤악!

지게 작대기가 물결에 부딪치는 소리와 함께 작은 물보라가
시야를 가렸다.

'에구. 될 리가 없지.'

수면에 가까이 떠오른 송어를 겨냥해서 내려친 것은 좋았는
데, 주노는 지게 작대기가 물살에 밀리는 느낌을 분명히 받아
야 했다.

'다 틀렸어!'

주노는 그만 절망스런 심정으로 들어올린 작대기 끝을 하염
없이 내려다보고 있었다.

그런데,

"우와아! 사부님. 정말 최고예요!"

'엉? 이게 뭔 소리야?'

나미나의 터질 듯한 환성을 들으며 급히 뒤를 돌아본 주노
는 눈을 한껏 치뜨고 몸을 떨지 않을 수 없었다.

있었다!

지게 작대기를 맞고 정신을 잃었는지 허벅지만 한 송어가
네 활개를 활짝 펴고 모래사장 위에 예쁘게 누워 있었다.

"허허허! 녀석. 겨우 그걸 가지고."

의기양양해진 주노가 애써 거드름을 피웠다.

"어쩜 이렇게 상처 하나 없이 깨끗하죠?"

그러나 물속을 나와 들뜬 기분으로 송어를 살피던 주노의
표정이 묘하게 일그러졌다.

다년간의 경험상 이것은 순전히 우연의 일치였다.

즉, 송어가 물살 위로 뛰쳐 오르려던 순간 지게 작대기가 물결을 치니, 놈이 방향 감각을 잃고 엉뚱한 방향으로 몸을 날린 것이었다. 아마도 다 늙어서 정신이 헤까닥한 모양이었다.

'어흑! 무적초자라고 하더니, 정말 사부님의 무공은 하늘처럼 높구나!'

송어의 뱃살을 쓰다듬던 미나가 감격으로 몽롱해진 눈으로 자신을 쳐다보자 주노가 호탕하게 웃었다.

"어허헛! 녀석, 너무 놀랄 것 없다. 너희가 이 사부의 진전을 제대로 잇는다면 언젠가는 허공답보도 가능하리라!"

"네? 허공답보요?"

하도 놀라 동그랗게 치뜬 나미나의 눈빛은 하늘가를 떠가는 뜬구름을 닮아 있었다.

第十一章

나이가 어리다고
장부가 아니랴

서성대에게 정문 경비와 내기 돈을 아울러 맡긴 장팔은 만석들의 앞을 활개치며 걸어나갔다.

서성대는 오늘 돈벼락을 맞은 느낌에 입이 함지박만하게 벌어져 있었다. 내기에 이기는 쪽에서 은자 한 냥을 주기로 했기에 서성대가 희희낙락해서 경비를 대신 서달라는 장팔의 요청을 받아들인 것이었다. 이는 애들과 돈 걸고 내기를 한 것에 대한 입막음용이기도 하였다.

대문을 들어서서 약 십여 장쯤의 공지를 가로지르니 길 양쪽으로 대나무 숲이 우거져 있었는데, 길이 끝나는 곳에 정면으로 보이는 건물이 있었다.

이곳이 바로 장강표국의 집무각으로, 그 뒤로 보이는 건물

두 채는 각각 창고와 표국 사람들이 기거하는 거처였다.

"너희는 여기서 기다려!"

장팔이 아이들은 마당에 남겨놓고 복도를 지나쳐 주렴이 쳐
진 월동문으로 들어섰다.

책상마다 너저분한 서류 더미를 놓고 씨름하던 몇몇 표국의
서기들이 들어서는 장팔을 쳐다보고는 곧 서류로 시선을 내렸
다. 그들을 힐끗 날카로운 눈초리로 보던 장팔이 좁은 책상 사
이를 돌아 칸막이로 막혀 있는 곳으로 발을 옮겼다.

"오! 자리에 있었군!"

그가 말을 건네자 책상 뒤에 앉아 있던 거한이 커다란 머리
를 들었다. 퉁방울 같은 눈에 우둘투둘 험악하게 생긴 삼십대
중반의 거한.

바로 차석두의 숙부인 차판돌이었다.

요즘은 쟁자수와 인부들을 뽑는 시기라 당연히 표행에 나서
지 않고 있지만, 차판돌은 표국주의 심복으로 힘깨나 쓰는 인
물이었다.

그러나 비록 급료는 박해도 거창해의 처갓집 쪽 친척으로
연줄을 타고 들어온 장팔이 꿀릴 이유는 없었다.

"대문은 안 지키고 여긴 웬일이야?"

장팔이 말을 걸자 차판돌이 목울대가 울리는 굵직한 목소리
로 대뜸 물어왔다.

"딴 게 아니고, 요즘 인부들을 채용하고 있지 않나? 그래서
말인데……."

“그런데?”

차판돌이 ‘자식이 뭐 부탁할 게 있나, 왜 이리 뜸을 들여?’ 하는 표정으로 장팔을 쳐다보자 힐끔 뒤를 살피던 그가 목소리를 낮추었다.

“자네 조카가 인부를 지망한 아이들을 데리고 왔거든?”

“그래서? 하, 그 친구! 뭔 일인지 속 시원히 얘기 좀 해봐! 자네답지 않게 답답한 소리만 하고 그래?”

차판돌이 버럭 소리를 지르자 그제야 본론을 얘기하는 장팔이었다.

“설마, 열다섯 살밖에 안 된 아이들을 채용하지는 않겠지?”

“뭐? 열다섯 살짜리 아이들이라고?”

“그래. 말은 그렇게 하는데 한 놈 빼놓고는 그 나이도 안 되게 보여.”

“에이! 그럼 보나마나지. 그런데 자네가 굳이 그 얘기를 하는 이유가 뭔가?”

차판돌이 잘만 하면 돈이 나오겠다 싶은 김새를 채고 장팔의 눈치를 넌지시 살폈다.

‘에이, 물귀신 같은 놈! 자식이 돈 냄새를 맡았군. 그래도 할 수 없지 뭐.’

“그런 일이 있어. 만약에 녀석들을 채용하지 않는다면… 아니, 채용할 리가 없지만 말이지, 내 은자 세 냥을 줌세!”

“세 냥씩이나? 좋아! 자네 그 말 잊지 말게!”

“무, 물론이지. 그걸 말이라고 하나?”

차판돌의 얼굴에 희색이 만면했다. 어제 그 흔한 개꿈도 꾸지 않았는데 눈먼 돈이 굴러오지 않은가.

사실 다섯 명의 인부 채용은 벌써 끝난 상황으로 총관에게 보고를 하고 개별적으로 통보하는 절차만 남긴 터였다.

놈들이 고맙게도 은자 열 냥씩을 알아서 갖다 바치는 바람에 일이 쉽게 끝난 것. 그중 절반은 총관에게 상납한다고 해도 무려 스물닷 냥이 남는다.

차판돌은 너무도 마음이 뿌듯했다. 이제 이삼 년만 더 모으면 자기도 번듯하게 표국을 차려 독립할 수 있는 것이었다.

그런데 그가 나가자마자 이번엔 조카 놈이 주위의 눈치를 살피며 칸막이 안으로 들어서는 것이었다.

"웅? 네가 웬일이냐?"

이미 장팔에게 듣긴 했지만 미리 아는 척할 필요는 없었다.

"저 숙부님, 드릴 말씀이……."

'크. 이 녀석도 평소와 다르네?

자신을 꼭 빼닮았다고 해서 아껴오긴 했지만 돌아간 형이 남긴 유일한 조카였으니 차판돌이 보호자로서의 역할도 하고 있었다.

"녀석. 이 숙부에게 못할 말이 뭐가 있다고. 그래, 어서 얘기해 봐라."

차판돌이 부드럽게 웃으며 말을 건네자 석두가 안심한 표정을 지으며 그의 귀에 속삭였다.

"뭐, 뭐야? 그런 덩치도 작은 어린애한테 얻어 터졌다고?"

"터, 터졌다기보다는… 어리다고 방심해서……."

그가 믿기지 않는 목소리로 반문하자, 차석두의 얼굴이 벌게졌다.

"짜식. 그게 그거지!"

"저, 그러니까… 제 부탁을 좀……."

"으음! 걱정 마라! 내 이놈들을 몇 군데 부러뜨려 놓고 말거다! 어딜 감히 내 소중한 조카를 해코지해!"

"저, 숙부님. 소문나면 저만 창피를 당해요. 그러니 숙부님께서 놈들을 인부로 채용해서 두고두고 괴롭히시면……."

"이, 이놈아, 그건 말이다… 애들이 너무 어리기도 하고, 또 나이 든 내가 애들을 상대로 어떻게……."

"그래서, 안 된다는 말씀인가요? 크흑……! 돌아가신 아버님이 이 꼴을 보시면……."

"짜식이! 형님 얘기는 왜 꺼내냐?"

말은 호통을 치는 것 같으면서도 찔끔한 표정이 역력한 판돌이었다. 사실 젊은 시절의 판돌은 개망나니가 따로 없을 정도로 말썽을 피우고 다녔다. 그러다 보니 허구한 날 관아의 감옥에 갇히는 것이 일이었으며, 판돌을 감옥에서 빼내는 것은 언제나 그의 하나뿐인 형 차판규의 몫이었다.

게다가 형이 죽은 것도 차판돌의 싸움을 말리다가 짱돌을 맞아 죽은 것이었으니 십여 년이 지난 지금도 판돌의 죄책감은 수그러들 줄 몰랐다.

게다가 덩치가 하마 같은 놈이 눈물을 짜대니 한편으론 애처로우면서도 징그럽기도 했다.

"아, 알았다. 다 큰 놈이 질질 짜기는!"

"그, 그럼?"

언제 울었느냐는 듯이 울음소리를 뚝 그치며 석두가 눈에 웃음기를 담자 판돌이 혀를 찼다.

"그렇지만 이건 내 마음대로 할 수 없는 일이란 걸 너도 잘 알지?"

"예. 그렇지만……."

석두가 어정쩡하게 반문하려 하자 차판돌이 손을 저어 그의 말문을 막았다.

"잘못했다가는 내가 이 자리에서 쫓겨날 수도 있단 말이야. 너도 그러기를 바라지는 않겠지? 어쨌든 일단 만나는 보자."

몸을 사릴 수밖에 없는 일이라 차판돌은 마당에 나가 아이들을 만나보기로 하였다.

장팔은 아이들을 채용하지 말라고 청탁하고, 조카는 채용해 달라고 부탁하는 판이었다. 차판돌로서는 이해가 얽히는 일은 명명백백하게 처리하는 척이라도 해야 했다.

마당에 나가 정만석과 소이, 그리고 우거형을 한꺼번에 둘러본 차판돌은 어이가 없었다. 이미 덩치가 어른만 한 아이야 힘깨나 쓰게 생겼으니 그렇다 해도 자신의 조카를 때렸다는 녀석은 비쩍 마른 몸매를 봐서 도무지 힘쓸 놈으로 보이지 않았다. 게다가 덩치가 왜소한 소이의 예쁘장한 얼굴을 보니 이건 어려도 한참 어린 티가 나는 것이었다.

"어휴. 나 이거야! 너희가 인부를 지망했다고 했냐?"

내가 잘못 들었겠지 하는 투로 차판돌이 말하자 장팔의 입가에 회심의 미소가 떴다.

자신이 나오자마자 석두가 들어가기에 설마 하면서도 마음을 졸였는데 판돌의 반응은 과연 그의 기대에 어긋나지 않았던 것이다.

그의 말을 듣고 힐끗 석두와 장팔의 얼굴을 쳐다본 만석이 한 걸음 앞으로 나와 대꾸했다.

"왜요? 뭐 잘못된 게 있나요?"

"아, 이놈아! 잘못되건 어쨌건 너희 지금 장난치냐? 어른도 힘든 일에 어린애들이 뭐 하겠다고……. 됐으니 그만 돌아가!"

차판돌이 짐짓 큰소리를 치며 눈을 부라렸다. 장팔에게 허점을 잡히지 않으려는 마음보다는 불쾌한 심정이 노골적으로 드러나 있었다.

그런데 그의 호통을 들으면서도 만석은 여유롭게 웃을 뿐이었다. 실은 장팔과 석두가 차례로 가서 무슨 말을 했을지 능히 짐작이 되었다.

'아, 아니, 이게 뭐야?

숙부의 예기치 않은 반응에 석두가 장팔을 흘낏 보며 몰래 인상을 썼지만 만석은 개의치 않았다.

'양쪽 모두 납득이 가도록 명분만 주면 된다.'

여기서는 오히려 차판돌보다는 장팔을 납득시키는 상황을 만드는 것이 더 중요하다는 것도 그는 알았다.

“혹시 어린애라서 안 된다는 규정이 있나요?”

“임마! 규정이나마나 애들이 무슨 인부냐? 너희를 채용했다가는 두고두고 욕먹는다.”

“그렇다면 나이는 관계가 없군요. 어른만큼 일을 하면 되지 않나요?”

“춧! 너희가 무슨 힘으로? 적어도 쌀가마니 하나는 덜렁 들어야 자격이 있어.”

“그래요?”

만석이 한마디로 대꾸하더니 오 장쯤 떨어진 마당가에 놓인 큰 돌을 향해 다가갔다.

“이 정도면 쌀 한 가마니 무게는 되겠지요?”

“네가 그걸 들려고? 아서라! 나중에 허리 부러져서 징징 짜지 말고.”

사실 눈대중으로 봐도 쌀 한 가마니 무게는 훨씬 넘어 보인다.

말이 쌀 한 가마니지 어른이라도 그걸 들 수 있는 사람이 얼마나 될까? 그걸 곧이듣고는 바위를 들어보겠다니.

직경이 삼 척에 가까운 저 정도의 바위라면 무공을 연마했다는 자신도 들기 어려울 것이었다.

그러나 그의 말을 듣고도 씨익 웃기만 하던 만석이 차분히 심호흡을 했다. 그리고 이여차! 큰 소리로 기합성을 내며 돌을 머리 위로 번쩍 들지 않는가?

“어, 어어!”

“저, 저런!”

놀란 사람들이 경호성을 발하며 눈을 휘둥그레 떴다.

거기서 끝이 아니었다.

바위를 든 데 그치지 않고 만석이 그 자세 그대로 걸어 그들 앞으로 다가왔다.

쿵!

“어헛!”

묵직한 소리와 함께 발 앞에 놓인 커다란 바위를 보는 차판돌과 장팔은 놀라서 어쩔 줄을 몰라 했다.

거무튀튀한 돌이 그들을 험상궂게 노려보는 느낌이었다.

“어험험!”

차판돌이 괜히 겸연쩍은 헛기침 소리를 내며 주위의 이목을 환기시켰다. 화들짝 놀라던 분위기가 가라앉자 차판돌이 만석을 보며 말을 건넸다.

“좋다! 네 힘은 그만하면 쓸 만하구나. 하지만…….”

판돌이 말을 끝내기도 전에 만석이 소이와 우거형에게 눈짓을 하니, 아이들이 차례로 돌을 들어 보였다.

“어허헉!”

누군가의 놀라는 소리에 뒤이어 장내는 묘한 침묵 속으로 빠져들었다. 덩치 큰 우거형이야 그럴 수도 있겠지만, 소이마저 돌을 가슴께까지 들어올린 것이었다.

“으허험! 그, 그러나 그것 가지고는 안 돼!”

역시 수년간 인부를 다루어본 사람답게 차판돌은 재빨리 정신을 수습했다.

"또 뭐가 필요하지요?"

'크훗. 어린애들이 힘은 좋다만 무식한 놈이 힘도 세다는 금언도 있잖겠어?'

차림새로 보아도 그렇고 조카를 내세워 일자리를 구할 정도면 먹물을 구경한 적도 없는 녀석들이 틀림없었다.

"적어도 천자문은 떼어야……."

"그건 됐네!"

말을 끝내기도 전에 그의 말을 가로막은 것은 다름 아닌 장팔이었다. 사실 큰 내기를 걸고 이행 각서를 쓰는 것은 당연한 일.

장팔이 문방구를 갖다 주자 만석이 거의 일필휘지로 각서를 작성하던 것을 본 터라 끼어들지 않을 수 없었다.

자신만 해도 겨우 천자문을 익힌 터, 쓸데없이 확인합네 하다가 무식이 탄로날 수도 있었다.

"응? 왜 그래?"

그러나 차판돌은 그 사정을 모르므로 반문하지 않을 수가 없었는데, 장팔이 다른 얘기를 끄집어내었다.

"그건 내가 확인해 봤어. 그건 그렇고, 신분이 불확실한 자는 채용할 수 없지 않나?"

'엉? 그런 것도 있었지.'

당혹한 우거형이 빙긋 웃는 소이를 보고 뭐라고 말을 하려고 할 때, 만석이 웃으며 대답하는 것이 보였다.

"우리의 신분은 차 표사님이 보증해 주실 겁니다. 그렇지
요?"

"뭐, 뭐라고? 내, 내가 왜……?"

차판돌은 진짜 어이가 없었다. 생판 처음 보는 어린애들에
게 자신이 보증을 선다니. 무슨 말도 안 되는 소리를!

"어이, 차 형. 그렇지 않소?"

옆에 엉거주춤 서 있는 차석두의 옆구리를 푹 찌르며 만석
이 눈을 찡긋하자 석두는 숙부에게 애원하지 않을 수 없었다.

"수, 숙부님! 저를 봐서라도……."

"어허. 이런……!"

눈물마저 찔끔거릴 것 같은 조카를 보자 차판돌은 눈을 질
끈 감고 말았다.

힘이 항우장사라는 조카 놈을 우습게 해치운 놈들이었다.

그리고 좀 전에 보여준 아이들의 힘은 그마저도 두려울 지
경이 아닌가. 게다가 이 녀석들을 그냥 내보낸다면 과연 어떤
일이 벌어질까? 길어 보였지만 실제로는 눈 한 번 깜빡할 순간
에 떠오른 생각이었다.

"조, 좋아, 내가 보증을 서지!"

앞으로 열흘 후부터 출근하라는 차판돌의 말을 끝으로 아이
들이 우르르 표국의 정문을 나갔다.

만석에게 은자 한 냥을 받은 서성대야 기뻐서 난리였지만,
장팔의 얼굴은 팍싹 찌푸려져 한순간에 십 년은 늙어 보였다.

장강표국이 멀어지고 음식점이 어깨를 맞대고 죽 이어진 거리에 다다르자 만석이 석두의 어깨를 툭 치며 말을 걸었다.

"자, 이젠 일자리도 구했으니 배를 채워야지? 햐아. 네 말대로 어려운 걸음이었어!"

말을 듣고 보니 벌써 오정에 가까운 시간이었다.

"어, 배? 그래, 배는 채워야지……."

얼떨결에 대답하던 석두의 얼굴이 묘하게 변했다.

일자리를 구해줬더니 밥값도 내라는 소리가 아닌가?

찜닭을 입에 마구 처넣으며 게걸스러운 식성을 자랑하는 만석들을 보고 차석두와 공수거, 그리고 하구신은 요리를 뜯다 말고 그저 멍하니 그들의 먹는 모습을 쳐다보았다.

남들이 맛있게 음식을 먹으면 회가 동하게 마련인데, 그것도 정도 문제지 오히려 입맛이 뚝 떨어져 버리는 세 사람이었다.

"꺼어억! 아, 잘 먹었다."

찜닭 두 마리씩을 정신없이 먹어치우고 입가심으로 한 마리씩을 더 뜯고서야 만석들은 손을 멈추었다.

젓가락이고 뭐고 양손을 다 사용해서 찜닭을 뜯었으니 입술이건 손이건 닭 기름으로 범벅되어 보기만 해도 느끼할 지경이었다. 석두와 하구신은 어이없는 눈길로 그런 세 사람을 쳐다볼 뿐이었지만 역시 눈치 빠른 공수거는 달랐다.

그들이 트림을 하자마자 잽싸게 물수건을 대령하는 것이

었다.

'저, 저 자식이?'

석두의 눈꼬리가 이마빼기로 치켜 오르며 공수거를 째려보려고 할 때, 공수거가 손을 비비며 말을 거내는 것이었다.

"이제 많이들 드셨으니 소화를 시켜야 하지 않겠어요?"

입술과 손을 닦고 있다가 사근사근하게 말을 건네는 공수거를 쳐다본 만석이 심드렁하게 대꾸했다.

"가만히 있으면 저절로 소화가 되는 거 아냐?"

"아, 그건 노인네들 얘기지요. 우리 같은 젊은 사람들은 움직여야 해요."

"그거 어떻게 움직이는 건데?"

우거형이 궁금하다는 표정으로 말을 붙이자 흘낏 눈길을 주던 공수거가 입가에 슬쩍 미소를 짓더니 만석을 향해 말했다.

"탁 까놓고 말해서 사람 패는 것만큼 좋은 운동이 없어요."

"사람을 패?"

이번에도 우거형이 대꾸하자 공수거의 얼굴이 살짝 찌푸러들었다.

'에이, 자식아! 너보고 하는 소리가 아냐!'

생각과는 달리 얼른 얼굴을 편 공수거가 은근한 눈길로 만석을 보자 만석이 그제야 입을 열었다.

"나는 말을 빙빙 돌리는 것은 싫어한다. 솔직하게 말해줘."

"그, 그게 실은……."

공수거가 석두의 눈치를 보며 얼른 대답을 못하자, 만석의 표정을 살피던 차석두가 대신 답하였다. 즉, 석두파가 강촌파와 백사파의 위협을 받고 있으며, 그것이 다 자신이 만석에게 당했다는 소문 때문이라는 것이었다.

"장부란 은혜를 입었으면 갚아야 하는 법이라고 들었어! 또 그것이 내가 한 일 때문이라면 스스로 책임을 져야 하겠지."

결자해지란 말이었다.

나이도 어린놈이 남을 등쳐먹는 데만 잔머리를 굴리는 줄 알았더니 이토록 화끈하다니.

만석의 다른 모습을 본 차석두 일당의 눈언저리에 깊은 감동이 어렸다.

그들의 붉어진 눈자위를 보던 만석이 갑자기 울적해져 창밖을 바라보았다. 천무세가에 계신 병약한 부친과 혼인을 약속한 홍자려의 얼굴이 만석의 뇌리에 떠오른 것이었다.

만석이 드러나도록 쓸쓸한 표정을 짓자 의아해진 석두가 물어왔다.

"저기… 무슨 고민이라도……?"

그의 물음에 얘기를 해야 하나 몇 번을 망설이던 만석이 입술을 깨물었다. 집안에 기별을 하지 말도록 사부가 엄명을 내렸지만 어찌 그럴 수가 있다는 말인가.

"실은 집 나온 지 오래돼서 부모님이 걱정하실 텐데 우린 갈 입장이 못 되거든. 사부께서 엄명을 내리셔서."

"아, 그거 뭐 간단하네! 잘 있다는 소식만 전하면 되는 거 아뇨."

만석의 말을 들은 석두가 씨익 웃으며 말했다.

이에 만석은 천무세가의 허 선생이나 추노를 만나 말을 전하고 서찰을 받아올 것을 부탁한 뒤에야 마음을 놓을 수 있었다.

이렇게 해서 한시름 던 만석들은 사흘 후 강촌파와 백사파를 굴복시킬 것을 약조하고는 곧바로 집으로 향했다.

나미나에게 오리걸음을 시키고 혼자 백사장에 나와 고기 잡기 연습을 하던 주노는 멀리 아이들이 오는 기척을 느꼈다.

'에구. 큰일 날 뻔했네.'

다행히도 아이들이 지들끼리 떠들썩하게 대화를 하면서 왔기에 망정이지 잘못하면 자신의 한심한 꼬락서니를 들킬 뻔한 것이었다. 점심을 먹고 벌써 한 시진 동안 물을 내려쳤는데도 한 마리의 물고기도 잡지 못한 것이었다.

'이걸 어떡한다?'

자신의 차림새를 훑어보던 주노는 걱정으로 몸이 달았다.

눈치 빠른 놈들이 상투 꼭대기에서 발끝까지 젖은 주노를 보면 대번 주노가 지금까지 뭘 했는지 눈치 챌 것 같았다.

게다가 물가에서 지게 작대기를 들고 있으면 필시 시범을 보여달라고 조를 터였다. 나미나가 아이들에게 얘기한 것을 절대적으로 믿고 있는 눈치들이었지만, 견물생심이라고 자기들 눈으로도 확인하려 들 것이다.

'맞아! 그리하면 되겠다.'

주노를 찾던 아이들이 모래톱으로 나오는 기미를 느끼자 주노는 아예 물속에서 벌렁 드러누웠다.

이른바 송장헤엄이었다.

"사부님, 뭐 하세요?"

가까이 다가온 아이들 중에 소이가 먼저 의아한 기색으로 묻자 주노가 허공을 쳐다보며 허허롭게 웃었다.

"어허허. 보면 모르겠느냐? 모름지기 세상은 기(氣)로 이루어졌도다. 보통 사람들은 알 수 없다고 하나, 떨어지는 낙엽도 기로 말미암은 것이며, 수목이 움을 틔우고 꽃과 열매를 맺는 것도 다 기로 인한 것이니 이를 어찌 말로 다 하랴. 자, 너희의 옷깃이 흔들리고 있구나. 보아라! 바람은 뭉친 기가 풀리는 현상이되, 물결은 흩어진 기가 모여들도다!"

"그러하시다면 사부님께서 물살 위에 누운 것은 수기(水氣)를 몸소 느끼려 하시는 건지요?"

'하, 그 녀석 똑똑하기도 하지!'

"오호라! 물의 기운이 몸을 떠받쳐 술렁술렁 흔들어주니 세상만사 물결처럼 흐르는도다!"

"저, 사부님. 그러하온데 무명서를 보면 공력을 몸속에 쌓지 말라는 구절이 있지 않습니까? 제자는 거기에 대하여 듣고 싶습니다."

만석이 이어 평소에 묻고 싶었던 것을 꺼내니 주노의 얼굴에 당혹감이 맴돌았다.

'에구… 이놈아, 그걸 말이라고 하냐? 몸속에 쌓지 않으면

어디다가 쌓는단 말이냐?'

속마음은 그랬지만 주노는 그저 웃을 뿐이었다.

"헛헛헛! 분명 그렇게 썼지. 그러나 기지도 못하는 아이를 어찌 뛰라고 할 수 있겠느냐? 세월이 흐르면 자연히 느낄 날이 오리니 너는 오리걸음에나 전념해야 하리라! 자, 어서 가지 못할까?"

"네. 알겠습니다, 사부님."

아이들이 이구동성으로 목청을 올리며 즉시 오리걸음 흉내를 내며 돌아서자, 주노는 얼른 물 위에 누운 자세를 풀며 모래톱으로 뛰어올랐다.

'에이휴. 잘못하면 꼬르륵 가라앉을 뻔했네. 가, 가만있자… 꼬르륵? 이거 뱃속에서 들리는 소리 아냐?

"아차! 녀석들이 먹을 거 가져왔는지 묻는 걸 깜빡했잖아?"

해가 지고 저녁의 어스름이 거멓게 덮여왔다.

쏴아아! 철썩.

거센 바람이 물살을 뒤집어 강가로 내팽개치고 있었다.

그리고 잠시 시간이 흘러 바람이 조금씩 가라앉더니 낙숫물 듣는 소리가 처마를 간질이기 시작했다.

오랜만에 하얀 이밥을 배불리 먹은 주노가 침상에 앉아 졸고 있을 때, 조심스럽게 문을 두드리는 소리와 함께 만석의 음성이 들렸다.

"사부님, 주무시옵니까?"

‘어잉? 크윽, 내 그럴 줄 알았다. 에잉! 비 오는 날엔 좀 내버려 두면 어디가 덧나냐?’

생각은 그러했지만 어찌 이를 입 밖에 낼 수가 있으랴.

“허어허! 아직 시간이 이르거늘 어찌 잠들 수가 있으랴. 주저 말고 들어오도록 해라!”

‘어헉! 놈들이 다 들어오잖어?’

그랬다. 방 안으로 들어오는 것은 만석을 필두로 소이와 우거형, 그리고 놈이 아닌 년도 있었다.

“저, 사부님. 오늘은 비도 오고 하니까 비에 얽힌 가르침을 주소서.”

주노 앞에 무릎을 꿇은 만석이 지극히 공손한 자세로 가르침을 청하자, 그의 얼굴에 곤혹스러움이 피어났다.

‘비, 비라……? 무명서에 비에 대한 얘기가 있었던가? 에구, 늙으니 기억이 가물가물하구나. 가, 가만있자, 있었던 것 같기도 하고…….’

자신의 뇌리를 재우쳐 닦달하던 주노가 간신히 기억의 끄트머리를 끄집어내고는 안도의 한숨을 지었다.

“어허허. 물론 비에 얽힌 얘기는 많다만 오늘은 폭풍신군과의 일화를 소개하마.”

“우와아! 폭풍신군!”

아이들이 아는 척하며 떠들어댔다. 아나 모르나 폭풍신군이라는 명호 자체에서 풍기는 느낌은 그만큼 강렬한 것이었다.

“대륙을 다 돌고 나니 더 이상 갈 곳이 없었지. 그때 노부의 뇌리에 떠오른 것은 해남파의 장문인인 폭풍신군이었도다.”

주노의 회상에 잠긴 목소리는 굵어진 빗소리에 묻혀 더욱 신비로움을 풍겼다.

지면을 두드리는 단조로운 빗소리와 잔잔한 무적초자의 목소리. 그리고 아이들의 감탄사로 밤은 깊어가고 있었다.

해남도는 원래부터 해남파의 땅.

거친 바닷바람에 거칠 대로 거칠어진 해남파의 문인들은 좁은 해남도를 벗어나 중원 진출을 노리고 있었다.

특히 해남파의 장문인으로 폭풍도법이라는 무공을 창안한 폭풍신군의 존재가 더욱 그들의 야망을 부추겼다.

그러나 그들의 야망은 끝내 이루어지지 못했으니 이는 폭풍신군이 도를 부러뜨리고 은거에 들어간 사건 때문이었다.

폭풍신군 외에는 누구도 모르는 그 사건.

다만, 그가 은거에 들어가면서 마지막으로 남긴 말에서 약간이나마 유추가 가능했으니. 이는,

‘나는 하늘 위의 하늘을 보았노라!’ 는 한마디였다.

“노부가 그자를 만났을 때는 한창 폭풍우가 몰아치던 때였지. 집채만 한 파도가 연신 바닷가를 때리고 아름드리 수목이 뿌리째 뽑혀 나가던 그날 오후, 노부는 폭풍신군을 바닷가로 불러내었던 것이야.”

아이들이 숨소리도 내지 않고 자신의 말을 듣고 있자 주노의 가슴은 더욱 뿌듯해져서 끝내는 터져 버릴 듯했다.

이에 점점 신이 난 주노의 목소리가 방 안을 앵앵거리며 돌

아다녔다.

"아, 그런데 그 나이도 어린 자식이 내 덩치를 살피더니 대놓고 무시하는 것이 아니겠어?"

꾸, 꾸울꺽!

"그, 그래서요?"

주노가 의미심장한 눈길로 아이들을 돌아보며 말을 멈추자 조바심이 난 우거형이 대뜸 반문했다.

'크홋! 짜식들. 내가 이 맛에 산다니까.'

주노가 흐뭇한 눈길로 눈만 반짝거리는 아이들을 둘러보며 말을 이으려고 할 때, 쿠당탕! 문짝 부서지는 소리와 함께 커다란 물체가 무겁게 굴러 들어왔다.

"와악!"

"어잉? 이게 뭐야?"

아이들은 화들짝 놀라서 피했지만 주노는 미처 피할 새가 없었다.

"아, 아쿠야!"

졸지에 무거운 물체에 깔린 주노가 팔다리만 바둥거리니 놀란 아이들이 급히 인영을 들어 떼어놓았다.

"어머나! 이건 핏물?"

나미나가 날카로운 비명을 흘리니 방 안은 갑작스런 정적에 싸이고 말았다.

다행히 호롱불은 꺼지지 않아 방 안은 그런대로 훤했는데, 인영을 밀어놓고 보니 방바닥과 주노의 옷자락에 피가 고랑을 타고 있었다.

경악한 아이들이 커다란 체구의 장한을 살펴보니 얼굴부터 온몸이 피로 목욕한 것처럼 벌겋게 물들어 있었는데, 빗물을 맞고서도 핏자국은 선명했다. 아직도 온몸의 상처에서 피가 콸콸대며 흘러나오고 있는 것이었다.

"아, 아이구. 늙은이 죽네!"

'참, 사부님도 엄살이 심하시네.'

주노가 그 자리에서 꼼짝도 못하고 끙끙 앓는 소리를 내자 만석은 실소를 금할 수가 없었다. 청운자 등을 단 일 수에 해치운 무림제일인인 무적초자였다. 그런데 피하지 않고 장한을 몸으로 받은 것은 상황을 눈치 채고 그의 충격을 줄이려는 것이 아니던가. 이야말로 살신성인의 자세였다.

혼란스런 가운데서도 존경의 염을 담고 주노를 쳐다보던 만석이 장한에게 눈을 돌렸을 때,

"끄으으!"

괴로운 신음 소리를 흘리던 그가 돌발적으로 몸을 뒤척이니 얼굴이 정면으로 보였다.

'아, 아니, 이 사람은?

장한의 얼굴을 보고 놀란 만석이 소이와 우거형을 돌아보았다.

그러나 두 사람의 표정은 그저 한밤중에 벌어진 뜻밖의 일에 놀란 기색만 보일 뿐 그의 정체를 눈치 챈 것 같지는 않았다.

"모두들 가서 자는 게 좋겠다. 좋은 일도 아닌데 이렇게 모여 있을 필요가 없잖아?"

아이들이 그를 기억하고 호들갑을 떨까 봐 미리 막아서는 만석이었다.

"그, 그래, 알았어."

아이들이야 사실 이 자리를 떠나고 싶은 생각뿐이었으니 만석의 말을 듣고 반색을 했다. 스승님이 어련히 알아서 할까.

만석의 말은 시중들 사람은 한 사람이면 족하다는 뜻이었다.

애들이 중상을 입은 장한을 힐끗거리며 밖으로 나갔지만 나미나는 장한을 뚫어질 듯이 쳐다보며 꼼짝도 않고 있었다. 그녀의 심상치 않은 표정으로 봐서는 틀림없이 밀접한 관계가 있을 것 같았다.

"혹시 아는 사람인가요?"

만석이 모르는 척하며 말을 걸자 나미나가 자기도 모르게 고개를 끄덕였다.

"네… 알아요. 너무도 잘 알지요."

'역시 그랬었구나!'

만석은 지금껏 의심해 오던 나미나의 정체에 대해서 확실한 감을 잡을 수 있었다. 흑수하 출신이라는 그녀. 좀 더 정확히 말하자면 그녀는 흑수채 출신이었던 것이다.

"이, 이놈들아! 사람이 죽어가는데 무슨 잡담이냐!"

"네?"

두 사람이 불시에 고개를 돌리며 주노를 보자 주노가 손을 휘저으면서 소리쳤다.

"미나는 가서 물을 데우고, 너는 이 사람의 머리를 받치고 있거라!"

"예, 알았어요."

거의 동시에 대답을 한 두 사람이 주노의 지시에 따라 재빨리 몸을 움직였다.

'아이고… 사실은 내가 죽을 지경이다. 아구구. 자식이 곰처럼 무거워서 그냥 골로 갈 뻔했잖어!'

주노는 자신이 오징어포처럼 납작해지지 않은 것이 오히려 이상했다. 그러지 않아도 쑤시던 뼛골이 부러진 것처럼 녹신녹신했지만 주노는 애써 아픔을 참았다. 아직은 의심을 하지 않는 것처럼 보였지만 조금만 허점을 보이면 이 만석이란 놈이 대번에 알아채지 않을까? 아파도 신음 한 번 지르지 못하는 고달픈 신세였지만 주노는 눈치껏 장한을 치료하는 데 전념하지 않을 수 없었다.

"미나야, 너는 그만 나가 있거라."

이제 장한의 피에 전 옷을 벗기고 피를 닦아내야 할 차례, 다 큰 처자에게 사내의 알몸을 보일 수는 없는 노릇이었다.

"그리고 만석이 넌 부엌에 말려둔 쑥을 가져와서 절구통에 찧어라!"

베개를 가져와 장한의 머리 밑에 바치며 주노가 나직하게 일렀다.

'크흠. 자상을 입긴 했지만 피륙의 상처라 위급한 상황은 아
니로구나.'

과거의 기억을 되살려 미지근하게 데운 물에 수건을 골고루
적신 다음 장한의 벗은 몸을 차근히 닦던 주노가 저도 모르게
혀를 끌끌 찼다.

"쯧. 이놈은 뭘 처먹었기에 덩치가 꼭 하마 같냐?"

"그래, 됐다. 너도 그만 나가 보아라."

상처마다 쑥을 붙이던 주노가 만석을 내보내고는 잠시 생각
에 잠겼다.

'일단 치료하긴 했다만, 보아하니 소도둑놈처럼 무식하게
생긴 게 질이 안 좋아 보인단 말이지.'

그러나 어쩐단 말인가.

상처를 입고 찾아온 새를 내쫓을 수 없는 것처럼 피를 많이
흘려 정신이 혼미한 자를 내칠 수도 없는 일이었다.

'에라, 모르겠다! 될 대로 되겠지.'

곰곰이 생각하던 주노가 장한이 몸을 회복하면 바로 내보낼
생각을 하고는 머리를 흔들어 골치 아픈 생각을 지웠다.

다음날 아침, 언제 비가 왔냐는 듯 날씨는 화창했다.

벌써 유월 중순, 무창 주변은 장마철이 시작된 지도 여러 날
이 지났지만 아직 장마 비다운 폭우는 내리지 않고 있었다.

잠에서 깨자마자 장한이 어떻게 되었는지 궁금해진 아이들

이 우르르 주노의 방으로 몰려갔다.

나미나도 부엌에서 밥을 짓다 말고 주노의 열린 방문 안을 기웃거리고 있었다. 장한은 아직도 깨어나지 못한 모양인지 쑥을 갈아붙이는 주노의 모습만 분주했는데, 눈 밑이 거무스레하게 잠긴 것을 보면 무척 피곤해 보였다.

"녀석들. 깨어나면 알려줄 테니 내가 부를 때까지는 이 방에 들어오지 말아라."

손을 저어 아이들을 내보낸 주노가 깊은 한숨을 내쉬었다. 놈이 밤새 끙끙 앓아대는 통에 한숨도 자지 못하고 간호를 한 것이었다.

'아구, 다 늙어서 이게 무슨 팔자냐.'

주노는 생각하면 할수록 온몸이 노곤한 게 눕고만 싶어지는 것이었다.

방바닥에 누운 장한을 흘낏 보던 주노가 급기야 침상에 벌러덩 드러누워 잠을 청했다. 그러나,

"아, 안 돼! 이 개새끼들아! 그러고도 네놈들이 정파라는 제 갈세가란 말이냐?"

장한이 몸을 번쩍 일으키더니 그 큰 주먹을 부르르 떨며 허공을 휘젖는 것이었다.

"아이구. 짜식이 잠이 들만 하면 소리를 질러대네? 크으. 내 이놈을 어떡해야 편안히 잘 수 있겠나?"

주노가 차마 큰 소리를 지르지는 못하겠고 조그맣게 투덜거릴 때, 장한이 갑자기 눈을 부라리며 소리치는 것이었다.

"개잡놈이 못하는 소리가 없네?"

"뭐? 개, 개잡놈……?"

털퍼덕! 쌔액쌔액… 드르렁.

주노가 미처 말을 잇기도 전에 몸을 바닥으로 누이며 코를 고는 놈이었다.

"으으으! 진짜 내, 내 이놈을!"

이를 바드득 갈면서 원통해하던 주노가 잠이 든 것은 그로부터도 약간의 시간이 흐른 뒤였다.

'가만! 여기가 어디지?

장한은 몸을 일으키려다 온통 쑤시고 결리는 데다 뼛골을 날카롭게 쑤셔대는 아픔에 오만상을 찌푸리며 도로 누웠다.

곳곳에 구멍이 난 천장, 색이 바래고 들떠서 누렇게 찌든 벽지. 초라한 침상에서 세상모르고 곤하게 잠을 자는 꾀죄죄한 노인네까지.

'크으. 참으로 빈곤한 살림살이로구나.'

누운 채로 눈만 돌려 방 안을 훑어본 장한은 왠지 마음이 놓였다. 만약 방 안이 화려했다면 너무도 불안했을 것 같았다.

그렇게 힘없이 눈을 감으니 저절로 떠오르는 것은 자신을 쫓아오던 악마 같은 자들이었다.

그가 지나간 기억에 빠져 몸서리를 칠 때, 문이 빠끔히 열리더니 마르긴 했지만 강단있게 생긴 아이가 천천히 들어왔다.

'응? 이 아이는 누구지?

어딘가 익숙한 느낌이 들었지만 얼마 전의 기억으로 머리 속이 엉클어진 장한으로서는 쉽게 누군지 알 수 없었다.

눈이 마주치자 아이가 이를 드러내며 싱긋 웃었다.

'크큭. 내가 무섭지도 않나?

워낙 험악하게 생겨서 처음 보는 자들은 그를 보기만 하면 슬금슬금 피하는 것이 상례였다.

'짜식이 꼭 나뭇등걸을 보는 표정일세?

장한은 아이의 웃음이 보기 좋다고 느끼면서도 이상스런 기분을 떨칠 수 없었다. 역시 어디선가 본 아이였다.

"호, 혹시 너는 그……."

"이제야 알아보시는군요."

머리맡까지 다가와 앉은 만석이 장한을 내려다보며 씨익 웃었다.

"으으음! 여우 굴에서 벗어났더니 이번엔 범굴이란 말인가……."

배일도는 침음하지 않을 수 없었다.

천무세가주 송백의 말 앞에서 뭔가 열심히 얘기하던 아이.

죽은 서생은 아이들이 천무세가의 군사 노릇을 하는 것 같다지 않았는가? 배일도는 너무도 어이가 없어 움직일 기력도 사라져 버렸다.

"걱정 말아요. 여긴 천무세가가 아니니까요."

그러나 만석은 배일도의 걱정이 기우임을 일깨어 주었다.

"무엇이? 그렇다면 여기는 어디란 말이냐?"

만석의 말에 더욱 의아해진 배일도가 목소리를 높이자 만석이 손가락을 입술에 세우며 조용하라는 눈짓을 했다.

"큰 소리 내지 말아요. 사부님이 깨어나시면 경을 치실 겁니다."

"뭐? 사부? 사부라고 했느냐?"

배일도가 의외의 말을 듣고 눈길만 돌려 침상를 흘끔 보았다.

"아저씨는 혹시 무적초자란 명호를 들어보았나요?"

"허억! 무, 무적초자라고?"

배일도는 부지불식간에 다시 큰 소리를 질렀다.

나대충이란 놈이 입버릇처럼 만나고 싶다고 하던 무적초자가 바로 저 꾀죄죄한 노인이라는 말인가?

그의 말마따나 왜소한 체구에 볼품없이 생긴 저 얼굴.

그러나 혼곤히 자고 있는 노인의 볼품없는 체구에서 느껴지는 것은 태산 같은 무거움이었다.

'어, 어찌 저 작은 체구에서 저러한 무게감이 느껴진단 말인가?'

머리를 갸웃하던 배일도의 두 눈알이 열렬하게 노인의 얼굴에 틀어박혔다.

'마, 맞아! 그렇다면 무적초자님께서 나를 구해주셨단 말이 아닌가!'

진정 믿기기 힘든 행운이었다.

배일도가 감격으로 떨고 있을 때, 얼굴에 가시나무를 문지르는 듯한 따가움을 느낀 노인이 보이지 않게 실눈을 떴다.

'어구. 저놈이 눈알에다 불을 지폈나, 왜 이리 얼굴이 뜨겁
다냐?'

배일도의 회복은 무척이나 빨랐다.

배일도는 겨우 사흘이 지나자 자리를 털고 일어날 수 있었
다.

'야아. 정말 좋구나.'

배일도는 그의 전신을 부드럽게 자극하는 햇살에 날아갈 것
같은 기분이 들었다. 해가 뜬지도 벌써 오래 되었는지 문풍지
사이로 스며드는 햇살이 방 안 구석구석을 돌아다니고 있었던
것이다.

그러나 방 안에는 아무도 없었다.

'응? 이게 무슨 소리지?'

자리에서 몸을 일으킨 배일도가 의아한 표정을 지었다.

영락없이 물을 치는 소리가 철퍼덕이며 들리는데 간간이 기
합성이 섞여 있는 것이었다.

비슷한 시각, 무창의 석두파 소굴에서 차석두 등을 만난 만
석은 그의 안내로 선착장으로 향하였다.

사시 무렵의 선착장은 발 디딜 틈도 없이 붐비고 있었다.

무창은 장강 유람선의 시발점이자 종착점이니 수백 척에 이
르는 각양각색의 화선(花船)과 유람선, 그리고 화물선 등으로

메워진 것이야 평소와 다를 바 없었다.

게다가 화려한 옷과 장신구로 치장한 선남선녀들, 문사 차림에 섭선 하나씩을 든 희여멀건한 문인들은 물론 비단 화복을 입고 거드름을 피우는 부유층 인사들까지, 그야말로 무창 주변의 행세하는 사람들은 다 기어나온 듯 난장판을 연상케 했는데, 각종 잡상인들이 다닥다닥 붙어 호객 행위를 하고 있어 더욱 그러했다.

그러나 양이 있으면 언제나 음이 있는 법.

거의 알몸뚱이로 무거운 화물들을 나르는 선착장 인부들의 지친 모습에서는 삶의 고달픔이 두드러져 있었다.

"휘이유! 정말 번잡스럽기도 하네."

우거형이 투덜대며 어깨를 치고 걸어가는 행인들을 흘겨보았다.

약간의 짜증이 없는 것은 아니지만 이런 장소는 처음이라 신기한 느낌도 들었다. 대체 이 많은 사람들이 뭘 먹고 사는지도 궁금할 지경이었다.

"조금 더 가면 한적한 공터가 나와."

공수거가 그의 말을 받아 반말로 대꾸했다. 만석은 어린 나이에도 뭔가 묵직한 느낌이 오는 것이 존대를 해도 크게 어색하지는 않았지만 덩치만 큰 우거형에게는 아니었다.

"난 이것도 괜찮은걸?"

소이가 웃으며 일행을 둘러보았지만 그의 말에 맞장구를 치는 사람은 없었다. 잠시 후 새로운 강자로 발돋움하는 강촌파와 화물 창고들 뒤의 공터에서 만나기로 한 터.

소문으로는 족제비파와 들개파가 쪽도 못 쓰고 백기를 들었다는 무시무시한 놈들이었다.

게다가 두목이란 놈은 멧돼지 같은 저돌성에 몸이 비호같이 빠르다고 하니 걱정스럽지 않을 수가 없었다.

오늘따라 만석은 묵묵히 그들의 뒤를 따라갈 뿐 깊은 생각에 잠긴 표정이었다.

'흑수채주 배일도가 피투성이로 살아왔다면 그의 부하들도 무창 주변에 흘러들었을 가능성이 높다.'

제갈세가가 흑수채에 있는 개나 돼지도 한 마리 남기지 않고 초토화시켰다 하더라도 일천 명이 넘던 흑수채였다.

잔당들을 쫓아 맹렬한 섬멸 작전을 펼쳤다고 해도 뒷골목 불량배에 주목할 만큼 제갈세가는 한가하지 않았다.

그렇다면 근래 뒷골목의 신흥 강자로 급작스럽게 부상하고 있는 강촌파가 흑수채의 잔당인지도 몰랐다.

"대장, 무슨 생각을 그렇게 해?"

주변의 대답이 없자 머쓱해진 소이가 옆을 걸어가는 만석에게 말을 걸었다.

"짜식, 내가 무슨 생각을 했다고 그래?"

만석이 짐짓 가벼운 어투로 대답하며 씨익 웃었다.

아직 확실치도 않은 짐작을 가지고 얘기하고 싶지 않았다. 그리고 강촌파의 행동 유형도 우르르 한꺼번에 몰려 패싸움을 하기보다는 두목끼리 일 대 일로 겨루어서 승부를 결정짓는다

고 하니 오늘은 자신과 강촌파 두목의 한판 승부로 모든 것이
끝날 것이었다.

'어렵더라도 그냥 질 수는 없어!'

만석은 속으로 다시금 결의를 다졌다.

놈들이 혹시 흑수채의 무리라면 배일도 얘기를 꺼내기만 하
면 그것으로 만사는 해결되는 것이었다. 그러나 만석은 전혀
그럴 마음이 없었다.

그 얘기는 승부가 끝난 다음에 해도 충분한 것이다.

'그래! 나는 대장부다! 그 누구의 힘도 빌리지 않고 내 힘으
로 뚫고 나간다!'

'대장의 표정이 굳어 있어.'

다른 사람은 몰라도 소이는 만석이 극도로 긴장하고 있음을
알아 챌 수 있었다. 소이로서는 거의 처음 보는 만석의 침울한
안색에 그의 마음마저 납덩이를 매단 듯 무거워지고 있었다.

'역시 어려운 상대라는 것이겠지.'

소이가 걱정스런 표정으로 만석의 눈치를 살필 때, 맨 마지
막 창고의 뒤편으로 널찍한 공지가 눈에 들어오기 시작했다.

공지의 오른편으로는 송림이 우거져 있었고 왼편으로는 장
강의 거친 물결이 넘칠 듯 다가왔다.

어젯밤 짧은 시간에 내린 큰비로 물살은 높았고, 흙탕물이
진 싯누런 물결은 모든 것을 집어삼킬 듯 호호탕탕 소리치며
흘러가고 있었다.

'웅? 기다리고 있었구나!'

차석두가 움찔하며 강촌파의 패거리들을 유심히 관찰했다.

양쪽의 대표자만 몇 사람 나오기로 했기에 공지에 서 있는 자들은 겨우 서너 사람에 불과했지만 수십 명이 있는 것처럼 무게감을 풍겼다. 나이도 대충 삼십대 전후. 그야말로 애들이 어른을 상대하는 판이었다.

그러나 이 세계에서는 나이보다는 주먹인 것, 초장부터 기죽을 이유는 없었다.

"으하하! 이거 반갑소. 내가 차석두요!"

석두가 큰 소리로 자신을 소개하자, 중간쯤에 서 있던 장한이 쭉 째진 눈꼬리를 치켜 올리더니 광소를 터뜨렸다.

"크하하하! 나 이거야, 코흘리개 애들이로구나!"

"무, 무엇이? 나이 처먹었다는 게 자랑이야? 짜식들이 부끄러운 줄도 모르고!"

그동안 상대의 면면을 살피던 하구신이 긴 얼굴을 와락 찌푸리며 앞으로 나섰다.

"오? 그놈. 그저 길쭉한 게 꼭 말 대가리가 히힝거리는 것 같구나!"

이번엔 덩치는 그리 크지 않지만 뼈대가 굵어 보이는 삼십대 장한이었다.

"뭐야, 저 개자식이 사람 안면 까구 자빠졌네! 내가 말 대가리라면 네놈은 멍청한 용가리다!"

'아니, 이 자식이! 겁대가리는 국에다 밥 말아 먹었나?

기분이 더러워진 장한이 이를 부득 갈며 뭐라고 대꾸하려

할 때,

"야, 식한아! 그만 하고 저놈 턱주가리나 날려 보내라. 나잇살 먹은 우리가 애들과 말싸움이나 하면 되겠어?"

'얘기가 그렇게 되나?'

덩치 큰 장한이 보다 못해 끼어들자, 식한으로 불린 통뼈 장한이 안면에 부끄럼을 잔뜩 띠었다.

그런데 식한이라면?

그랬다. 덩치 큰 장한은 흑수삼걸의 맏이인 관대형, 통뼈는 바로 둘째인 유식한이었다.

장강수로연맹을 재건해서 천하를 집어삼키려던 야망을 가진 이들이 겨우 무창 뒷골목의 주먹패로 전락했던 것이다.

그러고 보면 관대형의 애병인 붉은 철퇴와 유식한의 끝이 갈라진 패도도 보이지 않았으니 싸움통에 잃어버린 것일까?

그렇지는 않았다. 무림인들과 달리 관가의 통제를 받고 있는 양민들이 칼을 들고 설친다고 하면 바로 감옥행이었다.

그러니 병기를 들고 나오고 싶어도 뒤가 켕기는 것이었고, 또 뒷골목의 조무래기들을 상대로 하는 터에 그럴 필요도 없었다.

다만, 제갈세가 등 정파의 눈을 피하는 데는 역시 뒷골목 세계가 제격이었다. 평생 배운 것이 칼질이니 못할 것도 없었다. 그러나 흑수채를 세우고 손이 커진 그들로서는 조그만 지역에서 안주하기는 애초에 무리였다.

"너 임마! 말은 그럴듯하다만 주먹도 쓸 만한가 보자!"

"못할 것도 없지!"

유식한이 여유있는 자세로 걸어나오자 하구신이 씩씩하게 앞으로 나와 그와 마주 섰다.

'엑! 그게 아닌데?

비슷한 덩치지만 막상 마주 서고 보니 모골이 송연해질 정도로 유식한의 기세는 강렬했다.

그냥 서 있는 것만으로도 간이 오그라든 하구신이 자기도 모르게 뒤를 돌아보았다.

그의 동작이 무엇을 뜻하는지 이 자리에서 모를 사람이 있을까?

"왜, 겁나냐?"

유식한이 장난스럽게 눈을 찡긋하며 말을 걸자, 하구신이 이를 악물며 유식한을 쳐다보더니 주먹을 불끈 쥐었다.

그러나 아무리 용기를 북돋워도 빨랫줄에 매단 것처럼 주먹은 꼼짝도 하지 않았다.

"귀여운 아가야, 괜히 까불다간 너 고자 된다?"

"이, 이 개자식이⋯⋯!"

유식한이 일부러 감정을 돋우자 참지 못한 하구신이 막 주먹을 내지르려고 할 때, 퍼억! 소리가 나며 유식한의 발끝이 하구신의 하체 급소에 틀어박혔다.

"꽤애액!"

"이거 너무 싱겁잖아?"

돼지 멱따는 소리를 지르며 하구신이 땅바닥을 데굴데굴 구르자, 유식한이 발끝을 까딱거리며 한마디 보탰다.

"짜아식! 내가 고자 된다고 그랬잖아? 어른이 얘기하면 좀 들어라, 응?"

"츳. 짜식, 그만 놀려라. 애들이 울면 어떡하려고 그래?"

"크. 형님도 참, 그럼 울려야지 웃겨야 하겠소?"

킬킬킬킬! 나머지 두 사람이 배꼽을 잡고 웃자 말을 나누던 두 사람도 클클거리며 웃음을 터뜨렸다.

"저, 저럴 수가!"

차석두는 입 밖에 소리를 내지 않을 수 없을 만큼 놀라고 말았다. 이미 예상한 결과이긴 했지만 이건 해도 너무했다.

하구신이 용을 쓰며 주먹으로 치려고 하는 순간은 똑똑히 보였지만, 유식한의 발이 나오는 것은 보지도 못했던 것이다.

그가 발을 찬 것은 한 동작으로 보였지만 실은 좌우로 한 발짝씩 내디딘 다음에 발이 올라간 것이었다.

'으음. 저것이 바로 경신보법이라는 것이구나!'

경신보법. 일찍이 맹수가 발을 차며 빠르게 도약하는 동작을 보고 만들었다는 것으로 상대와의 거리를 가장 효과적으로 단축할 수 있는 무공이기도 하였다.

그렇다면 이들은 무림인! 한창 혼전 중이라 자세히 얼굴을 살필 겨를은 없었지만 이들이 흑수채의 고위직에 있던 인물들임을 쉽게 추측할 수 있었다.

이미 싸움은 끝났다. 차석두는 물론 모셔오다시피 한 만석도 저들에 비해서는 유치한 수준일 뿐이었다.

그러나 만석은 그렇게 생각하지 않았다. 유식한의 멋진 발차기를 보니 더욱 호승심이 용솟음치는 것이었다.

'이젠 내가 나설 때인가?

만석이 입만 딱 벌리고 그 자리에서 굳어 있는 석두의 어깨를 툭 쳐서 정신을 일깨우고는 앞으로 나섰다.

"정말 고명한 수법이군요. 그러나 싸움은 이제 시작이오. 당신이 두목인 듯하니 나하고 맞장을 떠봅시다."

"엉? 이건 또 웬 꼬맹이야? 야, 석두! 네가 두목이 아니었냐?"

석두의 뒤에 서 있던 비쩍 마른 어린애가 앞으로 나오며 소리치자 유식한은 어이가 없었다.

"당신에게 한 소리가 아니오! 당신이 두목이라면 나하고 얘기하고 그렇지 않으면 비켜요!"

"요 조막만 한 어린애가 말을 함부로 하네? 넌 어느 쪽을 손봐줄까? 그 말 많은 아갈통을 부숴줄까? 얘야, 말만 해라, 응?"

유식한이 당장이라도 만석을 덮칠 듯이 폼을 잡았지만 만석은 눈 하나 까딱 않고 관대형을 노려볼 뿐이었다.

'어잉? 어린놈이 꽤 당차네?

관대형이 얼굴을 살짝 기울이면서 만석의 얼굴부터 전신을 한 번에 훑어보았다.

'거참, 아무리 봐도 약골 냄새가 팍팍 풍기는데 말이지.'

"좋다! 어린애가 배포 한번 크구나! 두목끼리 한판 하자니 내 구태여 거절하고 싶지는 않다만……."

벼락같은 소리를 질러대던 관대형이 말을 뚝 그치더니 째진 눈을 더욱 가늘게 떴다.

"근데 너 두목 맞냐?"

"그, 그건……."

만석이 아무 말도 없이 노려보고만 있으니 관대형의 눈이 자연스럽게 차석두를 향했다.

"맞습니다!"

대답은 엉뚱한 데서 나왔다. 공수거가 큰 소리로 대답하자, 관대형이 고개를 갸우뚱하면서 차석두와 공수거를 번갈아 보았다.

차석두가 공수거를 험악하게 노려보다가 그만 고개를 떨구고 말았다. 자신이 관대형 앞에 나설 용기가 있을까?

"자, 그만 해요. 누가 두목이든 내가 나섰다는 게 중요한 것 아닌가요?"

심히 난처한 차석두를 구해주는 한마디였으니.

만석의 말은 자신을 이기면 일이 끝나는데 누가 두목인지 따지는 것은 무의미하다는 말이었다.

"호오, 그러셔? 좋아, 좋아! 아니라고 하면 내가 그놈 아구통을 죽사발로 만들어놓을 겨!"

"저, 노, 노선배님. 지금 뭐 하시는 건가요?"

평소의 배일도 같으면 '거, 노인장, 거기서 뭐 하슈? 물고기하고 놀고 있소?' 이렇게 말을 해야 정상이었다.

　그러나 아무리 왜소하고 볼품없이 생겼더라도 그는 저 유명한 무적초자였다. 그가 익히 들은 것만 해도 놀라서 까무러칠 업적이 아니던가?

　무당의 전대 장문 청운자와 소림의 전대 방장 무초 대사와 얽힌 일화를 굳이 기억하지 않아도 눈앞의 노인이 바로 무림의 일인자인 것이다.

　그런데 그 이름 무게만으로도 감당치 못할 무림사에 길이 남을 기인이 강가에 오두막집을 짓고 살고 있을 줄이야!

　게다가 지게 작대기를 장난처럼 휘둘러 물고기를 희롱하는 저 모습이야말로 기인다운 괴벽이 아니던가?

　'커흑! 이, 이걸 어쩌지?'

　물고기를 잡는 데만 신경 쓰다 보니 옆에 누가 다가오는지 전혀 기척을 못 느낀 주노는 놀라서 간이 떨어질 뻔했다.

　'가, 가만있자, 놈이 날 노선배라고 불렀다 이거지?'

　게다가 저 퉁방울 같은 눈에 콧구멍이 뻥 뚫린 험악한 녀석의 행동은 지극히 공손하였다.

　놈의 태도가 단순히 목숨을 구해준 은인이라 그런 것이 아님을 주노는 재빨리 눈치 챌 수 있었다.

　뇌리가 순식간에 몇 바퀴 돌아서 제자리에 멈췄을 때에는 주노의 표정은 그지없이 근엄해져 있었다.

　"어허! 네 이놈! 다 늙은 내가 물고기와 씨름하고 있으면 어서 돕지 않고 묻기는 왜 묻는단 말이냐!"

　"예? 예……."

주노가 지게 작대기를 건네주며 냅다 호통을 치자 찔끔한 배일도가 노인과 자리를 바꿔 물속에 들어갔다.

노인에겐 허벅지까지 오는 물이 배일도한테는 정강이 아래에서 찰랑거렸다.

"자, 어서 시작해 보아라!"

'이거 어떻게 하는 거지? 고기가 보이면 그냥 내려쳐?'

명색이 수채의 우두머리 노릇을 했으니 부하들이나 어부들이 상납한 물고기를 시식만 하던 배일도였다. 그러니 직접 물고기를 잡아본 적이 있을 턱이 없었다.

그런데 지게 작대기로 물고기를 잡는다는 소리는 들어본 적도 없는지라 배일도가 어정쩡하게 물속에 서 있자니 노인이 삐딱한 목소리로 나무라는 것이었다.

"야, 이놈아! 꼭 입속에 떠 넣어줘야 밥 먹냐? 아, 어서 시작해 보래도?"

'가, 가만! 이제 보니 다시없을 큰 기회로구나!'

배일도는 너무도 감격해서 눈물을 찔끔할 뻔했다.

설마 무적초자가 힘이 없어 대신 물고기를 잡으라고 하겠는가? 자신의 목숨을 구해주더니 이젠 무공마저 전수하려는 것이었다.

"하합! 하아압!"

그때부터 지게 작대기로 물을 내려치는 소리가 강가를 쩌렁쩌렁 울렸다. 배일도는 오랜만에 마음껏 소리치고 있었다.

심중에 쌓였던 모든 울분을 토해내듯 그렇게 배일도는 지쳐

쓰러질 때까지 지게 작대기를 휘둘렀다.

제갈세가고 뭐고 이젠 걱정할 것이 없었다. 무적초자가 은거한 이 성스러운 장소를 과연 누가 침범할 수 있겠는가.

'커어! 벌써 열 마리째네?'

주노는 기뻐서 미치고 환장할 지경이었다.

처음에는 물고기는 놔두고 엉뚱한 데만 후려치더니 나중에는 서너 번만 후려치면 물고기가 한 마리씩 뻗어서 물 위로 둥둥 떠오르는 것이었다.

'아니, 짜식이 벌써 지쳤나?'

투망으로 열심히 물고기를 건져 올려 통발에 담던 주노가 지쳐서 헥헥거리는 배일도를 못마땅한 눈으로 째려보았다.

"이놈아! 젊은 놈이 겨우 그거 하고 지쳐서는 헛바닥에 주름을 잡아? 에이! 요새 젊은 놈들은 왜 저리 허약해?"

배일도에게 보통 사람이 이 얘길 했다면 게거품을 물어야 정상이겠지만 상대는 무적초자였다.

'여, 역시 무적초자 어르신답구나!'

배일도는 더더욱 감탄하지 않을 수 없었다.

자신의 무지막지한 용력이 그의 눈에는 허약하게만 비치고 있는 것이었다.

"어허엉! 무적초자 어르신, 제발 저를 제자로 받아주십시오!"

'뭐, 제, 제자?'

놈이 울먹거리는 표정을 짓기에 좀 과했나 싶던 주노가 속으로 깜짝 놀라 한 걸음 뒤로 발을 물렸다.

실은 배일도가 지게 작대기를 한 번 내려칠 때마다 폭포수처럼 물이 쏟아지기에 놀라서 죽을 뻔했던 주노였다.

그런데 보기만 해도 무시무시한 놈이 제자로 받아달라니!

그러나 주노는 길게 생각할 여유가 없었다. 그의 귓전에 또렷하게 들려오는 여인의 간드러진 음성이 있었다.

"어, 어머! 그럼 저한테도 사제가 생기는 거네요?"

'어헉! 이건 또 무슨 소리냐?'

오리걸음을 마치고 돌아온 나미나였다.

第十二章
왕도는 없다

마주 선 만석과 관대형 사이에 긴박감이 흐르고 있었다.

'어라? 짜식이 꿈쩍도 않네?'

관대형은 놀라지 않을 수 없었다.

인상을 바락 좁혀가며 기세를 피웠는데도 만석은 요지부동, 그의 눈만 쳐다보고 있을 뿐이었다.

열세 살 어린애치곤 큰 편이라고 해도 겨우 오 척 단구였다. 그에 비해서 관대형은 육 척이 넘는 키에 이백 근의 몸무게였으니 누가 봐도 애와 어른의 싸움이었다.

'역시 대단하군!'

만석은 전신을 무겁게 누르는 관대형의 압력에 저항하며 새삼 혀를 두르고 있었다. 처음부터 약세를 보일 수는 없는 것.

그러나 뜨거운 여름 공기에 이마에서 땀방울이 돋아나 눈썹으로 기어드는 것까지는 어쩔 수 없었다.

'땀?'

관대형이 이마에서 줄줄거리며 땀을 흘리는 만석을 보고 회심의 눈빛을 빛냈다.

'짜식! 그럼 그렇지! 어미 뱃속에서부터 무공을 연마했다고 해도 어린애일 뿐이야.'

관대형은 만석이 어린것을 감안해서 따끔하게 버릇을 고치는 선에서 마무리할 작정이었다. 원래 대가 세면 부러지기도 쉬운 법. 녀석에게 휘는 법을 가르치고 싶었다.

"좋아! 이제 시작해 볼까?"

관대형이 입속으로 중얼거리며 막 몸을 움직이려고 할 때, 만석이 슬쩍 발을 빼더니 관대형의 오른쪽으로 돌아가는 것이었다.

'응? 짜식. 싸움의 기본은 되어 있네?'

관대형이 공격하려는 낌새를 눈치 채고 오른손잡이인 그의 사각 지역으로 몸을 옮긴 것이었다. 그러나 관대형은 무림인. 안으로 휘어 치나 바깥으로 내어 치나 그에겐 하등의 관계가 없었다. 관대형이 만석의 몸을 쫓아 주먹을 내어 치려고 할 때, 만석이 관대형의 안으로 파고들며 이번엔 그의 왼쪽으로 돌았다. 관대형이 움찔하며 한 걸음 뒤로 물러나며 오른발을 쳐들려고 하니 다시 오른쪽으로 잽싸게 몸을 옮기는 만석이었다.

'헛! 짜식이 무척이나 빠른걸?'

관대형은 놀라지 않을 수 없었다. 상대가 상대니만치 내공은 한 푼도 쓰고 있지 않았지만 이십여 년간 익힌 무공이었다.

그런데 공격을 하려고 하면 미리 눈치 채고 사각지역으로 돌아가 버리니 관대형의 자세는 어정쩡할 수밖에 없었다.

'지금이야!'

만석은 몸을 와락 낮추며 발을 날려 관대형의 다리를 휘어찼다.

"어헛!"

불시의 공격에 놀란 관대형이 그 자리에서 몸을 한 바퀴 빙 돌리며 만석의 발 공격을 피했다.

그러나 만석의 발 공격은 상대의 반응을 떠보려는 동작에 불과했다. 그가 미처 수비 태세를 갖추기도 전에 만석의 왼손이 직선으로 관대형의 명치끝을 쳐 나갔다.

슈팍!

공기가 파동치는 소리가 짧게 들리며 명치끝에 주먹이 파고들자,

"이런!"

관대형이 엉겁결에 팔목으로 만석의 주먹을 막았다.

"커헉!"

팔목이 온통 마비되는 느낌에 관대형이 일순 몸을 경직시켰을 때, 만석의 오른손이 관대형의 오른 옆구리에 작렬했다.

"끄으윽!"

창자가 뒤틀리는 엄청난 고통에 관대형이 새우등처럼 허리

를 구부리자 이번엔 만석의 왼쪽 팔꿈치가 숙인 목덜미로 파고들었다. 숨 돌릴 틈조차 없는 공격.

그러나 관대형도 결코 만만한 사람일 리가 없었다.

만석의 팔꿈치가 뒷덜미를 쳐오는 짧은 순간에도 머리를 쭉 빼서 그의 공격을 등허리로 비끼더니 무릎을 직선으로 올려 만석의 상체를 치박았다.

그러나 그의 공격은 무위로 끝날 수밖에 없었다.

만석이 신형이 갑작스럽게 뒤로 미끄러지며 관대형의 허벅지를 수도로 내리찍었다.

"크억!"

강력한 충격타에 허벅지가 찌르르 울리며 마비가 되자 관대형의 큰 몸이 앞으로 휘청하며 중심을 잃었다.

'됐어!'

만석이 절호의 기회를 잡아 몸을 붕 띄우더니 다리를 십자형으로 교차해서 관대형의 굵직한 목을 감았다.

쿠당탕!

두 사람이 함께 지면에 널브러지며 큰 소리를 내자, 그제야 두 사람의 모습이 제대로 보였다. 중인들이 보니 만석의 다리가 관대형의 목을 감고 있었는데, 관대형의 코와 입에서는 피가 줄줄거리며 흘러내리고 있었다.

"으억!"

유식한이 먼저 외마디 비명을 지르며 두 사람의 위치로 달려들려고 할 때, 환성을 지르던 소이가 재빠르게 일갈했다.

"거기서 멈춰요! 이건 두 사람만의 결투예요!"

"두, 두 사람만의……?"

유식한이 어정쩡한 표정으로 발을 멈추며 나머지 동료들을 돌아보았다. 그들 역시 놀라긴 마찬가지, 눈을 크게 뜨고 굳어 있을 뿐이었다.

주변의 움직임을 살피던 만석이 히죽 미소를 지으며 관대형을 내려다보았다.

"자, 이번 싸움은 누가 이겼지요?"

'크윽! 이게 무슨 개창피란 말이냐?

숨이 막혀 돼지 간을 삶은 것처럼 시뻘게진 관대형의 얼굴이 부끄러움으로 더욱 붉어졌다.

어리다고 얕보고 말았다. 상대를 봐주려는 마음도 있었다. 내공도 쓰지 않고 있는 그대로 만석을 상대한 그의 방심이 화를 부른 것이었다.

그러나 진 것은 진 것이고, 자신은 상대의 처분에 몸을 맡기고 있는 처지였다. 목 주위의 급소를 강력하게 옥죄는 만석의 양다리에 의해 마비가 되어 몸에서는 힘이 쭉 빠져나가고 있었다.

이제 와서 내공을 끌어올려 봤자 될 일이 아니라는 것이었다.

"그래, 내가 졌다!"

관대형은 속이 터질 만큼 억울했지만 패배를 인정하지 않을 수 없었다. 그의 말을 듣고 관대형의 눈을 한동안 응시하던 만석이 두 다리에 끼인 관대형의 목을 풀어주었다. 그리고는 자리에서 몸을 천천히 일으키더니 지나가는 투로 한마디 했다.
"당신들의 채주를 만나고 싶지 않나요?"

그 시각 주노는 배일도의 구배를 받고 있었다. 이른바 배사지례라고는 하지만 점잖게 모랫바닥에 앉은 주노의 심장은 주체없이 벌름거리며 뛰놀고 있었으니……
여기서는 처음 얼굴을 마주한 배일도와 나미나가 너무 반가워하며 서로의 안부를 주고받기에 궁금해서 물어보지 않을 수 없었다.
그런데 알고 보니 이 인상 더러운 놈이 흑수채주 배일도라는 것이며, 나미나는 흑수삼걸의 막내 나대충의 누이동생이라는 것이었다.
'아구야! 이거 들통나면 뼈다귀가 남아나지 않겠구나!'
저 솥뚜껑만 한 주먹에 한 방 맞으면 그 길로 북망산행이었다. 주노는 늙어 삭은 뼈다귀가 못내 근심스럽지 않을 수 없었다.

'어혹! 저건 또 웬 놈들이냐?'
저녁 시간이 다 되었을 때까지도 평상에 몸을 굴리며 이 근심, 저 걱정으로 안절부절못하던 주노가 오두막길로 접어드는 장한들을 보며 둥그렇게 눈을 떴다.
보기만 해도 무식이 넘쳐흐르는 무지막지한 거한과 뼈가 억

세어 보이는 험상궂은 얼굴의 장한.

그 앞에는 만석이 싱글거리며 걸어오고 있었는데, 장한들의 뒤쪽으로 소이와 우거형이 말을 나누며 낄낄거리고 있었다.

'아구! 저놈들은 뭐가 좋아서 헤벌죽대고 있냐?

"저의 사부님입니다."

몸을 일으킨 주노를 보며 만석이 처음 한 말이었다.

"아, 어르신. 처음 뵙겠습니다. 저희 채주를 구해주셨다니 이 은혜 백골이 나… 난무합니다."

'엥? 백골이 난무해? 아니, 이 자식들이 내가 팍싹 늙었다고 놀리나?

놈들이 생김새만큼 무식한 줄은 알겠지만, 고까운 심정으로 들으니 빨리 죽으라는 소리로 들렸다.

"에잉! 알았으니 저 밑에 내려가 보게. 그 녀석 지금 바쁘니까 방해 놓지 말고!"

주노가 삐친 목소리로 한마디 하더니 몸을 돌려 누워버렸다.

그들이 주노의 반응이 무엇을 뜻하는지 모를 수가 있을까?

보기 싫으니 어서 꺼지란 소리였다.

'크으! 이 노망난 늙은이를 그저!

유식한이 주노를 꼬나보며 속으로 이를 갈았다.

그러나 아무리 마음에 안 들더라도 채주를 구해준 은인 아닌가? 게다가 자신들이 누군지 알면서도 저런 심드렁한 표정을 짓는다는 것은 노인이 보통 사람이 아니라는 증거이기도 했다.

'크. 주먹이 운다, 울어!'

애써 성질을 다스린 그들이 만석의 안내를 받아 방풍림으로 내려가자 주노가 조심스럽게 눈을 들어 그들의 뒷모습을 살폈다.

'아구, 무서워 죽을 뻔했네! 짜식이 사람만 죽이고 살았나? 에휴, 끔찍해라.'

다시금 자신을 죽일 듯 노려보던 유식한의 눈을 떠올리며 주노는 몸서리쳤다.

"야아압! 이혀업!"

무적초자의 제자가 되고 만 배일도는 기분이 째지도록 흡족했다. 그래서 그에게 배당된 물고기 할당량을 채우려고 힘든 줄도 모르고 물을 때리고 있었다.

"두목! 두모옥!"

그때였다. 무척이나 익숙한 목소리가 들리며 부리나케 쫓아 내려오는 자들이 있었다.

"아아니! 저, 저놈들은?"

"어허헝! 커흐흑!"

잠시 후 세 사람이 서로의 어깨를 부둥켜안더니 눈물을 철철 흘리며 울부짖는 소리가 장강의 짙푸른 물결에 부딪쳐 되돌아왔다.

그렇게 얼마나 시간이 흘렀을까?

겨우 마음을 진정했는지 굵은 팔뚝으로 눈물을 닦던 관대형이 이를 부드득 갈며 소리쳤다.

"두목! 원통합니다! 크흑. 그 제갈세가 놈들이 우리 식솔들을… 크흐흑!"

"끄윽! 나도, 나도 알고 있다. 이 원한을 어찌해야 갚을 수 있단 말이냐!"

"그래요! 모두, 모두 죽었단 말입니다! 밤마다 울부짖는 원혼들로 잠을 잘 수가 없어요. 그 개자식들의 눈알을 뽑고, 간을 씹어 먹지 않고는 이 원한을 풀 길이 없단 말입니다!"

세 사람이 번갈아 피가 터질 듯한 울분을 토하는 모습은 실로 비장하였다.

그로부터도 한참 제갈세가에 욕설을 퍼부으며 원한을 되씹던 그들이 힘없이 처진 몰골로 모랫바닥에 주저앉았다.

"참, 두목. 근데 여기서 뭐 하슈?"

마음이 진정되고 보니 지게 작대기로 물을 내려치던 배일도의 행동이 못내 궁금해진 유식한이 물었다.

"짜식들. 보면 모르냐? 물고기 때려잡는 거지."

"네? 물고기를 왜 때려잡아요? 낚시로 잡는 고상한 방법도 있는데, 안 그래?"

관대형이 말을 하다 말고 유식한에게 동의를 구했다.

"짜식들. 고상한 건 알아가지고! 이건 무공 수련이야!"

"무공 수련? 아니, 이렇게 지게 작대기로 물고기 때려잡는 것이 말이오?"

관대형이 대뜸 반문하면서 째진 눈을 뚱그렇게 만들려고 애쓰자 배일도가 입술에 손가락을 대며 눈을 흘겼다.

"너희, 이제부터는 말조심해야 쓰겠다. 스승님이 들으시면 어쩌려고 그래?"

"아니, 두목한테 스승이 있어요?"

"아, 아니, 너희 얘기 못 들었냐?"

배일도가 모래사장에 널브러진 물고기를 통발에 담고 있는 만석을 돌아보자 만석이 씨익 웃으며 대꾸했다.

"아저씨가 말해주면 되지요."

"츳. 하기야 내가 얘기하면 되지."

배일도가 간단하게 자신이 스승을 모신 연유를 말해주며 그가 바로 무림일인자 무적초자라고 귀띔하자 관대형과 유식한은 그저 놀라서 어안이 벙벙할 지경이었다.

그 훅 불면 날아갈 것 같은 보잘것없는 체구에 심통이나 부리는 노인네가 무적초자라니!

처음엔 믿기 어려웠지만 이어지는 배일도의 설명을 들으며 그들은 확신할 수 있었다.

무적초자! 무림 최대의 신비 인물이자 아는 사람은 다 아는 무적의 인물.

'그렇다면 나도 못할 게 없지!'

두 사람의 눈에 희열에 찬 열기가 바삐 채워들었다.

"뭐, 뭐이야?"

놈들이 다시 올라와서 대뜸 한다는 소리가 제자로 받아달라는 황당한 소리였다. 처음과는 정반대의 정중한 태도를 보면 저 배일도란 놈이 자신을 무적초자라고 말한 모양이었다.

'끄으음……'

아무리 천하의 주노라 하더라도 이쯤 되면 고민하지 않을 수 없었다.

'에구, 제자가 벌써 몇 명이더라?'

주노가 속으로 손을 꼽으며 평상 밑에 납작 엎드려서 그의 대답만을 기다리는 놈들을 내려다보았다.

'이거 어떡하면 좋냐?'

잘못하면 골로 가는 것이 문제가 아니라 뼈다귀가 제각각 안녕을 고하는 불상사가 벌어질 수도 있었다.

"사부님, 받아들이시지요. 사부님께서 어린 저희를 받아들인 것도 무림의 동량으로 키우시려는 마음 때문이 아니셨어요? 그렇지만 저희는 나이가 어려 사부님의 뜻을 받들려면 아직도 오랜 세월이 필요하니, 저들을 받아들여 당장 문중의 세를 키우는 것도 바람직하다고 생각해요."

만석이었다. 남의 아픈 속은 모르고 제멋대로 추측해서 지껄인 데 불과하지만, 주노는 마땅히 거절할 말을 찾지 못하였다.

주노가 가타부타 말도 없이 허공만 바라보자 이때를 틈타 만석이 말했다.

"어서 사부님께 구배를 올리세요."

‘어헉! 이, 이놈이?’

좀 더 생각을 하려던 주노가 깜짝 놀라 눈을 아래로 내렸다.

한 배, 두 배, 세 배……

절이 거듭될수록 주노는 자포자기 심정으로 변했다.

‘제길. 들통이 나봤자 죽기밖에 더 하겠어?’

그날 저녁을 먹고 평상 주변으로 사람들을 불러낸 만석이 의젓한 표정으로 한 사람씩 눈을 맞추었다. 그리고 잠시 뜸을 들이더니 엄숙한 목소리로 말을 꺼내는 것이었다.

"자, 여기 무적초자 사부님의 제자들이 모두 모였다. 이에 사문의 기풍을 바로잡고 향후 남들에게 비웃음을 당하지 않으려면 제자들 간의 서열을 확실히 하는 것이 중요하다."

"그, 그야……"

배일도가 우물거리며 반응을 보였다.

"그래서 내가 대사형으로서 너희에게 이르니 사형 된 자는 사제들을 동생처럼 돌보고, 사제들은 사형들을 형처럼 존경하며 따르기 바란다."

이어 만석이 하나씩 이름을 부르며 그들의 서열을 정해주었으니, 그 내용은 이랬다.

소이가 둘째요, 우거형이 셋째며, 그 뒤로 나미나가 뒤를 이었다. 다음 차례로 배일도가 넷째를, 관대형과 유식한이 각각 다섯째와 막내를 차지했다.

‘휴우우. 그래도 그렇지, 아들뻘 되는 아이를 보고 어떻게 사형이라고 부르냐?

배일도 등은 불만으로 얼굴이 퉁퉁 부어 있었지만 이제 와서는 어쩔 도리가 없었다. 그들은 나이를 떠나 무적초자의 제자가 된 것이었다. 입문 순서가 아니라 나이가 많다고 윗사람이 되면 사문의 위엄과 기풍을 어디 가서 찾으랴!

장부가 결심하면 하늘이 두 쪽 나더라도 지켜야 하는 법이다.

이렇듯 제각기 깊은 상념에 빠져 헤어나지 못하고 있을 때 만석이 은근히 제안했다.

"오늘은 우리가 사형제를 맺은 뜻 깊은 날이니 어찌 가만히 있을 수 있겠어? 그러니 사부님을 모시고 무창으로 나가 보는 게 어때?"

만석들에게는 천무세가에 벌써 부하를 보냈는데 아직도 소식이 없다고 거짓말을 했지만, 강촌파와의 일이 해결되었으니 더 이상 미룰 수는 없었다.

석두가 마차를 수배해서 길을 떠난 시각은 해가 서쪽으로 기우는 늦은 오후였다.

천무세가의 대문이 눈앞에 보이는 장소에 도착하자 마차에서 내린 차석두가 뒤따라 내리는 공수거를 돌아보며 말을 건넸다.

"야. 근데 어떻게 소식을 전하냐?"

마차 안에서 내내 머리를 쥐어짰지만 뾰족한 수는 떠오르지

왔다. 잔머리의 명수인 공수거에게 물어보면 간단할지 모르지만 놈에게는 이미 정나미가 뚝 떨어진 상태였다.

나이 어린 애들에게 부끄럼도 모르고 갖은 아부를 다 하는 놈!

이것이 차석두의 생각이긴 했지만 당장 아쉬운 판에 안 데려올 수도 없었던 것.

'개자식! 짜식이 똥줄이 타는 모양이군!'

차석두와 마찬가지로 공수거도 차석두에게 실망한 지 오래였다. 그러니 속생각이 고울 리가 없었다.

"일단 부딪쳐 보는 거지, 여기서 걱정하면 뭐 하겠소?"

꼭 집어 말할 수는 없지만 은근히 비웃는 느낌이 든 차석두가 고개를 홱 돌렸을 때 공수거는 이미 대문 앞으로 발길을 옮기고 있었다.

'저, 저 자식이 어딜 건방지게 제멋대로 앞장을 서!'

생각 같아서는 놈의 머리끄덩이를 잡아당기고 싶었지만 수문무사에게 바짝 다가간 공수거는 이미 말을 걸고 있었다.

"소생은 무창의 공수거라 합니다. 천무세가에 만날 사람이 있어 왔으니 기별 좀 해주시겠습니까?"

"본 세가에서는 당분간 외인의 출입을 제한하고 있소. 그러니 돌아가시오!"

딱 부러지게 말하는 수문무사의 얼굴엔 짜증이 묻어났다.

천무세가가 봉문을 했다느니, 지게 작대기로 이백여 명의 수적을 물리친 기인이 있다느니 해서 일이 있은 지 보름이 지난 지금도 진상을 알고자 하는 자들의 발길이 심심치 않게 이어지고 있었다.

거의 아무도 오지 않는 무고를 밤새워 지키는 것보다는 확실히 나았지만, 가끔 생떼를 쓰는 자들이 있어 이제는 귀찮을 지경이었다.

수문무사의 명백한 무시에 공수거는 애가 닳았다.

무림칠대세가의 하나인 천무세가다.

비록 흑수채와의 싸움에서 옛 성쇠가 납작 수그러들긴 했지만 뒷골목 똘마니인 공수거에겐 여전히 쳐다보기도 힘든 위세를 가진 가문이었다.

"그, 그렇지만 소생은 그 추노라는 분에게 기별만 전하면 되는데요. 어떻게 사정 좀 봐주시면……."

공수거는 막 나오려던 후사한다는 말을 꿀꺽 집어삼켰다. 수문무사의 얼굴이 더욱 얼음장같이 싸늘해지는 것을 본 까닭이었다.

'오호라! 네놈도 공봉(供奉) 어르신께 용무가 있다 이거지?

사건 이후 추노가 극구 사양했는데도 세가에서는 그를 공봉으로 모시고 가장 운치가 좋은 별원을 내줄 정도로 대접이 극진했다.

또한 세가에 온 손님 중에서도 공봉의 얼굴이나 보고 가자는 사람도 많은 터.

아니나 다를까, 이 눈앞의 족제비처럼 생긴 녀석도 추노 운운하는 것이었다.

게다가 있는 것처럼 보이려고 일부러 차려입었는지 몸에 걸친 비단옷도 어쩐지 어설퍼 보이는 것이 영 마뜩치 않았다.

"너 같은 떨거지가 함부로 대할 정도로 본 천무세가가 만만히 보였더냐! 그만 돌아가지 않으면 물고를 내리라!"

'바로 이 맛이야!'

과연 쓸데없는 무고나 지키고 있으면 맛볼 수 없는 흡족한 기분을 숨기려고 더욱 안면을 굳히는 수문무사. 곧 홍주원과 함께 무고 경비를 서던 이성형이었다.

아무리 붙잡아도 실력이 좋은 무사들은 많이 떠난 상태.

사람이 모자라니 무고의 경비도 없어지고 수문무사도 한 사람으로 줄었는데, 오늘은 이성형이 맡고 있었던 것이었다.

이렇게 겉으로는 금방이라도 잡아 죽일 듯이 큰소리를 치고 있지만 자신의 제물이 된 눈앞의 어린 청년이 불쌍해지는 것은 공수거의 얼굴이 새파랗게 질려 있기 때문이리라.

'에이. 짜식! 난 또 무슨 좋은 수가 있다고.'

부러 거리가 떨어진 곳에서 두 사람을 지켜보던 차석두는 한심한 마음만 들었다.

하늘을 쳐다보니 날은 점점 어두워가고, 천무세가를 둘러싼 산중에서 스산한 바람이 불어오고 있었다.

'씨이, 안 되겠다. 내가 직접 부딪치는 것이 낫겠어.'

"네놈은 또 무슨 일이냐?"

이성형이 아직은 앳되게 보였지만 곰 같은 덩치를 자랑하는 차석두를 빤히 쳐다보며 소리를 질렀다.

보아하니 족제비와 같은 마차를 타고 온 놈이 아닌가?

"아, 너무 딱딱거리지 마슈! 사람 찾아왔으니 기별만 전해달라는 거지, 만나게 해달라는 소린 아니다 이거요!"

"뭐야? 딱딱거려? 문이나 지킨다고 우습게 보인다 이거지?"

마침내 오랫동안 가슴에 묻어두었던 억울한 심정에 허리에 찬 장검을 뽑아 드는 이성형의 얼굴은 무섭게 격앙되어 있었다.

"으헉!"

비록 나이 든 삼류무사라도 천무세가의 무사였다.

흠칫 놀라 뒤로 물러나는 차석두를 보며 공수거는 안면을 크게 찌푸렸다.

'어휴. 저 자식이 괜히 끼어들어서 일을 망치는구나.'

공수거의 생각은 그러했지만 일이 크게 벌어지기 전에 말려야 했다.

"저, 무사 나으리. 실은 저희는 만석이란 사람의 부탁을 받고……."

"뭐? 너 뭐라고 했지?"

어디서 많이 들어본 이름에 이성형이 눈을 홱 돌려 석두를 쳐다보았다.

"예. 정… 정만석이라고……."

"그, 그게 정말이냐?"

수문무사가 정말 놀란 듯 큰 소리로 반문하자 오히려 두 사람이 놀랄 지경이었다.

소이가 슬쩍 귀띔한 것처럼 만석 등은 겨우 이곳 하인 출신이라는데 어떻게 저 무사가 알고 있다는 말인가. 그것도 보통 잘 알고 있는 사이가 아닌 것 같았다.

"예. 당장 돌아갈 처지가 아니니 저희보고 안부만 전해달라고……."

그럼 행방불명되어 죽었다던 만석이 살아 있었단 말인가?

"그, 그래? 너, 너희 여기서 꼼짝 말고 기다려!"

두 사람의 의아한 표정을 둘러보던 이성형이 급히 안으로 들어가 대문을 쿵 하고 닫았다.

막상 안으로 들어간 이성형은 어느 쪽을 먼저 갈지 망설였다.

그간의 정리로 봐서는 친구 홍주원의 집으로 먼저 가야 했지만 그들이 찾는 것은 바로 추 공봉이었기 때문이다.

"에라, 일단 공봉께 갔다가 그 친구의 집으로 가면 되지."

"뭐, 뭣이? 그 녀석이 보낸 심부름꾼이 왔어?"

추노는 시녀가 차린 저녁상을 받고 있다가 이성형의 전언을 듣고 놀라 소리쳤다.

'음. 저녁을 먹을 때가 아니다! 그렇고말고!'

추노가 부리나케 청운자의 집으로 달려가려고 하다가 아직도 현관에 서 있는 이성형을 보았다.

'아, 아니지! 일단 녀석의 소문을 퍼뜨리지 못하게 입을 막

아야지.'

총관 무헌경이 귀띔해 준 말이 갑자기 떠오른 추노가 서두르던 발길을 멈추었다. 그에게 듣기로, 어느 날 술에 잔뜩 취한 송백이 아이들을 버리고 왔다고 실토하더란 것이었다.

이것이 무엇을 뜻하는지 추노는 모를 수가 없었다.

미천한 하인 아이의 커가는 싹을 미리 잘라 버리겠다는 가진 자의 질투심이 아닌가.

"내가 알아서 할 테니 이 얘기를 누구에게도 전하면 안 되네! 만약 여기에 대한 소문이 돈다면 나는 자네가 나를 무시하는 것으로 알겠네."

금방 나갈 듯하다가 엄하게 이르는 추노의 태도를 보고 이성형은 어안이 벙벙했다. 만석이 살아 있다는 것이 뭐 그리 중요하다고.

"약속할 수 있겠는가?"

"예, 예, 공봉 어르신. 이를 말이겠습니까요."

추노가 다짐을 하며 묻자 이성형은 곧바로 대답하지 않을 수 없었다.

"무어? 만석이 살아 있다고?"

추노의 말을 전해 듣고 청운자도 크게 놀라기는 마찬가지였다.

"예. 녀석으로부터 심부름꾼이 왔답니다."

"그럼, 어서 가보세!"

　두 사람이 사람의 눈에 안 띄는 곳으로 골라 경공을 펼쳐 반 각에도 훨씬 못 미친 시각에 십 리 길을 주파해서 세가의 정문에 도착할 수 있었다.

　"어허, 아이들이 모두 살아 있단 말인가?"

　말을 하는 청운자의 쭈그러진 얼굴에는 기쁜 기색이 확연히 어려 있었다.

　죽은 줄로만 알고 완전히 포기한 상태였는데 세 놈 다 살아 있다니! 그 기쁨은 추노 역시 더하면 더했지 덜하지 않았다.

　"그런데 누구하고 같이 있다고 했는가?"

　추노가 공수거에게 얼핏 들은 말을 떠올리며 묻자 공수거가 공손히 대답했다.

　"예. 주노라는 노인의 집에 있다는……."

　"아니! 주노, 주노라고 했는가?"

　청운자가 전혀 그답지 않게 큰 소리로 반문했다.

　"예, 예, 제가 듣기로는……."

　청운자는 물론 추노의 안색도 다급해지는 것을 보니 일이 크게 벌어진 느낌마저 들었다.

　"어서 서두르세! 잘못하면 큰일 나겠어!"

　청운자가 급히 신형을 띄우며 소리치자 추노가 같이 신형을 날리며 석두와 공수거를 돌아보았다.

　"너희는 천천히 오너라!"

　"우와아!"

　두 노인이 신형을 날려 멀어지는 것을 보면서 석두와 공수거는 그저 탄성을 지르며 침을 질질 흘릴 뿐이었다.

사람이 어떻게 저렇게 빠를 수 있단 말인가?

한 걸음에도 거의 수장씩 미끄러지며 땅거미 지는 지평선으로 묻혀가는 노인들의 뒷모습에서 그들은 내내 눈을 뗄 수 없었다.

청운자와 추노는 백 리 길을 쉬지 않고 달렸다.

아무리 공력이 심후하다고 해도 주노의 오두막 근처에 도착하니 숨이 턱밑까지 받쳐 오는 것이 다리마저 후들거렸다.

"다 왔으니 잠시 발을 쉬기로 하세."

멀리 어둠에 잠긴 숭림 사이로 주노의 집이 보이자 그들은 언덕배기에 몸을 기대고 편안히 앉아 진기를 소주천으로 돌렸다. 이윽고 반 각의 시간이 흘러 살며시 뜬 그들의 눈에서 날카로운 섬광이 발해졌다가 금방 갈무리되었다.

이미 반박귀진의 경지에 도달했는지 다시 보는 그들의 눈은 다만 평범하기만 하였다.

"후우, 그 사람이 왜 아이들을 제자로 받아들였는지 이해할 수가 없군요."

추노가 한숨을 쉬며 청운자를 응시하니 청운자의 눈에서 불똥이 튀었다.

"한마디로 미친놈이지! 언제는 사람을 갈아 만두 속에 넣고 먹으면 무슨 맛이 날까? 하고 눈을 빛내더군. 그래서 내가 '미쳤군!' 하고 말았더니, 놈이 갑자기 비수를 꺼내 들고 덤비는 것이야! 나참, 어이가 없어서.”

“예? 그런 일도 있었어요? 가끔 그 사람의 눈에서 광망이 도는 것이 혹시나 했더니…….”

“허허, 참. 그것뿐이면 내가 말도 꺼내지 않네. 다 늙어 빠진 놈이 계집만 보면 침을 질질 흘리면서 사타구니를 더듬더군.”

“그 말씀을 들으니 생각나는 게 있군요. 내가 곧 생불이니 중생들은 누구나 자기에게 경배를 해야 된다고 하기에, 제가 농담으로 경배를 안 하면 어떡할 거요? 하니, 내가 지옥에 들지 않으면 어찌 중생을 구할 수 있으랴 그러면서 모두 지옥의 유황불에 빠뜨린다나 어쩐다나… 에이그!”

“하여간 이러고 있을 때가 아니네. 아이들이 해를 입지나 않았으면 좋겠군.”

오두막집을 향해 신형을 날리는 그들의 몸짓은 다급한 기색이 역력했다.

강촌파와 석두파가 합동으로 만들어낸 술자리는 푸짐하였다.

북평 특산 오리구이는 물론 어향육사(魚香肉絲), 궁보계정(宮保鷄丁), 청초하인(淸炒蝦仁) 등 이름만 들어도 알 만한 요리들이 상다리가 휘어지도록 차려져 있었다.

그리고는 그들이 마시고 있는 술은 최소한 이십 년은 묵힌 모태주(茅台酒)로 특유의 그윽한 주향이 실내를 자욱이 떠돌고 있었다.

그들이 술을 마시고 있는 곳은 무창에서 세 손가락 안에 꼽
힌다는 무창제일루로 칸막이가 된 삼층의 창가였다.

이미 얼큰하게 취한 주노는 연신 자기 자랑을 하기에 바빴
다.

만석과 소이, 그리고 우거형은 한 잔씩밖에 마시지 않아 정
신이 말짱한 상태였는데, 술이라면 사족을 못 쓰는 배일도와
관대형, 그리고 유식한은 얼굴이 벌게져서는 주노의 말에 고
개를 끄덕이기에 바빴다.

"커어어! 아, 술맛 좋고!"

연신 술잔을 기울이며 말할 때마다 침을 튀겨내는 주노였지
만 주변의 제자들은 그의 말을 하나라도 빠뜨릴까 봐 귀를 잔
뜩 기울이고 있었다.

그렇기도 한 것이, 그가 허풍처럼 말하는 한마디 한마디가
모두 무림의 비사였던 것이다.

"그, 그래서요?"

유식한이 얼굴을 바짝 들이밀며 재촉하자 주노가 축 처진
눈을 게슴츠레 뜨며 째려보았다.

"이눔아! 그 뼈다귀 면상 좀 치워라! 나도 술 좀 먹자, 응?"

"예, 예, 사부님. 어서, 어서 드세요."

말은 그렇게 하면서도 유식한은 뻘쭘한 얼굴을 뒤로 빼며
속으로 투덜거렸다.

'크으. 술을 바닥에 줄줄 쏟다시피 하면서 무슨 술을 찾아?'

"아, 이눔이? 너 불만있어?"

눈치라면 도가 튼 주노가 유식한의 얼굴 표정이 말하는 것을 모를 리가 없었다.

"카하하! 아, 사부님도! 불만있겠습니까? 여기 술도 있지요. 자, 한잔 쭈욱 들이키고 얘기를 이으시죠. 궁금해 죽겠습니다요."

유식한이 당하는 것이 안돼 보였는지 배일도가 큰 잔에 술을 철철 부어서 주노에게 받쳐 올렸다.

"어잉? 아, 네놈이 사부 죽일 일 있냐? 이놈아! 술이 물이냐? 무식하기는 똥개도 안 물어갈 놈 같으니라고!"

'이, 이크! 잘못하면 나한테 불똥이 튈라.'

배일도가 얼른 술잔을 든 손을 웅크리며 다른 손으로 머리를 긁적였다.

"사부님, 제자들이 이렇게 궁금해하는데 어서 얘기를 해주시죠."

그때였다. 그들의 대화를 듣고만 있던 만석이 의젓하게 끼어들었다.

"어, 어험! 너희들, 그렇게도 궁금하냐?"

만석의 말은 무시하기 어려웠던지 주노가 점잖을 빼며 제자들을 둘러보았다.

"아, 물론입니다. 두말하면 거시기하고 세 말이면 좆 같은 소립니다!"

관대형이 마침 잘됐다는 듯이 얼른 맞장구를 쳤다.

"뭐, 뭐야? 그게 이 위대하신 사부에게 할 말이냐? 어찌 나

오는 소리마다 무식이 개나발을 부냐?'

'에, 에휴! 진짜 열받네? 사부만 아니라면 그냥!'

관대형이 인상을 와락 쓰다가 주노의 꼬챙이 같은 눈길을 받자 잽싸게 고개를 외면했다.

"너 임마! 잘하면 이 사부 치겠다?"

아무리 술에 취했다지만 정말 막가는 주노였다.

'야, 이거. 진짜 무적초자 맞어?'

배일도 등은 워낙 술에 장사라 아직도 정신이 있었다.

무적초자가 장난기가 심하고 괴벽한 행동거지로 유명하다지만 이건 너무 심했다.

'어잉? 이거 공기가 이상하게 돌아가는걸?'

역시 눈치 하면 주노였다. 대번에 뻑뻑해진 분위기를 눈치 챈 것이었다.

'어이구. 잘못하면 들통나겠다. 놈들이 술 취했다는 핑계로 한 대 치면 죽사발이 된단 말씀이야?'

"어허허! 사부가 농담을 하면 맞장구치는 것도 제자의 도리니라!"

주노가 근엄한 표정으로 일갈하더니 곧바로 얘기를 이었다.

"아, 그래서. 그 폭풍신군이란 놈이 말이지."

"아, 예. 예. 지, 지당하신 말씀… 아 …그 폭풍신군! 네, 말씀만 하세요."

관대형이 맞장구를 치다가 주위 사람들의 눈총을 받고 서둘러 입을 다물었다.

"커허험! 말하다가 까먹었구나! 일도야, 너만 마시지 말고 이 사부도 한잔 주려무나!"

"컥! 캑캑……."

배일도가 술을 들이키다가 주노의 말에 사레가 걸렸는지 캑캑거렸다.

"허어! 매사에 서두르면 안 된다고 그리도 일렀거만……."

주노가 혀를 차며 못마땅해했다.

그런데 언제 그런 말씀을 하셨지?

재우쳐 생각해 봐도 주노가 한 말은 '이놈아, 고기 많이 잡아!! 안 그러면 저녁은 없다!' 그 소리뿐이었지 않은가?

배일도가 의아한 눈초리로 주노를 힐끔거리자 주노가 헛기침을 했다.

"커흠! 사부의 말은 법이요, 진리라고 하거늘… 쯧쯧. 제자 기르기가 이렇게 어려워서야 사부 노릇 해먹겠냐?"

"제, 제자가 우둔하여 그만 사부님의 말씀을 잊었습니다. 밴댕이 속 같은 아량으로 널리 이해를 해주시면 이 제자 백골이 진토가 되겠습니다."

'크큭! 백골이 난무한다는 것보다야 낫겠지.'

"응? 이놈아! 이 늙은 사부를 두고 새파란 네가 벌써 죽는단 말이냐? 이런 불효막심한 제자 놈을 보았나? 크흐흑! 이렇게 슬플 수가 있단 말이냐!"

손에 든 오리 다리를 흔들며 한탄하던 주노가 꽥 소리쳤다.

"이놈들아, 꼴 보기도 싫다! 어서 저놈을 땅속에 치워라!"

“예엡?”

“으휴. 이게 뭐가 어떻게 돌아가는지 정신이 하나도 없네.”

우거형이 조그맣게 투덜거리며 만석을 돌아보았다. 대체 무슨 일인지 말 좀 해달라는 눈빛이었다.

“아, 그래서 폭풍신군이란 놈이 폭풍도를 들어 이 사부를 가리키며 소리치는 것이야!”

그때 다시 시작된 강호의 비사에 제자들의 귀가 쫑긋 세워지며 눈초리마다 기대감이 역력했다.

“으음. 아직도 부엌 아궁이에 불이 있는 것을 보니 집을 떠난 지 얼마 안 되었구나.”

청운자가 집 안을 한 바퀴 돌며 사람의 흔적을 찾다가 부엌을 살피며 중얼거렸다.

“그렇군요. 그럼, 방 안에서 기다리는 것이 좋겠소이다.”

추노가 도리가 없다는 듯 넌지시 제안하자, 청운자가 곧바로 머리를 끄덕였다.

“흐음. 밤도 늦었으니 어쩔 수가 없군.”

밖으로 나온 청운자가 방문을 다시 열어보더니 냄새를 맡는 듯 코를 킁킁거렸다.

“퀴퀴한 늙은이 냄새가 나는 것을 보니 그놈의 방이 이거 같네만.”

“예, 그런가 봅니다. 먼저 들어가시지요.”

주노의 방 침상에 자리 잡고 앉은 두 노인은 잠시 말이 없었다. 생각해 보면 참으로 오랜 세월이었다.

절치부심 무공을 연마하며 그자의 흔적을 찾느라 노심초사했다. 그러나 광적인 호승심을 가진 그놈이 어디를 떠돌아다니는지 아직도 모습을 드러내지 않고 있었다.

"무슨 생각을 하십니까?"

추노가 먼저 깊은 생각에서 깨어나 여전히 생각에 잠긴 청운자에게 말을 걸었다.

"아닐세. 그동안 아무 소식도 없는 것을 보니 우리의 계획이 성공한 것 같네만, 그러는 새에 우리는 이렇게 쭈그렁 늙은이가 되어 있구만."

왠지 한탄스러운 느낌이 풍겼지만 그의 말에는 자부심이 깃들어 있다는 것을 추노는 바로 알 수 있었다.

그 자신도 같은 마음이었으니까.

"정말 무서웠지요. 정말 악마 같은 놈이었습니다. 그러나 언제까지 그놈을 속일 수 있을 것인지 막막하기만 하군요."

"그렇기에 우리가 여기 불문곡직 쫓아온 것이 아닌가? 이 미친놈이 허점을 드러낸 것은 아닌지……."

"아무리 정신이 오락가락해도 이것은 무림 전체의 안위가 걸린 문제입니다. 설마 엉뚱한 짓을 했으려고요?"

"아냐. 중놈이 허풍은 왜 그리 센지……. 그놈 말을 듣다 보면 나마저도 미칠 지경이었어. 놈이 돌아오면 그동안의 행적을 샅샅이 캐물어야 할 것이야. 정 미심쩍으면 그놈의 목숨마저 거둘 생각도 해야 할 것이네."

"으으음. 그건 역시 마지막 방법이겠지요?"

"그렇네. 제발 놈의 정신이 멀쩡해서 거기까지 가지는 않았으면 좋으련만……."

"크으음……."

두 노인이 깊이 침음하며 다시 말문을 닫았다.

"참, 형님. 그런데 폭풍신군의 소식은 들으셨습니까?"

여기서도 폭풍신군 얘기가 나왔다.

"모르겠네. 말은 은거를 한다고 해놓고는 지금도 그자를 찾아 중원을 떠돌고 있겠지."

그리고 두 사람은 말이 없었다. 그렇게 말없는 시간이 흘러 새벽이 가까워졌어도 주노가 돌아오는 기척은 들리지 않았다.

"응? 어떤 작자가 겁도 없이 내 말을 하는 거야?"

언월도 비슷한 커다란 칼을 벽면에 세워놓고 술을 들이키던 노인이 기다란 귀를 쫑긋 거렸다.

나무껍질 같은 얼굴 피부에 널찍한 면상을 한 나이를 알 수 없는 노인이었다. 그러나 노인답지 않게 울퉁불퉁한 근육이 허름한 마의 위로 두드러져 보이는 데다 벌건 대춧빛 안색에는 정력이 넘치고 있어 범상한 사람 같지는 않았다.

"하, 놈이 그 큰칼을 들어 허공으로 한 바퀴 휘저으니 폭풍 같은 도기가 전신을 덮치는 거야!"

"꾸, 꿀꺽!"

손에 든 술잔을 기울일 생각도 못하고 주노의 메기같이 늘어진 입술만 쳐다보는 제자들이었다.

"짜식이 아주 작정을 했더만! 아, 너희도 생각해 봐라! 이 사부의 조그만 체구에 칼이 들어갈 데가 어디 있다고 그래? 그런데도 무지막지하게 필생의 공력을 기울여 공격하다니, 이게 사람이 할 짓이냐 이거야!"

"그, 그래서요?"

우거형이 중간에 말을 그친 주노를 보며 참다못해 재촉했다.

"그래서… 아, 술 떨어졌잖아?"

술통을 기울여 잔을 채우려던 주노가 빽 하니 소리 질렀다.

'저 작자가 누군데 감히 나를 두고 씹냐?

옆방에서 들려오는 소리에 한껏 귀를 기울이던 노인은 어처구니가 없었다.

'좋아! 무슨 소리를 하는지 조금만 더 들어보자. 크. 그리고 보니 내 성질도 많이 죽었어. 나이는 속일 수 없다더니, 그거 틀린 말도 아닐세?

거의 게거품을 무는 수준으로 주노는 열변을 토하고 있었다.

"놈의 폭풍도세는 위협적이었지만 내가 누구냐 이거야! 녀석이 한참 도세를 펼치더니 내가 그 자리에서 미동도 않으니 제풀에 지쳐 다리를 배배 꼬더구만."

'엉? 내가 언제?

노인의 심정에는 아랑곳없이 옆방은 환성 소리로 터져 버릴 듯했다.

"와아아!"

"역시 사부님은 대단해요!"

끝없이 이어질 듯하던 감탄 소리가 가라앉자 바로 뒤이어 묻는 말이 튀어나왔다.

"그런데 폭풍신군이 누구지요?"

"제자야! 녀석이 해남파의 전대 장문이라고 내 방금 말하지 않았더냐?"

우거형의 물음에 주노가 심통맞게 눈알을 부라렸다.

'그, 그랬었나?'

'으으으! 도저히 못 참겠다!'

참나무 껍질 같은 노인의 얼굴이 팍삭 우그러졌다.

우거형이 기억을 더듬으려고 할 때, 파싹 하고 칸막이가 왕창 부서지는 소리가 들리며 굉렬한 고함이 터졌다.

"야, 이 개 좆같은 새끼야! 너 죽으려고 작정했어?"

"어헉!"

"뭐, 뭐야!"

제자들이 몽땅 자리에서 일어서며 주먹이 들어온 방향을 놀라운 눈초리로 쳐다보고 있을 때, 주노는 자리에 그대로 앉아 눈살만 찌푸리고 있었다.

'아구! 어떤 개자식이 한창 재밌게 얘기하는 판에!'

사실 주노야 흑수채주 배일도 등 든든한 제자들이 있으니 걱정할 것이 없었다. 단지 끗발이 오르는 판에 파토가 난 것처럼 애석하기만 했다.

"금방 얘기했던 개자식아! 너 이리 나와!"

'가만있자, 이거 나보고 하는 소리야?

주노가 갸우뚱하며 칸막이를 돌아오는 거한, 아니, 덩치 큰 노인을 쳐다보았다.

곧이어 두 노인의 눈이 정면으로 마주쳤다.

그리고 상대를 탐색하는 눈길이 오고 간 뒤 거의 동시에 그들의 말문이 터졌다.

"아니, 다, 당신은?!"

"아, 아니, 너, 너는?!"

뜻밖의 만남에 손가락으로 서로를 가리키며 말을 더듬던 두 사람 가운데 주노의 다음 동작이 빨랐다.

"이, 이봐! 잠깐 나가서 얘기할까?"

급히 참나무 껍질 같은 노인네의 손을 잡아끌고 나가던 주노가 제자들이 따라 나오려고 하자 얼굴을 굳히며 소리쳤다.

"너희는 그 자리에서 나오지 말거라!"

무창제일루의 바깥으로 나가 작은 공지에 마주 서자 노인이 거친 목소리로 따졌다.

"이게 도대체 무슨 일이오? 파계했다는 소리는 들었소만 나를 안주로 그렇게 씹어댈 수가 있소?"

"이 사람아, 실은……."

"아, 듣기 싫소! 그게 변명으로 될 일이오? 나 폭풍신군을 우스개로 만들다니! 아무리 당신이라고 해도 이는 그냥 넘어갈 수 없는 일이오!"

"거 이 사람. 나도 고충이 있어서 한 일이야. 오죽했으면 내가 자네를 끌고 들어갔겠나?"

"좋소! 이유가 합당치 않으면 내 오늘 당신의 뼈다귀를 갈아 물에 타 마시겠소! 어서 말해보슈!"

"아, 그 사람. 성질이 급하기도 하지. 노부가 말하지 않겠다는 것도 아니고……."

"자꾸 말을 길게 할 거요? 내가 화나면 어떻게 되는지 잊은 것 같은데, 한번 시험해 보겠다는 거요?"

"노, 노부가 그걸 왜 모르겠나? 자네가 화나면 인사불성(人事不省)이 된다는 얘기 아닌가?"

인사불성? 실은 이때의 뜻은 인성을 상실하고 미친개가 된다는 뜻으로 폭풍신군이라는 거창한 명호보다는 광견(狂犬)이라고 부르며 이를 가는 자들도 있었다.

"그래, 그걸 잘 알면서도 내 개 같은 성질을 북돋았다 이거지?"

"커흑! 그, 그럴 리가 있나. 자, 자네도 알다시피 내가 원래 장난을 좋아하는지라……."

"호오! 말 막히면 장난이라고 그러지? 이 양반 정말 그냥 놔두면 안 되겠군! 여기서 아예 끝장을 내줘?"

"아, 아닐세. 제, 제발 한 번만 봐주게. 앞으로도 백 년은 살아야 하는데 지금 죽으면 너무 억울하지 않겠나?"

주노가 다시 한 번 주변을 둘러보더니 무릎을 꿇고 손을 싹싹 빌면서 애걸하자 폭풍신군 목철군(木哲君)은 어이가 없었다.

도대체 과거 단 한 번의 패배에 이렇게 타락해도 되는 것인지 믿기 힘들 지경이었다.

"좋소. 내 옛 정리를 생각해서 이 정도로 하겠소. 경고하지만 애들 가지고 장난치면 그날이 당신이 죽는 날이오."

무섭게 엄포를 놓던 목철군이 다시 한 번 주노를 죽일 듯 노려보더니 휭하니 돌아서 가버렸다.

'크. 아까운 술 다 깨어버렸네.'

과거 해남파의 장문인이던 폭풍신군을 만나 곤욕을 치른 주노는 정신이 오락가락할 지경이었다.

주노가 그만해도 다행이라 생각하고 제자들과 함께 집으로 돌아왔을 때는 이미 먼동이 트는 시각이었다.

힘없이 자기 방문을 열려던 주노가 흠칫하며 손을 멈추었다.

재차 기운을 느끼려 시도하자 씻은 듯이 사라진 묘한 기운.

'으음. 일부러 자신의 기운을 내었다가 거두어들였구나!'

그렇다면 자신의 방에 있는 자는 자신의 기운까지도 마음대로 조절할 수 있는 절정고수라는 얘기였다.

"놈! 여기까지 와서 무얼 망설이느냐!"

'헛! 이 음성은?'

주노가 문을 벌컥 열고 안으로 들어갔다.

"으으음……! 너, 너는 청운자?"

과거 일을 함께했던 폭풍신군에 이어 청운자와 왕두홍을 만
난 주노는 정신마저 아뜩해졌다.

"무초, 이 땡초 놈. 오랜만이로구나! 우리가 왜 왔는지 알고
있겠지?"

무초! 주노야말로 소림의 전대 방장인 무초 대사였던 것이다.

"클! 오랜만이오, 대사! 아니, 파계했으니 무 형이라고 불러
야 하나?"

"추 노제도 오랜만이군. 자네도 늙었어."

"세월은 사람을 내버려 두지 않는 법이오. 그러나 관 속에는
무 형이 먼저 들어가야겠소."

"자, 잠깐 밖으로 나가세나. 여기서는 말하기 곤란하군."

오늘 벌써 두 번째 밖으로 나가자고 부탁하는 무초였다.

경공을 전개하지 않고 천천히 십리하를 향해 가는 그들의
발길은 무거웠다.

"땡초 놈! 네가 지금껏 무슨 일을 했는지 낱낱이 털어놓아
라!"

목적지에 도착하자마자 매섭게 추궁하는 청운자였다.

"이 말코 놈아! 네가 무슨 자격으로 내가 한 일을 고하라고
하는 것이냐?"

"미친놈! 애들은 또 왜 붙잡고 있느냐?"

"으으음!"

무초는 괴로운 신음을 흘릴 수밖에 없었다.

뭐라고 대답을 해야 하는데 입이 떨어지지 않았다.

"형님! 더 두고 볼 것이 없소이다. 이 미친놈을 죽여 후환을 없애야 할 것이외다!"

양쪽에 서 있던 두 사람의 몸에서 강렬한 기세가 구름처럼 피어오르더니 갑작스레 거센 돌풍이 일기 시작했다.

무초가 움찔하며 발을 물리고는 가랑잎처럼 흔들리는 신형을 간신히 가누었다.

'으음. 이놈들이 처음부터 작정을 하고 왔구나!'

절로 마음을 뒤덮는 암담한 기분에 무초의 눈빛이 어지럽게 흔들렸다.

'크흐! 견디기 힘들겠지?'

자신이 파계까지 하며 오랜 세월을 낙담 속에 지내왔지만 저들은 달랐다. 과거에는 그가 반 단계는 우위에 있었지만 이제는 일 대 일로 붙어도 백 초를 견기기 힘들리라.

그러나 무초는 후회하지 않았다. 그리고 어찌 저자들이 살아온 인생이 자신보다 낫다고 할 수 있을까.

"사람이 살아가는 길에 어찌 왕도가 있겠는가!"

거센 바람을 헤치고 터져 나온 무초의 애절한 절규였다.

『허공답보』 2권으로

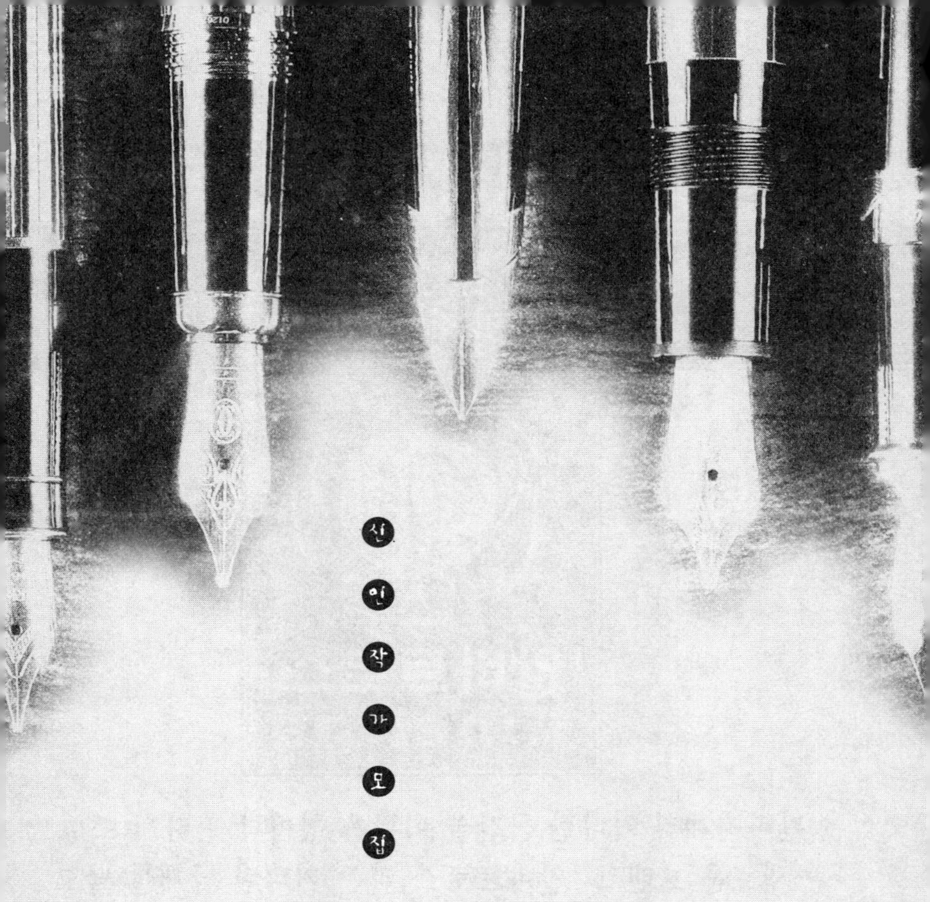

신
인
작
가
모
집

시작이 반이라고 했습니다.
작가의 길에 대한 보이지 않는 벽을 과감히 깨뜨리십시오!
청어람은 작가 지망생 여러분들의
멋진 방향타가 되어드리겠습니다.

저희 도서출판 청어람에서는
소설 신인 작가분들을 모집합니다.
판타지와 무협을 사랑하시는 분들의 많은 참여를 바랍니다.
소정의 원고(A4용지 150매)를 메일이나 우편으로 보내주시면
검토 후 출판 여부를 알려드리겠습니다.

주소:경기도 부천시 원미구 심곡1동 350-1 남성B/D 3F 우편번호420-011
TEL:032-656-4452 · FAX:032-656-4453
http://www.chungeoram.com
e-mail:chungeoram@chungeoram.com

청어람 판타지의 재도약!!

혁신과 참신함으로 무장한
새로운 판타지 전문 브랜드의 탄생!

판타지계의 커다란 근간을 이뤄온 청어람 판타지 소설!
새로운 브랜드 「알바트로스」라는 커다란 날개를 달고
거대한 웅비를 시작합니다.

알바트로스는 판타지의, 판타지를 위한 개척자이자 도전자로 존재하겠습니다.

알바트로스는 형식적이고 나태해진 판타지계의 구습을 벗어나겠습니다.

알바트로스는 판타지계의 도약을 위한 든든한 날개 역할을 묵묵히 수행합니다.

알바트로스는 변화와 혁신을 통해 새롭게 태어날 환상 공간입니다.

알바트로스는 판타지를 아끼고 사랑하는 이들을 향한 청어람의 굳은 약속입니다.

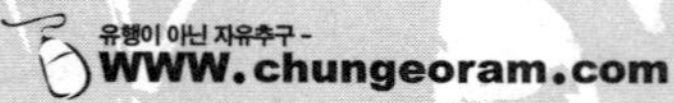

다세포 소녀 원작 만화 출간!!

2006 부천 국제만화상 일반부문 수상!!

전국 서점가 최고의 화제작!

OCN 슈퍼액션 드라마 시리즈 방영!

왜? 사람들은 다세포 소녀에 주목하는가!
상식을 뒤엎는 기발하고 엉뚱한 상상력!

『다세포 소녀』의 숨겨진 힘!!

다세포 소녀 원작만화 (전 5권 예정)
B급 달궁 글·그림 | 값 9,000원 / 부록 예이츠 시집

몇 페이지만 읽어도 좌중을 휘어잡을 이야깃거리가 넘쳐난다!
둔감해진 머리에 영감을 주는 아이디어가 마구마구 솟구친다!
원작을 더욱더 빛내주는 기발한 댓글 퍼레이드!
300만 다세포 폐인을 열광시킨 상식을 뒤엎는 엉뚱한 상상력!

또 하나의 이야기! 또 하나의 재미!

소설 『다세포 소녀』

초우 장편소설 | 값 9,000원 / 원작자 B급 달궁

"그건 모르겠고, 나는 외눈의 사랑이야. 사랑을 줄 수는 있어도 마주 할 수 없는 사랑이지. 두 눈을 가진 사람은 주고받을 수 있지만, 나는 주는 것만 할 수 있어. 나는 주는 사랑으로 족해. 외사랑이지."
–외눈박이

초등학생이 반드시 읽어야 할 좋은 책 49권

각 학년별로 초등학생이 반드시 읽어야할 좋은 책을
선정하여 통합논술의 기본이 되는 '올바른 독서법'을
일깨워 줍니다.

교과서와 함께하는
초등학교 통합논술

초등1학년 | 값 12,000원 | 초등2학년 | 값 9,500원 | 초등3학년 | 값 11,000원 | 초등4학년 | 값 9,500원 | 초등5학년 | 값 9,500원 | 초등6학년 | 값 11,000원

♣ 혼자 할 수 있어요.

엄마가 책 읽는 방법을 가르쳐 주어도 좋아요.
독서지도하는 선생님이 가르쳐 주어도 좋답니다.
"초등 교과서와 함께하는 **통합논술** 시리즈"는
아이 스스로 독서할 수 있도록 꾸며진 책이에요.
엄마와 선생님은 요령만 가르쳐 주시면 된답니다.

♣ 교과서의 중요한 내용이 총정리되어 있어요.

각 학년별로 중요한 교과 내용이 함께 수록되어 있어요.
초등학생은 교과서 내용을 충실하게 공부해야 합니다.
아울러 그와 병행한 독서가 대단히 중요하지요.
"초등 교과서와 함께하는 **통합논술** 시리즈"는
두 가지 방법 모두 알려준답니다.

♣ 이 책은 훌륭하신 선생님들이 함께 쓰신 책이랍니다.

동화작가 선생님들이 쓰셨어요. 소설가 선생님도 쓰셨답니다.
국어 논술독서지도 선생님들도 함께 쓰셨지요.
"초등 교과서와 함께하는 **통합논술** 시리즈"는
엄마의 마음으로 모든 선생님들이 함께 꾸민 책이랍니다.

입소문을 통해 아는 분은 다 알고 계십니다!
올 한해 공인중개사 최고의 화제작!

1~2권 합본 | 이용훈 지음
3~4권 합본 | 이용훈 지음
5~6권 합본 | 이용훈 지음
용 어 해 설 | 이용훈 지음
1~2차 문제풀이집 | 이용훈 지음

수험생 기본 필독서
만화 공인중개사

제목 : 만화공인중개사 쓰신 분에게 감사드립니다.

학원을 두달 다녔어요. 근데 과연 그 숫자 외우기 그렇게 몇 문제나 나올까 생각을 했어요.

아니라는 생각이 드네요. 학원강의를 뒤로 하고 서점을 갔어요. 내 머리에 가장 이해될 수 있는

책이 없나 하구요. 거기서 만화를 발견했어요. 무조건 세번 봤어요. 3개월 걸렸어요. 문제집을

보라고 했는데 그건 시행을 못했어요. 근데 합격을 했네요.

어떻게 감사의 말을 해야 될지…

도서관에서 만화책 들고 다니니까 사람들이 바웃더라구요. 만화책으로 공인중개사를 공부한

다고 미친사람처럼 보더라구요. 근데 그거 다 감수하고 했던 내가 자랑스럽습니다.

어떻게 감사의 말을 해야 할지 정말 감사합니다.

부디 행복하세요. 제 나이 41살에 좋은 스승을 만난 거 같습니다.

엎드려 감사드립니다.

－본사 홈페이지에 독자분이 올린 메일 中 에서 발췌－